australian drama series

13

オーストラリア演劇叢書

Holy Day

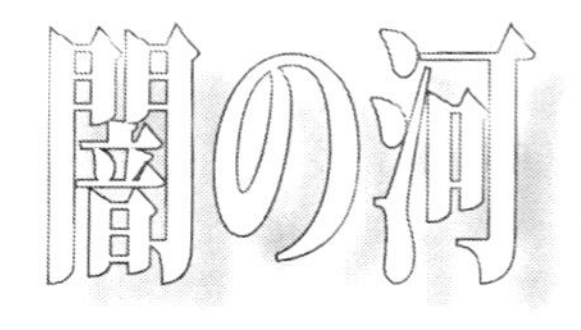

The Secret River by Kate Grenville

An adaptation for the stage by Andrew Bovell

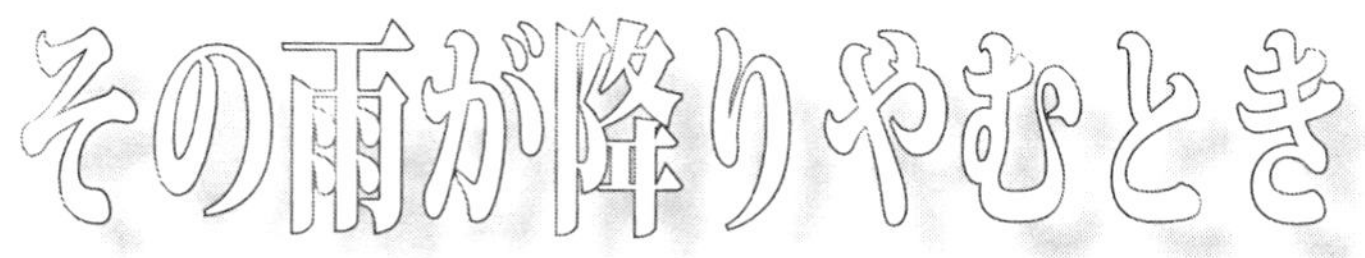

When the Rain Stops Falling

アンドリュー・ボヴェル Andrew Bovell

佐和田敬司 訳 translated by Keiji Sawada

オセアニア出版社

目次

聖なる日

登場人物
ノーラ・ライアン　四〇代、宿屋の女将
オビーディエンス・ライアン　一七歳、ノーラの娘
エリザベス・ウィルクス　三〇代、宣教師の妻
トマス・ウェイクフィールド　四〇代、入植者
リンダ　二〇代、旅人
サミュエル・エプスタイン　三〇代、旅人
ナサニエル・ガウンドリー　三〇代、旅人
エドワード・コーネリアス　一六歳、旅人

舞台
奥地の白人入植地。一九世紀半ば。

オープニング

ミッション・ステーション（農場）
黒い雲が、広大な平原にたれ込める。地平線の上で雷が空を切り裂く。遠くで雷鳴。
女が高いところに立ち、下の平原を見渡す。
彼女は体の向きを変える。その顔は青白い。髪は下ろしている。目の上の切り傷から血を流している、広げた両手に、ショールをかけている。

エリザベス　神よ、私の正義をかなえてください、信仰のない者たちとの私の闘いに、力をお与えてください。狡猾で、神を敬わぬ者から、私をお救いください。穢れた者から、私をお守りください。神よ、あなたは私の力なのです。どうして私を遠ざけられるのですか?その光と、その清純さを、私にお送りください。それが私を導き、聖なる日へといざなってくれるのですから。そうしたら私は神の祭壇へと参ります。そしてイエスの御体を食べ、血を飲みます、私の喜び、歓喜の血を・・・

一発の銃声が聞こえる。彼女の手からショールが落ちる。銃声に動揺した、一〇〇羽のカラスが空を黒く埋める。エリザベスは動かない。

さあ、終わったわ・・・

彼女は動かない、遠くに雷の音。

一幕

一場

宿屋――遠く離れた居留地と居留地の中間地点にある。夕暮れ。ノーラ・ライアンは薪を割っている。男と変わらぬほど巧みに、斧を使う。薪を割るリズム、弧を描く斧、そして木が割ける音。彼女は近づきつつある雷の音に、顔をあげる。女性らしさが芽生えつつある少女、オビーディエンスが、宿屋のドアのところにやってくる。ふたりは、雷の音が消えるまで、聞く。

ノーラ　ランプをつけとくれ・・・夜が近寄らないように。

オビーディエンスは引き返して宿屋に戻る。ノーラは割った薪を集める。

世界に知らせておくれ、あたしたちはここにいるって・・・世界が見ているはずもないけど。

女が、開拓地の端に立っている。彼女はそこでずっと、見ていたように思える。

リンダ　女将さん・・・

ノーラは見上げる。

仕事を、女将さん。

オビーディエンスはドアから見つめる。

ノーラ　（彼女を見ながら）中に入りな。

オビーディエンスは宿屋の中に戻る。

何もないよ。

リンダ　じゃあ食べ物。

ノーラ　ない。

リンダ　パンだけ、ねぇ？

ノーラ　何もないって言っただろ、あっち行きな。

一拍。

リンダ　嵐が来るよ、女将さん。

リンダは暗闇の中に消える。ノーラは彼女が行くのを見つめる。

◆◆◆

宿屋の中。オビーディエンスはランプに火をつけ始める。彼女は作業をしながら心地よいハミングを歌う。ランプから放たれる光で、徐々に、飾り気ない、ブッシュの小屋が現れてくる。過酷な環境にあっては、心もとない隠れ家だ。ノーラが薪の山を抱えて入ってくると、オビーディエンスが歌をやめる。ノーラは薪をストーブのわきに置く。ノーラが火を焚くと、オビーディエンスは夜のいつもの準備をするために、テーブルを拭く。

ノーラ　その歌、誰に習った？
オビーディエンス　誰にも。
ノーラ　勝手に頭に入ってきたのかい？
オビーディエンス　きっとそう。
ノーラ　ミッションの黒人たちがここに来たのか？
オビーディエンス　ううん。
ノーラ　近づいちゃだめだ。
オビーディエンス　歌だけだよ。
ノーラ　おぞましい、イギリスの讃美歌だよ。あたしのうちでは歌わせない。（彼女は薪をくべ、ストーブの上のポットを確かめる。）神の話をいっぱい聞かされたのか？

　　オビーディエンスは首を振る。

良かった、神はデカくて醜い白人だからね。こんなとこなんか来っこないよ、来たらあたしにつば吐き掛けられてケツを蹴られるのが分かってるから。

　　オビーディエンスは微笑む。

冗談だと思ってるだろ。
オビーディエンス　あたし聞いたよ・・・
ノーラ　ほらはじまった・・・
オビーディエンス　（ドアのところでランプをともしながら）イギリスじゃお日様はあんまり照らないんだって。
ノーラ　ホントだよ。
オビーディエンス　いつも雨が降ってるって。
ノーラ　それもホント。陰気くさいところだ。アイルランドは違うよ。アイルランドにはいつもお日様が照ってる。

　　ノーラはそれを思い描き笑う。オビーディエンスは外の何かを見る。

オビーディエンス　旅の人たちが来る。

　　ノーラはドアのところへ行き、外を見る。

ノーラ　夜でも商売になるねえ。準備をしておくれ。食事をしたいはずだから。（行きながら）あたしが戻るまで、余計なことを言うんじゃないよ。

　　ノーラは奥の部屋に行く。オビーディエンスはお椀三つと粗末なパンを一斤、テーブルに並べる。
　　三人の旅人が宿屋に入ってくる。ドアのところにスワッグ（荷袋）を置き、テーブルに着くと、オビーディエンスがコンロの上にあった大きなポットから、彼らのお椀に注ぐ。外のバリバリという雷鳴。オビーディエンスは飛び上がる。静かになる。彼女は何かを感じ取る。自分を見つめている、エドワード・コーネリアスという一番若い旅人を見ようとする。彼女は立ち去る。
　　ガウンドリーがパンを三つに割って、連れたちに渡す。三人は旅の間の空腹に駆られて、黙々と食べる。コーネリアスは、眼の端にオビーディエンスをとらえ、彼女をずっと意識している。

エプスタイン　酒。

オビーディエンス　（そっと）女将さんが来ます。
エプスタイン　はっきりしゃべれよ。
オビーディエンス　女将さんが鍵を持ってて。
エプスタイン　女将はどこだ？

オビーディエンスは奥を示す。

ガウンドリー　じゃあ旦那は？

オビーディエンスは黙っている。ガウンドリーは、ここには男がいないことを知って、微笑む。
外の風が勢いを増している。壁ががたがたと音を立てる、ヘシアン袋が膨らむ。突風がドアのところにあるランプの炎をかけす。オビーディエンスはまた火を付けに行く。

（コーネリアスに）あの娘可愛いじゃねえか。

コーネリアスは眼をそらす。

白人の血も混じってるな。

オビーディエンスがドアのところから戻ると、ガウンドリーが彼女の腕を取る。

気に入ったんなら、お前にやるぜ。

ノーラがドアのところに立つ。髪を結っている。

ノーラ　食べておくれ、旦那方。最後の食事になるかもしれないからね。こっからの道は永遠に続くんだ。面倒起こすなら、すぐにでも道に放り出すよ。

ガウンドリーはオビーディエンスを離す。

ガウンドリー　面倒って、女将、からかっただけじゃねえか。
ノーラ　からかっただけで済まないこともあるからね。
エプスタイン　酒くれよ。
ノーラ　じゃあテーブルに銭を置きな。

エプスタインはテーブルの上に何枚か硬貨を置く。ノーラは手にそれをさっと取り、奥に消える。

ガウンドリー　女がいるとこじゃねえ、なあサミュエル？たった一人で。しかも白人が。
エプスタイン　どうでもいいだろ。ガウンドリー。俺は疲れてんだ。

ノーラが酒の入った水差しとカップを三つ持って入ってくる。

ガウンドリー　どう思うよ、女将？ここは女がいるとこじゃねえだろ。
ノーラ　（注ぎながら）旅の人の口は、ただものを食ってりゃいい。女がいるとこじゃないだのなんだの余計なことぬかさずに、と思うね。
エプスタイン　俺たち、仕事探してるんだ。
ノーラ　ここにゃぁないよ。
エプスタイン　こっちのほうに、農場があるって聞いたぞ。
ノーラ　ほとんどは、やってはみたけど、出てったクチだよ。全部たたんでね。まだ開拓をしてるのも、チラホラはいる。そこなら賄いぐらいはありつけるんじゃないかね。
ガウンドリー　黒人の代わりってことか？
ノーラ　じゃあ、自分は給金に見合うと思ってるんだね？
エプスタイン　そりゃ、まじめに働けば、給金は貰えるだろう。
ノーラ　ただ働きする黒人がいるのに、どうしてあんたらみたいなのに金を払うんだい？
ガウンドリー　俺たちみてえなのの、何が悪いんだ。（一拍。）言葉に気をつけろ。
ノーラ　自分の家だ、言いたいこと言わせてもらうよ。
エプスタイン　ここらで、黒人が騒ぎを起こしたと聞いたぞ。
ノーラ　羊が一匹二匹、槍で刺された。それだけのことさ。
ガウンドリー　あの道を三〇マイル来たが、空家しかねえ。
ノーラ　この土地のせいで、出てったんだよ、黒人のせいじゃない。ロンドンの貧民窟から来た連中は、羊のケツと女房のケツの違いも分からない。分かったところでどっちでも構わないか。
エプスタイン　カタギなら、ここで何して食おうが自由だろうが。
ノーラ　じゃああんたらはカタギなのかい？

エプスタインは答えない。

この近く、二マイル行ったところに農家がある、ウェイクフィールドっていう。自分じゃ物わかりが良い人間だと思ってる人。あそこなら雇ってくれるかも。さあ、飲んで、今夜はゆっくりお休みよ。嵐の前に着いて、運がよかったよ。

ガウンドリーはドアのところに立ち、外のブッシュを見ている。

ガウンドリー　ここから二〇マイルも行かねえところで、白人が二人、背後から槍でやられた。それに農夫とその女房が、小屋で焼け死んだ。殺される前に、女房は犯られてたそうだ。
ノーラ　その話は聞いたことあるね。
ガウンドリー　あんた、夜はどうやって寝てる？
ノーラ　あたしは心配ないよ。
ガウンドリー　それでもだ。俺が地主なら、自分の土地に、黒人（ブラックフェラ）は入れさせねえ、たとえただでこき使えるとしても。こうして仕事を求めている白人がいるんだしよ。
ノーラ　やたらと口の回るのが二人、奥ゆかしいのが一人か。
ガウンドリー　こいつは、目で語ってんだよ、欲しいものを。
ノーラ　あの子に触ったら、その手はうちの犬の餌になるよ。
ガウンドリー　おい、女将よ。ちょっとは気を利かせてくれよ。あの娘に金は払うぜ。
ノーラ　売り物じゃないんだ。
ガウンドリー　じゃあタダでいただく。
ノーラ　（オビーディエンスに）あっち行きな。
ガウンドリー　俺たちははるばるここまでやってきたんだぜ、ほかでもねえ、この宿屋の評判だけを心の支えにして。断られてはいそうですかって気にはならねえんだよ。
ノーラ　うちの宿屋の評判が聞こえてるんなら、この話も聞いてるだろうね、股にぶら下がってるしなびた肉を失って逃げてく連中がたくさんいるって。

オビーディエンスがドアのところへ行く。ガウンドリーはその行く手を阻む。

やめとくれ。その子は痩せギスだし、何も知らなくてつまらないよ。まあ飲みなよ、あとできっと、はるばる旅をしてきた甲斐があったと思うさ。その口きかない連れの人も、女にモテるタイプとはほど遠いけど、たっぷり楽しいことがあるよ・・・落としちまったのが舌べろだけならの話だけどね。

ガウンドリー　こいつは口がきけねえが、大事なもんは無くしてねえよ。

ノーラ　そうなのかい？

ガウンドリー　（コーネリアスに）女将に、持ちもんを見せてやれ。お前がお世話に足る男かどうか知りてえとよ。

ノーラ　行きな。

ノーラはオビーディエンスに、行くように合図する。オビーディエンスは出て行く。コーネリアスは動かない。ガウンドリーが頭をぶん殴る。

ガウンドリー　この女に見せるんだ、やなら俺が剥いてやろうか。

ガウンドリーはコーネリアスを足下に引っ張る。

ノーラ　（エプスタインに）この人酒癖悪いの？

ガウンドリー　（キレて）黙れ、このアマ。

コーネリアスはノーラを見る。二人とも、この男の機嫌をとるために、恥ずかしことをしなければならないことを分かっている。コーネリアスは、ズボンを下げる。ガウンドリーが彼のシャツをたくし上げる。

どうだ、女将？

ノーラ　立派に男だよ、けど顔はまだ・・・それに、たぶん心も子供だ。

エプスタイン　もういいだろう、ガウンドリー。

ガウンドリーは笑って、少年の髪をくしゃくしゃにする。コーネリアスは解放され、ズボンを上げる。ガウンドリーが出て行こうとする。

ガウンドリー　マトンは堅くて食えねえ。ラム肉を出せ。

彼は出て行く。

ノーラ　（エプスタインに）あいつを止めないのかい？

エプスタイン　ああいうときは手がつけられねえ。

ノーラ　意気地がないね。

エプスタイン　ここ何ヶ月も、奴にはこの子しかいなかった。そんな自分を納得させようと、意固地になってるのさ。

ノーラ　まあ・・・

ノーラはガウンドリーを追って外に行く。コーネリアスが続いて行こうとする。

エプスタイン　お前は行くな。

コーネリアスは躊躇する。

あの男は悪魔だ。お前の人生は、黒人娘の貞操よりは、大事なもんなんだからよ。

◆◆◆

宿屋の外。ノーラがガウンドリーを追う。

ノーラ　気をつけなよ。黒人に気づいたときには、向こうはもうずっとあんたを見てるからね。
ガウンドリー　俺が黒人の扱いを知らねえとでも？
ノーラ　集団でいるならまだしも、ダメだよ、ひとりで外は。

ガウンドリーはたじろぐ。

もしあんたが欲しいのが女で、あんたが男なんだったら、来なよ。相手になるからさ。あたしは男の喜ばせ方を知ってるよ、ガウンドリーさん。それに、家には酒もあるんだし。（彼を迎えている感じで）さあ、嵐はすぐそこだ、あたしのベッドは暖かいよ。
ガウンドリー　分かったよ・・・目をつむってりゃ、まだ抱けるかもな。

彼は宿屋に戻っていく。ノーラはブッシュに視線を向け、それからドアのランプを吹き消して、彼の後に続く。

ノーラが宿屋に入ってくる。ガウンドリーはコーネリアスの腕をとり、前に連れ出す。

ノーラ　見物人が必要なのかい？
ガウンドリー　このガキに見させる。勉強しなくちゃな。
ノーラ　え？・・・よがらせる方じゃなくて、よがりかたの方かい？
（一拍）じゃあ、おいで・・・

ノーラは奥の部屋に入る。ガウンドリーは彼女の後に、少年を押し立て、それからエプスタインをとらえる。エプスタインは、彼の静かさの裏に、脅しを感じる。

ガウンドリー　道中であったことは、俺たちだけの話だぞ、サミュエル。他言無用だ。分かるよな？

エプスタインは頷く。

よし。お前とは揉めたくねえ。仲間だからな。

エプスタインは用心深く、離れる。

そうだろ、サミュエル？仲間だろ？
エプスタイン　ああ。
ガウンドリー　うん・・・それでいい。（間。）じゃあ、お前も一緒にどうだ？

エプスタインは首を振る。

どうしたんだよ？

エプスタイン　何でもねえよ。
ガウンドリー　えり好みなんて出来ねえぞ。
エプスタイン　お前は好きなことをしろ、俺は一切ごめんだ。

一拍。

ガウンドリー　勝手にしろ。

ガウンドリーは奥の部屋に入る。
嵐が一旦弱まると雷の音。幕が降りるように雨が降り始める。
雨粒が、鉛玉のようにトタン屋根を鳴らす。エプスタインはドアのところへ行き、外を見る。
嵐が強まっていく・・・

◆◆◆◆◆

二場

トマス・ウェイクフィールドの農場――ブッシュの簡素な小屋。外は途切れることのない雨。ウェイクフィールドはランプの明かりのそばで何かを書く。
小屋の外に立っている人影があり、その人物の襟は雨にも関わらず、反り返っている。サミュエル・エプスタインである。彼は小屋をしばらく見つめ、それから口を開く。

エプスタイン　ウェイクフィールドさん？

ウェイクフィールドは書き物から顔を上げる。銃をとり、ドアを開ける。

ウェイクフィールド　何だ？
エプスタイン　雨をしのぎたいんですが。
ウェイクフィールド　あんたは？
エプスタイン　旅のもんです。

一拍。

ウェイクフィールド　ひとりか？
エプスタイン　ええ。

ウェイクフィールドは一歩下がって、入れというそぶり。彼は銃を握ったままだ。エプスタインは小屋の中に入る。ウェイクフィールドはドアを開け放したままにする。

ウェイクフィールド　この道沿いに宿屋がある。
エプスタイン　知ってます。そっから来たんで。
ウェイクフィールド　じゃあ何の用だ？
エプスタイン　そこの女から聞いたんです、あなたが働き手を探してるって。
ウェイクフィールド　そうか。
エプスタイン　俺たちは三人です。連れは宿屋に。皆、働きてえんで。
ウェイクフィールド　そうだろうな。こんな夜に訪ねてくるんだから。
エプスタイン　長い旅暮らしで、雨風なんざ屁でもねえ。
ウェイクフィールド　名前は？
エプスタイン　エプスタイン。サミュエル・エプスタインです。

一拍。

ウェイクフィールド　エプスタイン。前に働いた先の照会状は無いのか？
エプスタイン　ありません。
ウェイクフィールド　そうだろうな。女王陛下は、あんたみたいな連中の照会状はお書きにならないからなあ。（間。）何の罪だったんだ？
エプスタイン　過去のことです。
ウェイクフィールド　無かったことに出来ると思ってるのか？
エプスタイン　どうか、機会をお与えください。

一拍。

ウェイクフィールド　働き手なら黒人たちがいる。
エプスタイン　任せられるんで？
ウェイクフィールド　いや、だが、タダだ。
エプスタイン　じゃあ、役に立つとおわかりいただけるまで、タダで働きます。それから話をいたしましょう。俺は、そんなには要りません。働いた分ちゃんといただけりゃ、それで。公正明大なお方と伺っておりますから、ウェイクフィールドさん。

間。ウェイクフィールドは書き込んでいた日誌を閉じる。

その本に何をお書きになってるんで？
ウェイクフィールド　自分の子孫が、ここでの暮らしがどんなものだったか知りたいんじゃないかと思ってね。
エプスタイン　歴史、ですか？
ウェイクフィールド　まあな。
エプスタイン　俺もものが書けたらなあ。考えるんですよ俺も。これから来る連中が、俺たちのこと、知りてえと思うかもしれねえって。

間。

ウェイクフィールド　斧の扱いは慣れてるか？五〇〇エーカー分、木を切り倒さなければならん。
エプスタイン　ええ。
ウェイクフィールド　それから、羊の番もしてくれるか？黒人たちのせいで、なかなか外に出せない。
エプスタイン　こっちは三人なんですが・・・
ウェイクフィールド　いや。一人ならどうにかなるが、三人はダメだ。こちらの喉をかき切られるかもしれん。
エプスタイン　でも・・・俺たちはずっと道連れで・・・
ウェイクフィールド　それはそっちの都合だ。あんたが働くか、この話をなしにするか、どちらかだ。

間。ウェイクフィールドはベランダに出て行く。

エプスタイン　（彼について行きながら）俺は働きたいです、ウェイクフィールドさん。
ウェイクフィールド　じゃあ明日、来てくれ。
エプスタイン　俺みたいな人間にとっちゃ、願ってもねえ。

夜は漆黒の闇。雨が降り続ける。

黒人どもになんかされたことがあるんですかい？

ウェイクフィールド　羊を槍で襲う連中がいてね。

エプスタイン　撃ったんですか？

ウェイクフィールド　そりゃ殺人だよ、エプスタイン。私は人殺しじゃない。

エプスタイン　それでも、自分の土地を守る権利はある。

ウェイクフィールド　法律の範囲内でね。

雷光がブッシュを明るくする。動く影でいっぱいである。ウェイクフィールドはそこになにかが見える。

エプスタイン　え？

今の見たか？

一拍――ウェイクフィールドに疑いがよぎる瞬間。

ウェイクフィールド　そこに誰かいるように見えた。

エプスタイン　ブッシュですよ。夜には人を惑わすんです。

一拍・・・そしてウェイクフィールドの疑いは消えたようだ。

ウェイクフィールド　待った方が良いな、このひどい天気が変わるまで。

彼は中へと入っていく。エプスタインは振り返り、暗闇を覗く。

◆◆◆◆◆

三場

宿屋。ノーラはドアのところで外を眺め、雨はあがって静かになる。髪は下ろしている。ドアのランプに火をつける。バケツの水をとり、宿屋の外へ運ぶ。すべてが平穏で静かだ。長いスカートをたくし上げ、股ぐらを洗う。

ノーラ　あんたは自分の思い通りにしたと思ってるかもしれないけどね。このノーラのエキスが体に入ったら最後、思いもよらない目に遭うよ。いつか夜中に悲鳴を上げちまうような。

一瞬後、オビーディエンスが、この開拓地に現れる。ノーラには近づかない。ノーラは見なくてもオビーディエンスがいることが分かる。

無事かい？

オビーディエンス　（頷いて）あの人たちは？

ノーラ　ぐったりさ・・・今は。

ノーラはスチールの櫛を差し出す。オビーディエンスは、近づく口実が出来て、うれしそうにノーラに近づく。彼女はノーラ髪をとかし始める。

嵐が通り過ぎても、あたしらはまだここにいる。見てごらん。終わりのない平原。すぐに花という花が咲くだろうよ。あんなふうにして、あたしらを騙すのさ。あそこじゃ簡単に死んじまうってことを、忘れさせようって魂胆。
オビーディエンス　引っ越したら良いのに。
ノーラ　そうだね。
オビーディエンス　海に。
ノーラ　ああ・・・海か。
オビーディエンス　安全だよ。
ノーラ　そう思ってるの？
オビーディエンス　聞いたよ・・・
ノーラ　またかい。
オビーディエンス　・・・青いんだって。
ノーラ　嘘っぱちだよ。赤いんだ。

オビーディエンスはたじろぐ。ノーラはそれを感じる。オビーディエンスはノーラの髪が束になるように巻きはじめる。ふいにうるさく思いノーラは少女の手を払いのける。

オビーディエンスはやめる。コーネリアスが、宿のドアから見ている。

やめな。ベタベタしすぎだ。

おや・・・あの子は、ガウンドリー先生の教え子さんだ。勉強になったかい？女の触り方は？髪をなでる指使いは？感じる頬の打ち方は？いや違うね。漏れ出る声をこらえようとして、口に手を当てるしぐさだ。そうだろう、坊や？どうした、何にも言うことは無いのかい？じゃあ、かわいい顔をこっちに向けないでおくれ。女だとあいつに錯覚させている、かわいい顔、そのかわいい顔を。

コーネリアスは近づいて彼女を叩く。

そんなこともあいつから教わったのか？いいかい、坊や、これっきりにしときなよ。
オビーディエンス（彼女を落ち着かせようとして）ノーラ・・・
ノーラ　なんだい？お前がなに口を挟むんだい？何も知らないくせに。あたしのおかげで、何も知らないでいられるくせに。

ガウンドリーが寝ぼけながら宿屋から出てくる。

ガウンドリー　どうした？
ノーラ　何も。
ガウンドリー　エプスタインはどこだ？
ノーラ　あたしが知るわけがない。

エリザベスが開拓地に現れる。ドレスはびしょ濡れで、泥に汚れ、顔と腕には切り傷。距離を保って立つ。

ガウンドリー　ありゃあ誰だ？
ノーラ　宣教師の奥さんだよ・・・どうしました？

エリザベスは思いつめた様子で、それから地面に崩れ落ちる。

この人を中へ。

ガウンドリーとコーネリアスが、彼女を中に連れて行き、火のそばに座らせる。ノーラとオビーディエンスが続く。

ガウンドリー　（ノーラに）黒人どもか？

ノーラ　出てって。二人とも。あたしがするから。

ガウンドリーとコーネリアスは、外へ出て行く。

濡れたものを脱がせて。

オビーディエンスとノーラはエリザベスを脱がせる。

毛布。

オビーディエンスは毛布で彼女をくるむ。ノーラが彼女の前にかがむ。ノーラはエリザベスの胸を見て何かに気づき、思い出す。

子供・・・子供にお乳をやってるんだろ。

一拍。

どこにいるんだい？
エリザベス　盗まれたの。
ノーラ　何だって？
エリザベス　私の子供が盗まれたの。
ノーラ　旦那は？

エリザベスは頭を振り・・・答えられない。

（オビーディエンスに）ウェイクフィールドの農場へ行って。
オビーディエンス　なんて言えば？
ノーラ　いま聞いたままを伝えて・・・あの人に、ミッションへ行くように言って。

オビーディエンスは出て行く。間。
なんてこと。どうしてここに来たの？

照明がこの状況の上で落ちる。

二幕

四場

宿屋。蝋燭が、風で火を強める。
子供が泣いている。エリザベスがまず目を覚ます。彼女は聞き、子供の泣き声が消えていくまで身を強ばらせている。首にさげたロケットを触る。
オビーディエンスは彼女を見守りながら、暗闇に座っている。

オビーディエンス　奥様・・・ただの夢です。夜は終わりました。

エリザベスは落ち着き、この部屋と、自分の着ている白い寝間着に気づく。ノーラが古布を持って登場する。彼女は蝋燭を吹き消す。窓に朝日。

ノーラ　ほら・・・朝日がこんなにも美しいところがほかにあるかい？この地に光がさすのを見るとね、ウィルクスさん、泣けてくるんだよ・・・ほんとに。こんな歳でも、泣きたくなるんだよ。

生きた置物のように、三人の女は黙っている。朝の光が窓を通して入ってきて、ピンクの輝きで皆を包む。

ウェイクフィールドが人を連れて、ミッションへ向かったよ。今日中には戻ってくるはず。（彼女は古布を細く破り始める。）痛くないかい？・・・お乳。

　エリザベスは頷く。

アイルランドじゃ、古くなったキャベツの葉っぱを当てたもんさ・・・キャベツがあればね。でもここじゃ、こんなものしか。

　ノーラが手を伸ばし、彼女の寝間着のボタンを外そうとする。エリザベスは離れる。

ほら奥さん。もうなりふり構ってる場合じゃないだろう。

　彼女は気が和らぐ。ノーラは寝間着のボタンを外し、その胴部に破った布を入れる。エリザベスは胸は触られると痛がる。胸が乳で張っている。ノーラがそれをマッサージする。

女の子だよね？お子さんは。

　エリザベスは頷く。

名前は？

エリザベス　アン。

ノーラ　ああ・・いかにもイギリスらしい名前、だからどうとは言わないけどね。・・・素敵なロケットをかけて。何が入ってるんだい？その子の髪？

　エリザベスは頷く。

当然そうだろうね・・・母親だものねえ？で、その子の笑顔は？愛くるしいのかい？ウィルクスさん。

エリザベス　もう・・・

ノーラ　だめ。考えるんだよ。自分の腕の中に、思い描くんだ。その体に、温もりを感じるんだ。

　エリザベスの胸から乳が出始める。

ほうら。出てきた・・・自分で、ほとばしらせてごらん。

　ノーラは彼女の胸から手を離す。

体に枷を背負ってる、それがあたしたちの定めさ。ここじゃ、それを隠すところもないしね？

　ノーラは行こうとする。

エリザベス　私が誰だが、どうして知っていたの？

ノーラ　探しても白人はそんなにいないよ、ウィルクスさん。

エリザベス　夫のことを知っていた。

　一拍。

ノーラ　二三度ここに来たからね。

エリザベス　どうして？

ノーラ　食事がしたかった、って、あの人は言うだろうね。でもあたしに言わせりゃ、人が恋しかったんだろうね。

一拍。

エリザベス　私は出産のために、家を出ていたの。
ノーラ　寂しかったはずさ・・・あんたに出て行かれて。
エリザベス　あの人には神がいるわ。
ノーラ　神がおしゃべり好きだとは思わないけど。

間。エリザベスは自分のシャツのボタンを留める。

あたしは、子供産んだことがない。だから、失ったときの気持ちが、分かると言うつもりはない。でもね、この子を自分の娘だと思って育てて、分かるんだよ、自分のどれだけ深いところで抱きしめているか。肌は黒いかもしれないけど、白く育てたんだ。良い娘に育てるのは、ここじゃ容易なことじゃなかった。この子はね、ソルトブッシュの茂みの中で見つけたんだよ、母親に捨てられて。ディンゴの餌になるところだった。そのときからずっと、一緒。あたしが歳をとって自分のこと出来なくなったら、この子が面倒見てくれるのさ。オビーディエンス、従順って、名前の通りの子だよ、まあ・・・大抵はね、そうだろう、お前？

オビーディエンスは黙っている。

お休みなさいな、ウィルクスさん・・・長い一日になるよ。

◆◆◆◆◆

五場

宿屋の近くの泉。その日の朝、遅く。頭上は明るい青空。リンダが水のそばに跪く。両肩をショールで覆っている。それはエリザベスが以前持っていたものである。肩からそれを落とす。水の中で、手のひらで顔の皮を伸ばしながら、洗う。彼女は、何かを聞く――ブッシュの中の音である。オビーディエンスが登場する。彼女はバケツを持っている。彼女はリンダを見る。

間。オビーディエンスは踵を返して、行こうとする。

リンダ　ねえ・・・（彼女はためらう）前、あんたがここに来たの、見たよ。あの女将に言われて、水をくみに来てた・・・あんたどこの人？

オビーディエンスは黙っている。

どうした？あたしとしゃべりたくないの？
オビーディエンス　女将さんが嫌がる。
リンダ　仕事が欲しいって、伝えて。

オビーディエンスはバケツに水をくみ始める。

前に白人のとこで働いたことあるって言って。料理とか。掃除とか。
オビーディエンス　だめだよ。
リンダ　なんで？
オビーディエンス　黒人はそばに置かないから。

一拍。

リンダ　じゃああんたは何なの？

一拍。オビーディエンスは行こうとする。

なんか食べ物持ってきて。

オビーディエンス　女将さんがダメって言う。

リンダ　お腹がすいてる。

オビーディエンス　何があるか、知ってるのは女将さんだから。

（間。）あなたは、ミッションの人？

リンダ　（首を振り）あそこは、もう誰もいない。黒人みんな、砂漠に帰った。

リンダは両肩をショールで覆う。オビーディエンスは歩き始め、振り返る。

オビーディエンス　海は何色？

一拍。

リンダ　空と同じ色。

一拍。

オビーディエンス　また来る。

リンダは頷く。オビーディエンスは出て行く。

◆◆◆◆◆

六場

宿屋の外。ノーラはバケツの中のエリザベスのドレスを洗っている。ガウンドリーが近くで待つ。コーネリアスは少し離れ、ナイフで棒を尖らせている。

ガウンドリー　見た目はか弱いが、この嵐の中をやって来るとは、強い女に違いねえ。

ノーラ　あんな事があれば、か弱い女も強くなるさ。

ガウンドリー　黒人ども相手に、神の言葉を説いて暮らしてるとはな。どういうつもりだったんだろうな？それも赤子を抱えてだ。亭主のことも話さねえし。

ノーラ　あんたの知ったこっちゃないだろう？ただの通りがかりのくせに。

ガウンドリー　おそらく俺たちは、しばらくいるぜ。白人の赤ん坊だぞ。見つけ出した人間には、何か見返りがあるはずだ・・・お前は黒人どもの仕業だと思うか？

ノーラ　もしそうなら、情けないね。

ガウンドリー　あの女、そういうことを言ってたか？

ノーラ　何も言ってないよ。一日中、祈り続けだ。

ガウンドリー　無理もねえよな。

ノーラ　黒人がそんなことするなんて、聞いたことあるかい？

ガウンドリー　俺たちを消すには、俺たちの子供を奪うのが一番だ・・・（一拍。）俺が見てきたことを、お前は知らねえだろう、ノーラ。黒人どものやり口を、俺は知ってる。コーネリアスの両親がやられたんだ。ジョージとエミリー。良い人たちだったのによ。スコットランドから、新しい暮らしを求めてやってきたんだ。奥さんの方は、なんと教師だ。俺は雇い人で、良くしてもらったよ。だが、最初から、奴らに狙われていた。羊を一頭また一頭と盗まれ、はじめて出来た穀物を、収穫の一週前に燃やされ。奴ら、ちゃんと分かってやがるんだ。計画通り、脅しなのさ。だけど、二人もスコットランド人だから、肝が据わってた。決して恐れやしねえ。旦那は俺に銃を渡した、俺は囚人なのにだぞ。自分の頭ぶち抜かれるかもしれねえのに。でも俺に銃を持たせて、羊の番をさせたんだ。それから供に自分の息子をつけてくれた。母親は反対したが、一二歳なんだから、一人前の仕事が出来る歳だって言ってね。長い夜が何日か続いたよ、ノーラ、俺とあいつだけのさ・・・二人に何があっても、ごく自然な成り行きだわな。

ノーラ　自然ねえ。

ガウンドリー　人がそうは思わねえってのは、分かってるよ。(間。) 俺たちは、一人の黒人も見ることはなかったが、晩に羊は二〇頭だと確かめても、翌朝には一九頭になっている。ありとあらゆるものの影が、槍を構えた男の影に見え、ブッシュの中のありとあらゆる音が、秘密の交信に聞こえた。掛け値なしだ、あんときの恐ろしさといったら。銃を持っていても、マトが見えなけりゃ、何の役に立つ？ここが、人が分かってねえところだ。戦争なんだよ。奴らか、俺たちかっていう。そして奴らは、戦い方を知り尽くしてるときてる・・・ある晩、空になにか輝くのが見えた。走って戻ると、小屋が燃えてるのが見えた。旦那は外で横たわり、腹は槍で切り裂かれていた。奥さんは玄関口で、頭を潰されていた。

その有様を見てから、あの子は口をきかなくなった。それ以来、ずっとああだ。

　間。

ノーラ　なんであたしに話をするんだい、ガウンドリー？そんな話はうんざりだよ。

　彼女は宿屋の中に入っていく。

ガウンドリー　気むずかしい女だな。

　ガウンドリーはコーネリアスを見る。コーネリアスはゆっくりと向き直り、視線が合う。ガウンドリーは目をそらす。オビーディエンスが、水の入ったバケツを持って、開拓地に現れる。

ほら来たぞ。可愛い黒いお姫様が。黒人女にしちゃ、良い服着てやがる。

　彼女は宿屋の方に行く。

おい、手を貸してやれよ。重そうだろうが。

　コーネリアスは近づいてバケツをとろうとする。

オビーディエンス　大丈夫だから。

　彼は退かない。彼女はバケツを彼に持たせる。彼はノーラが洗濯しているところに、いくつかバケツを置く。オビーディエンスは一つのバケツからドレスを取り出し、もう一つのバケツですすぎ始める。

ガウンドリー　どうする、お姫様？ここにいる俺の友達が、あんたのこと好きだってよ。そっちもこいつを同じような目で見てたはずだ。

オビーディエンス　見てた。

ガウンドリー　男はひとり身で旅をするのは辛い。どうだい、こいつと結婚して、俺たちと旅に出るってのは？

オビーディエンス　女は、話しかけてくれる夫の方がいい。

ガウンドリー　女、だってよ？聞いたか？この小娘が。

ノーラが宿屋のドアのところにいる。

ノーラ　中に入ってな。ここで面倒を起こそうってのかい。

オビーディエンスは宿屋に入る。

ガウンドリー　今晩は中で料理かい？

ノーラ　何か持ってくるよ。

ガウンドリー　おい・・・ご相伴にあずかる資格はねえってのかよ？

彼女はバケツからドレスをとり、ロープに干し始める。

ノーラ　いや、あたしだけなら構わないんだけどさ、宣教師の奥様は、あんたみたいな連中とお会いになったことはないだろうからねえ。

◆◆◆

宿屋の中。オビーディエンスは布の中に、パンを一つ包む。エリザベスが、寝室から現れる。

エリザベス　ミッションへ行った人たちはまだ？

オビーディエンスは首を振る。エリザベスは宿屋の外を見る。

あの男たちは誰？

オビーディエンス　旅の人。

一拍。

エリザベス　私のドレスは。

オビーディエンス　ノーラが洗ってます。

オビーディエンスは後ろを通って出て行こうとする。パンが彼女のエプロンに包まれている。

エリザベス　オビーディエンス・・・

オビーディエンスはたじろぐ。

あなた、夫がここに来たのを見た？

オビーディエンス　はい、奥様。

エリザベス　何をするつもりだったの・・・ここに来て？

オビーディエンス　何も・・・ただ、女将さんとお話をしてました。

エリザベス　何の話？

オビーディエンス　知りません。

エリザベス　二人の話を聞いたはずよ・・・大丈夫よ、話しても。

オビーディエンス　いいえ、奥様・・・聞いてません。
エリザベス　名前通りの子ねえ、あなた。

◆◆◆◆◆

七場

泉。午後遅く。長い影が、砂の上に伸びる。オビーディエンスが包みを抱えて登場する。リンダが彼女の背後に現れる。オビーディエンスははっとして振り返る。間。

リンダ　何か持ってきた？

オビーディエンスは包みを手渡す。リンダはそれを広げ、食べ始める。

オビーディエンス　ノーラに見つかったら殺される・・・どこから来たの？
リンダ　川岸に住む者の一人さ。
オビーディエンス　ウェイクフィールドさんの羊を盗んでた人たち。
リンダ　いけない？どうせたくさんいるんだから。

オビーディエンスはその女の反抗的なところに惹かれて、微笑む。リンダは食べ続ける。

オビーディエンス　じゃあここで何してるの？どうして仲間と川にいないの？

リンダは質問に肩をすくめる。

海が青いって、どうして知ってるの？
リンダ　見たから？
オビーディエンス　どこで？
リンダ　ずっと遠く。
オビーディエンス　どうやって行ったの？
リンダ　白人の男と行った。
オビーディエンス　白人の男って？
リンダ　良い人じゃない。
オビーディエンス　どうして？
リンダ　みんな、良い人じゃない。
オビーディエンス　じゃあどうして付いていったの？
リンダ　（肩をすくめて）母さんは、白人を見るなって言ったけど、あたしは見た・・・そう、見た。あいつ、うろうろして、こっちを見て、甘い言葉をささやいて、だから夜、付いていった。でもうちの人・・・あたしの夫が、大騒ぎしたの。白人の男と一緒にいたな、出て行けって・・・母さんは泣いた。でもあたしは振り返らなかった。黒人（ブラックフェラ）のみんなにバーカって言って・・それからあたしは家畜を連れて旅をした、ずっと、あたしとあいつ、ときどきほかの人もいたけど、だいたいはあたしとあいつのふたりだけ。
オビーディエンス　その人は今どこ？
リンダ　あいつは遠くの町で、白人の女を見つけた。あたしに、その女と結婚するって。それで良いとあたしは言った。自分の家ではその女といれば良い、あたしはあんたと家畜と一緒に旅をするって。でもあいつは、それは女が嫌がると言って。
オビーディエンス　それでどうしたの？
リンダ　張り倒してやった。女もね。相当脅えてたからあの女、きっと今度は黒人の女に出くわす前に逃げ出すだろうね。

オビーディエンスはそれを考えて微笑む。

そうしたら、見ていた白人たち全員が、あたしを殴ったんだ。でも、あいつが止めに入って。あたしをブラックフェラのキャンプに連れて帰って、二ポンドくれた。
オビーディエンス　（感心して）二ポンド。
リンダ　そう。その二ポンド、あたしがどうした思う？それでケツ拭いて、あいつのツラに投げつけてやった。あいつは、あたしを家族から遠く引き離しておいて、今度はほかのブラックフェラのとこに置き去りにしやがる。しかもその人たちのこと、あたしは知らない、仲間じゃないんだ。だからあたしは札でケツを拭って、出て行った・・・ずーっと、あの二ポンドをとっときゃよかったと思ってるよ。
オビーディエンス　それで戻ってきたの？
リンダ　ほかにすることないだろ？
オビーディエンス　あなたにまた会いたくなかったのかな・・・仲間は？
リンダ　あんたは人に尋ねてばっかり。

間。

オビーディエンス　あたしも、見たんだよ。海を見たことがあるんだ。どこかは分からない。でも、見たんだよ。そして、母さんの顔も。夜のように黒かった。覚えてる。どんな人だったのは知らない、けど、顔を覚えてる、それに海も・・・青かった。（行きながら）宿屋には近寄らないで。まずいことになるから。

リンダは彼女が行くのを見つめる。

八場

ガウンドリーとコーネリアスは宿屋から少し離れたところに座る。ノーラは薪の山で、木を集める。ウェイクフィールドとエプスタインが開拓地に現れる。彼女はウェイクフィールドの表情を読み取る。

ノーラ　ウェイクフィールド、度胸があるねえ、手ぶらでここに来るなんて、母親が、心待ちにしているってのに。
ウェイクフィールド　子供はどこにもいない、空のベッドだけだ。それにこの雨。なんの足跡も残っちゃいない。
ノーラ　旦那さんは？
ウェイクフィールド　その女の人と話をさせてくれ。

ノーラが中へ入っていく。

ノーラ・・・教会は焼け落ちてたよ。

一拍――それからノーラが宿屋に入る。エプスタインが、ガウンドリーとコーネリアスに加わる。

ガウンドリー　どうなってんだ、サミュエル？
エプスタイン　何も。
ガウンドリー　昨日の晩出てったきり、今の今までお前を見かけなかったぜ。
エプスタイン　あの人と一緒に、ミッションへ行っていた、それだけだ。
ガウンドリー　で、どうだったんだ？
エプスタイン　昨日の晩は、あの人の家にいた。
ガウンドリー　何のために？
エプスタイン　あの女が、俺たちを雇ってくれるかもしれねえと言ってただろ？
ガウンドリー　それで一人で行ったのか。
エプスタイン　お前は忙しかったじゃねえか？
ガウンドリー　で、聞いてみたのか？
エプスタイン　考えておくそうだ。
ガウンドリー　くそ食らえだ。この一件が解決したら、柵を立てる仕事なんて眼中にねえ。
エプスタイン　どういう意味だ？
ガウンドリー　考えても見ろ。白人の子供がいなくなったんだぞ。見つけた奴が英雄になれる。
エプスタイン　まだ生きていたらな。
ガウンドリー　生きてようが、死んでようが、関係あるか・・・見つかりゃいいんだ。

オビーディエンスが開拓地に現れる。

エプスタイン　英雄なんて、どうでもいいよ。
ガウンドリー　だが、チャンスだろう？
エプスタイン　何の？
ガウンドリー　もっとましなもんに成り上がるのさ、ここに来た時の身分を捨てて。

エリザベスが宿屋のドアのところに来る。彼女は自分に皆の視線が注がれているのを感じる。ノーラが後ろに立ち、彼女が後ずさりしそうな衝動を抑える。ノーラはオビーディエンスを見る。

ウェイクフィールド　ウィルクスさん。トマス・ウェイクフィールドです。ここの近くで土地を持っています。
エリザベス　お名前を聞いたことがあります。夫から。

一拍。

ウェイクフィールド　座りませんか？
エリザベス　いいえ、立って、あなたのお話を聞きます。
ウェイクフィールド　辛かったでしょう。
エリザベス　あなたにはきっと、想像できませんわ、ウェイクフィールドさん。

一拍。

ウェイクフィールド　ミッションにはひと気がありません。まったく姿がみえません、お子さんも・・・ご主人も。

エリザベス　無駄足を踏ませてしまいましたわね。子供の姿は無いはずです、だってそこにはいないんですから。連れ去られたのです。

ウェイクフィールド　連れ去られた・・・どのように？

エリザベス　分かりません。

ウェイクフィールド　良いですか、奥さん・・・ここから一番近い警察まで、馬で六日です。ここで起きたことは何でも、我々が解決しなくてはならない。私が知っているのは、この子が夜中に私の家にやってきて、子供がいなくなったと聞かされたこと。それからミッションに行って、がらんとした家と、焼けた教会を見たことだけです。だから、あそこで何が起きたのか、詳しく話していただいた方が良いと思います。

エリザベス　お話しします、どうか私が気づかなかったことを、見つけてください。（一拍。）あのとき私は泉で・・・洗濯をしておりました。私は慌てていました、眠っている子供を置いてきていたから・・・それに、時刻も遅く、日の光はすでに消えかけていました。家からそう遠くはなく、歩いてほんの数分のところです。何か物音が聞こえて、顔を上げました。それは夫が近づいてくる音でした。夫は、子供の泣き声が聞こえたと言いました。だから洗濯物をかき集めて、戻ることにしました。急いでいました、ほとんど走っていました、というのも、感じていたんです。なにか不吉なものを感じていたんです。それがただの嵐の予感だったら良かったのです。雷の音が聞こえましたから。でも家に戻ったとき、いなかったんです、泣いているはずの子供が、いなかったんです、ただ、静けさだけ。私は中に入りました。暗かった。母親だったら当たり前ですが、手を伸ばしました、あの子の温もりを感じようと・・・私の手の感覚は、冷酷ないたずらをしかけたのです、だってそこに何の感触もなかったのだから。蝋燭をつけたけれど、その明かりで照らされる真実を、私の目が拒んでいました。あの子のベッドは空でした。あの子が連れ去られた・・・本当に、私の胸の中でぐっすりと眠っていたんです、私のショールで包んであげました、ここのところ夜は冷えたから、そしてあの子をベッドに寝かせて、それなのに、いなくなってしまった。その地獄のような瞬間を、お分かりですか、ウェイクフィールドさん。想像できまして・・・？夫を探して外へ出ると、教会が燃えているのが見えました。神よお助けください・・・何が起きているの？夫が教会へ駆けつけるのが見えました。炎を見ていた夫に、私は叫びました、子供がいなくなったと。夫は銃をとり、戻るまで家にいるように言いました。私は家で待ちましたが、私たちの教会が灰になるのを見届けて、もう待ってはいられなくなりました。

ウェイクフィールド　どうして火が出たんですか？（一拍。）その人物が、お子さんを連れ去ったとお考えですか？

エリザベス　ほかにどう考えろと？

ウェイクフィールド　だが、あなたが最初に家に戻ったときには、火は出ていなかった。

エリザベス　ええ。

ウェイクフィールド　それでは、あなたがまだ中にいるときに、火をつけられたに違いない。
エリザベス　ええ。
ウェイクフィールド　なぜ・・・？
エリザベス　分かりません。
ウェイクフィールド　逃げるための目くらましとか？
エリザベス　ええ。
ウェイクフィールド　ではそいつらはまだそこにいたんですよ、ウィルクスさん。お子さんを連れ去った輩が、まだそこに・・・あるいはその近辺に。（一拍。）ご主人はこの土地に明るいのですか？
エリザベス　夫が知っているのは、せいぜいミッションの周囲だけです。それより遠くには決して出ようとしませんでしたから。
ウェイクフィールド　ご主人は誰かを連れていきましたか？
エリザベス　いいえ。
ウェイクフィールド　案内人とか・・・この土地をよく知っている人間を。
エリザベス　いいえ。
ウェイクフィールド　一人で行ってなければいいんだが。
エリザベス　ここ数日、黒人たちを見かけておりません。朝目が覚めると、いなくなっていたのです。何の予告も言付けもなく。
ウェイクフィールド　それは季節の変わり目だったんですよ。彼らにしてみれば、当たり前のことを、あえて言うこともなかったんでしょう。雨期になれば食べられる物がたくさん実り、ミッションの配給は必要なくなる。

エリザベス　ウェイクフィールドさん、あなたは、私たちがここで布教するのに、異を唱えてらしたわね。
ウェイクフィールド　私は関心がなかったのです。
エリザベス　夫を、熱狂的な信仰者だとお思いだった。
ウェイクフィールド　この土地を理解しておられない、とは思っていました。恐らくは砂漠へ一人で入り込んだという一点を見れば明らかです。
エリザベス　ほかにどうすれば良かったのですか？
ウェイクフィールド　我々の助けを求めに来れば良かったのです。
エリザベス　私は助けを求めに参りましたのよ。それなのに、どこかしぶしぶのご様子。かわりに後知恵で私に説教をなさって。

一拍。

ウェイクフィールド　その日、ミッションで誰かご覧になりましたか？見かけぬ人間を。

間。

エリザベス　前日に、ひとり女が来ました、食べ物をくれと。
ウェイクフィールド　部族の女？
エリザベス　いいえ、洋装をして、英語も達者でした。
ウェイクフィールド　ミッションの黒人ですか？
エリザベス　いいえ、見たことはありませんでしたわ。
ノーラ　あたしは知ってるよ。おんなじように、ここらをうろついてるんだよ。

先ほどからエリザベスの胸から乳が出ている。彼女は服のパッチが濡れているのに気づく。すぐにそれが他の人の目にも明白なのに気づいて、彼女は恥じる。ウェイクフィールドは目をそらす。

ウェイクフィールド　ウィルクスさん、どうぞ休んで、明日にはお子さんを腕に抱けるように祈ってください。

エリザベス　もし子供が死んでいたら？

ウェイクフィールド　あきらめるのは簡単です。

エリザベス　あの者たちは放浪者です。子供を見つける望みなんてあるのかしら？

ウェイクフィールド　彼らが自分たちの子供を連れて歩くのを見たことがあります。彼らが連れ去ったとすれば、お子さんは無事でしょう。

エリザベス　彼らの子供の話をしているのではありません。白人の子供ですよ。砂漠に連れていかれたとなれば、もう死んだも同じ、だってあてもなく、お導きもなく、彷徨うことになるのですから。もしそれがあの子の定めだというなら、いますぐ末期を迎えさせてあげて欲しい、ぞっとするような儀式の生け贄となって。（一拍。）それも神の思し召し。

エリザベスは宿屋に入る。

ノーラ　子供を殺すのが神の思し召しかい？

ウェイクフィールド　私は警察を呼んでくる。

ガウンドリー　警察は遠すぎるぜ・・・ごめんよ・・・俺は通りがかりの、ただの旅のもんだが、こんな犯罪を放っておくわけにはいかねえ。

ウェイクフィールド　あの女性の話以上のことは、何も分からんのだ。

ガウンドリー　宣教師の奥さんの言葉を、疑うのか？（一拍。）これで黒人どもを見逃しちまったら、どこで落とし前を付けるんだ？今こそ、俺たちは団結するんだ。

ウェイクフィールド　報復を考えるのはまだ早いぞ。

ガウンドリー　奴らは教会を燃やしたんだ。俺たちの心のよりどころがやられたんだ。

ウェイクフィールド　ここらへんには、自分たちで制裁を加えたいとうずうずしているのが山といる。そういう声が大きくなったら、とめるのは難しいんだ。

ガウンドリー　どうしてとめなくちゃならねえんだ？

ウェイクフィールド　子供をまず見つけよう。それからご主人だ、明日の日差しで死んでしまう前に。

オビーディエンス　ノーラ。

ノーラ　なんだい？

オビーディエンスはためらう。

お前、何か知っているのかい？

彼女は答えない。

こそこそとどこへ出かけていた？

オビーディエンス　どこへも。

ノーラ　何、嘘を言うんじゃないよ、ひっぱたいてやる、黒く青いあざが出来るまで。
ウェイクフィールド　オビーディエンス・・・何か知っているなら、言ってくれ。
オビーディエンス　ショールです。赤ちゃんをショールで包んだと言っていたから。
ウェイクフィールド　それが？
オビーディエンス　女の人を見たんです、食べ物をもらいにやって来る人。ショールを掛けていました。
ウェイクフィールド　その女は今どこに？

オビーディエンスはためらう。

ノーラ　言いなさい。
オビーディエンス　泉。

彼女はうなだれる。

◆◆◆◆◆

九場

宿屋の外。その夜遅く。
エプスタインは満天の星の下に座る。ノーラが外に出てくる。彼女は瓶を抱えている。

ノーラ　どうしてみんなと一緒に行かなかったんだい？
エプスタイン　黒人女を一人捕まえるのに、何人も要らねえだろ。
（間。）俺を臆病者だと思ってるな？
ノーラ　男はみんな臆病だよ、ほらエプスタインさん。

彼女は二人分酒を注ぐ。

エプスタイン　金を払うのか？
ノーラ　これは家用。一人で飲むのは好きじゃないのさ。でも今夜は飲みたくてねえ。
エプスタイン　イギリスじゃ、こんな空、誰も想像出来ねえよなあ？
ノーラ　奴らはここの空がどんなもんかなんて、知ったこっちゃないと思うよ。あたしたちをこの世の果てに送り込んだ、知ってんのはそれだけ。あたしらがそこをどんな場所にするのかなんて、どうでもいい。あいつらにとっちゃ、いつでも、ここはこの世の果て。イギリスの下水道さ。

間。

エプスタイン　（考えて）妙だな、あんな話をしながら、涙一つこぼさねえ。
ノーラ　あんたに女の気持ちが分かるっての？
エプスタイン　だが母親だぞ・・・
ノーラ　普通の母親はどうなんだって、あたしに聞かないでよ。あたしの大事なところをくぐった子供なんて一人もいないんだからさ。ここは片道。地獄へのね。天国行きだなんて言ってくれた男は昔いたけどさ。あの夜と言ったら。あたしはしばらくひとりで、天国の門を彷徨ってた。でも、そんな時はあっという間に終わっちまって。男のこととなると、女はもう十分なんて決して思わないものさ。

エプスタイン　男もこんなところで、あんたみてえな女に会うなんて思っちゃいない。

ノーラ　ここに立ち寄る男も、そう多くはないしね。

エプスタイン　ああ。

ノーラ　ガウンドリーみたいな男とどうしてつるんでるんだい？

エプスタイン　数が多い方が道中も安全だ。

ノーラ　そりゃそうだ。

エプスタイン　来る者は拒まず。

ノーラ　人は選んだ方が良いね。

エプスタイン　誰かがあいつに、同じように言ってるの聞いたことがあるよ、人は選んだ方が良いってね。

一拍。

ノーラ　どうして・・・あんたがよそ者だからかい？

エプスタインは沈黙する。

ここじゃあたしらみんなよそ者だろ？

エプスタイン　よそ者の中でもさらによそ者。そして、一番のよそ者は、黒人だ。（一拍。）まあ、ガウンドリーとはすぐにも縁を切りてえな。

ノーラ　どうして？

エプスタイン　ウェイクフィールドが俺に仕事をくれた。

ノーラ　あの男の子は？

エプスタイン　三人は雇わねえ。

ノーラ　じゃああんたは一人でやっていくのかい？

エプスタイン　その通りだ。（間。）あんたはどうしてここにいるんだ、ノーラ？

ノーラ　商売さ。馬鹿なのかそれとものぼせてんのか、この大陸を歩いて渡ろうっていう連中を相手に、商売をするのさ。行く道、来る道、一杯の粥、一杯の酒、ひとときの癒やし、一軒の旅の宿、文明から遠く離れ、この死の砂漠の真ん中にある、黒い海原の白い小島さ。（彼女は彼にむかって自分の酒を掲げる。）あんたののぼせ上がりに乾杯。あらゆる男たちのぼせ上がりに乾杯、この土地を手なずけに来た奴らに——宗教で、労働で、金で、法律で、てめえの一物で、皮被ってようが、（エプスタインを一瞥）ちょん切れてようが関係なし。そうだ、奴らの一物に乾杯、だって、それは男の弱み、あたしの強みだから。乾杯、自分で勇敢だと思ってる馬鹿どもに。（注ぎながら）飲みなよ、エプスタインさん、飲んで、夜なんか怖くないってふりをしなよ。

舞台袖から、息を殺した叫び。

照明が寝室を露わにすると、エリザベスが夢から覚めたところである。

奥さんが夢を見てる。何の夢だろ？子供が寝てるはずだった、空のベッド？与えられた命、とられた命？涙を流さない女にだけは気をつけろ。あの人の。あのおしとやかさ。それをここに持ち込んだあの人に気をつけろ。飲もう。今夜は酔わせてちょうだい、奥さんと同じ夢を見ないように。

ウェイクフィールドが登場する。両手にショールを持っている。ガウンドリーとコーネリアスが、リンダを連れて現れる。彼女は両手足を拘束されている。ひどく殴られた痕。服は破れている。ガウンドリーが握った鎖でつながれている。もう抵抗する意思は明らかにないのに、彼は緩めようとはしない。コーネリアスはうなだれて立っている。

いったい何をしたんだい？

ウェイクフィールド　暴れたんだ。

ガウンドリー　獣みてえにな。

ウェイクフィールド　獣はあんただろう。

ガウンドリー　やることをやったまでさ。

エリザベスは体をこわばらせて立ち、外で何が起きているのか聞いている。

オビーディエンスは宿屋のドアのところに来る。

ウェイクフィールド　木につないでくれ。

オビーディエンス　いや。

ウェイクフィールド　どうした。

エプスタイン　この女は犬じゃねえ。

ウェイクフィールド　ロープでは捕まえておけないのだ。

ガウンドリーはリンダを木につなぎはじめる。エリザベスは宿屋から出てくる。

ウェイクフィールドはショールを差し出す。

お子さんを包んでいたのはこれですか・・・？気を確かに。血の跡がある。

エリザベスはその布をとる。両手に乗せそれを見つめる。彼女は頷く。

リンダを見たくなくて、エリザベスはためらう。

で、これがミッションで見た女ですか？

エリザベスは見る。

ご覧なさい、奥さん・・・

エリザベスはリンダを見る。停止。

ちゃんと確かめて、あなたの言葉ひとつでこの女の運命が決まる。

エリザベス　ええ・・・この人です。

ショールが両手から落ちる。彼女は踵を返し、宿屋へと戻る。

ノーラ　どうするんだい？

ウェイクフィールド　警察を待とう。

ノーラ　何だって、しかもここに縛り付けとくなんて。あたしは看守じゃないんだよ、ウェイクフィールド。

ウェイクフィールド　放したら、砂漠へ消えてしまうぞ。

エプスタイン　この女に尋ねたんですか？

ウェイクフィールド　しゃべらんのだ。

エプスタイン　打ち据えられても？

ウェイクフィールド　何も。

エプスタインはリンダに近づく。

エプスタイン　あの人の子供を盗んだのか？

リンダは断固として沈黙している。エプスタインはショールをとり、リンダに差し出す。

良く聞け・・・このショールはどうした？

リンダは沈黙。

喋った方が良い、自分のために。縛り首になるぞ。

リンダは彼の顔につばを吐く。

ガウンドリー　せっかく差し伸べた手を噛みやがる。

エプスタイン　（つばを拭い）殴られた手と、差し伸べた手の違いが分かるわけねえだろう。同じ色なんだから。

宿屋の中。

エリザベス　（祈って）聖なる日に、私は人々と神の家に参りましたが、そこは誰もおらず、静かで、荒れ果てておりました。この土地よりも荒れ果て。私の心よりもすさみ果てて。昼も夜も、私の涙が、私の糧でした、そのとき私は人に尋ねられたのです、あなたの神はどこにいるのだと。日々私は、乾いた井戸の深みに落ちている。日々、底なしの穴にはまっている。神に申し上げます、なぜ私をお忘れになったのですか？聖なる日へと、私をお連れください。どれほど待たなければならないのですか？

この間、リンダはオビーディエンスにむかい、鎖でつながれた両手をあげる。

オビーディエンス　だめなの。

彼女は両手を下ろし、泣き叫び始める――この土地と、深く共鳴する音だが、ヨーロッパ人にはまったく耳慣れない。

ガウンドリー　黙らせろ。

ウェイクフィールド　泣かせてやれ・・・無理もない。

ガウンドリー　白人の子供がどっかにいるんだぜ。俺にやらせてくれ、俺が吐かせてやる。

ウェイクフィールド　あんたはもうこの女を殴っただろう、見てみろ。

ガウンドリー　仲間を呼んでやがるんだ・・・前に聞いたことがある。

ウェイクフィールド　夜が明けたら捜索を始める。

ガウンドリー　で、今夜は、そろって喉元かっ切られるのを待つってのか？

ウェイクフィールド　黙れ、ガウンドリー。黙っていろ。

一拍。リンダが静かになってくる。

みんな、出て行ってくれ・・・さあ。私が一人で、この女と話す。

ノーラとオビーディエンスは宿屋の中へ行く。旅人たちはブッシュの中へ去る。

間。

頼む、もし子供がまだ生きているなら、母親を哀れと思って、どこにいるか教えてくれないか、そうしたら、悪いようにはしない。

リンダはなお黙っている。

黙っていても怖くはないぞ。そんな沈黙は何度となく見たことがある。黙っていれば、我々が行ってしまうと思ってるんだろう。だがな、我々がどれだけ遠くからやってきたか、どんな地獄をあとにしてきたか、お前たちは知らないだろう。

リンダは黙り続ける。照明がこの上で消えていく。

三幕

一〇場

宿屋の外。翌朝。
リンダは木に？がれている。オビーディエンスは彼女の後ろで、片手に食べ物のお椀を持って立っている。彼女がずっと寝ずの番をしていたことが分かる。コーネリアスが離れたところに座り、見ている。
ノーラが宿屋のドアのところに現れる。

ノーラ　さあ、入りな。

オビーディエンスは頭を振る。ノーラは一瞬彼女を見て、それから放っておく。彼女は宿屋の中に戻る。

オビーディエンス　何か食べて。

リンダは黙っている。

お願い。

リンダは黙っている。

言うほかなかったのよ。

リンダは黙っている。

奥さんの赤ん坊を盗んだの？

リンダは黙っている。

縛り首にされるよ。

リンダは黙っている。

あなたの家族のところに行ってあげる、このこと知らせなきゃ。

リンダは目でオビーディエンスを制する。

リンダ　お前・・・お前たち白人どもは、あたしの家族に近づくな。

一拍。オビーディエンスは踵を返し、ブッシュへと駆けていく。
宿屋の中。エリザベスが寝室から現れる。彼女はリンダの方を見る。

エリザベス　何か喋ったの？
ノーラ　何も。
エリザベス　なぜ喋ろうとしないのかしら。

ノーラ　喋ったら、何を言うかねえ？

一拍。

エリザベス　男の人たちは？
ノーラ　夜明けに出て行った。ミッションのそばの泉を探すって
(間。)何か食べるかい？

エリザベスは頷く。彼女はテーブルに着く。ノーラはその前に食べ物を置く。エリザベスは食べる前に静かに祈りを捧げる。

信心深いこと、それにしても・・・落ち着いてるねえ。嘆きはどこに隠してあるのか。
エリザベス　鋼鉄の壁の後ろにね…ほかにあって？耐えるすべが。
ノーラ　どうして夜に洗濯なんてしてたんだい？(一拍。)日が暮れたのに、泉で洗濯をしてたって、言ってたね・・・
エリザベス　なぜそんなことを聞くの？
ノーラ　たいがいの女は、朝に洗濯して、お天道様のあるうちに服を吊して乾かすんだよ。
エリザベス　売女風情に問い詰められなければならないのかしら。
ノーラ　その女の食べ物を召し上がったのは、どなただったかしらねえ。
エリザベス　神の目から見れば、あなたは罪を犯してるわ。
ノーラ　じゃあ神様には、目をそらしてもらうか、いっそ、目を引っこ抜いてやったら良い。あたしはさして信じちゃいないんだよ、宗教とか・・・法って奴を。あたしに都合が良けりゃ、法は正しいし、悪けりゃ間違ってんだ。じゃあ神はどうかって？(彼女はつばを吐く)神にはこれさ。あたしには神の裁きなんて及ばない。あんたみたいな女の裁きも受けない。
エリザベス　どうして自分を人に差し出すの？
ノーラ　何も差し出してないよ。向こうが寄越すのさ。
エリザベス　じゃあ、どうして売春をするの？
ノーラ　あんたみたいな女が、信心深いままでいられるようにさ。
エリザベス　私みたいな？
ノーラ　編み上げた子ヤギ革の手袋みたいな、偽善を身につけ、新品の夏用帽子みたいな、結構な淑女ぶりを身につけてる女？男は飢えてるんだ。飽くこともなく貪欲で、いつでも、気に入れば誰でも、思う存分味わうことが、神に与えられた権利だと思ってる。どうせ男たちも楽しむんだ、こっちだって何かもらっていいじゃないか？あんたの目には、そんなあたしが売女に映るのかい？
エリザベス　夫と子供がいるせいで、あなたの目には私が、聖人ぶって映るのかしら？

一拍。

ノーラ　いいや。目に映るだけじゃない何かが、あんたの中に見えるよ。でも男たちの目には、あんたは非の打ち所がない。宣教師の奥様だ。何の疑問もなく、男たちはあんたに与えるのさ、夫も子供もないこのあたしには決してよこさないもんをね。
エリザベス　それじゃあ、私も夫や子供のいない女になったら？私はどうなるのかしら？
ノーラ　新しい亭主を探した方が良いよ、それか、そのおしとやかさを脱ぎ捨てるんだね、ここで生きていきたいんだったら。

間。

エリザベス　私の夫は、飢えてあなたのところに来たの？

ノーラは笑う。

こんなこと、あなたに気軽に聞いていると思って？

ノーラの笑いがやむ。

ノーラ　ないよ。あたしとは。

エリザベス　慎み深い人だったわ。唯一情熱を燃やしていたのは、神の家に入ることを願う原住民たちの、魂の欲求を満たすこと。

ノーラ　宣教師は、ご自分の欲求を満たすもんさ、ほかの誰の欲求でもなくね。

停止。

エリザベス　ノーラ、幼子を抱えた女はね、洗濯は出来るときにするものよ。しなくてはならなくなったら、朝でも昼でも夜中でも。

彼女は食事を再開する。

ノーラ　鋼鉄の壁のうしろに、たくさん秘密を隠してるね。開けて見せてご覧よ。

エリザベス　自分しか信じない女は、人を裏切れる女。あなたに打ち明けるほど、私は馬鹿じゃありません。

◆◆◆◆◆

一一場

オビーディエンスは泉に走る。彼女は水辺で跪き、水面に映った姿を見る。水で顔を洗う。人の気配を感じる。見上げる。コーネリアスが彼女を見ている。

オビーディエンス　何か用？

彼は両手を唇に当てて・・・しーっ。彼は近づく。オビーディエンスは後ずさりする。彼は手を上げ、危害を加えるつもりはないことを示す。手のひらを広げて、幾重にも折りたたまれてくたびれた紙切れを見せる。

何それ？

彼は注意深くそれを広げる。継ぎ目のところがすり切れ、ところどころ、ばらばらになる。彼はそれを広げて、彼女に見せる。

いらない。

彼は黙って迫る。彼女は可哀想になって、その紙切れを受け取る。

読めない。

それを彼に返すが、彼は読み続けろというそぶり。彼は手を伸ばし、彼女の髪に優しく触れる。彼女は顔を背ける。彼はもう一度手を伸ばし、彼女の顔の側面に触れる。彼女はよけない。彼は前に進み出て、彼女にキスをする。

◆◆◆◆◆

一二場

リンダは木につながれている。ノーラが宿屋から出てくる。あたかもリンダはその気配を感じ取れるかのようである。彼女はリンダの方を向く。

ノーラ　娘はどこ？

リンダは黙ったまま。

男の子も？見なかった？

リンダは黙ったまま。

二人はどっちの方に行った？

ウェイクフィールド、エプスタイン、ガウンドリーが開拓地に登場する。

ウェイクフィールド　あの人は中か？

ノーラは頷く。ウェイクフィールドは宿屋に入る。

エプスタイン　ノーラ。旦那は死んでたよ
ノーラ　どんな風に？
エプスタイン　頭を打ち抜かれて。
ノーラ　まあ・・・いつ終わるの、こんなこと。
ガウンドリー　ウェイクフィールドはダメだな、やるべきことはやるって肝が、据わってねえ。
エプスタイン　やることって何だよ、ガウンドリー。

間。

ガウンドリー　坊主はどこだ？
ノーラ　薪を拾いに行かせたんだけどね。

◆◆◆

ウェイクフィールドは、宿屋の中で立っている。エリザベスが寝室から現れる。彼は握った拳を開いて、金の十字架を見せる。

ウェイクフィールド　ミッションから一マイルのところで、ご主人を。

彼女は十字架をとる。

エリザベス　それで、子供は？
ウェイクフィール　どこにも。（間。）ご主人はそこに埋葬しました。
エリザベス　ここに運んで欲しかった。
ウェイクフィールド　奥さん・・・
エリザベス　神に捧げられていない土地に眠るなんて。
ウェイクフィールド　二日間、そのままだったんです。あの日差しの中。お分かりでしょう？（一拍。）十字の印をつけておきましたから。ここでは十分、神に捧げられたことになります。

間。

エリザベス　それじゃあ、おしまいなのね。夫も子供も、行ってしまった。
ウェイクフィールド　お子さんはまだ生きているかもしれない。
エリザベス　いいえ。
ウェイクフィールド　遺体がないのだし。
エリザベス　仰ったじゃありませんか、二日間と。
ウェイクフィールド　まだ分かりません。
エリザベス　ショールに血がついていたのですよ。
ウェイクフィールド　遺体が見つかるまでは。（間。）お知らせしなくてはならないことは、まだあります。（一拍。）ご主人の脇には、銃がありました。

彼女は頭を振り・・・その意味するところを否定する。

おそらくは・・・
エリザベス　いいえ。
ウェイクフィールド　自ら命を絶ったのです、奥さん。
エリザベス　いいえ。
ウェイクフィールド　ご遺体の倒れ方からして・・・
エリザベス　事故です・・・夫は銃の扱いに慣れておりませんでした。
ウェイクフィールド　銃弾は口蓋を貫いていた。事故ではありません。
エリザベス　それなら、あの人の魂は責め苛まれるまで。

一拍。

ウェイクフィールド　あなたの夫でしょう。
エリザベス　臆病者ですわ。まったくの臆病者。

間。

ウェイクフィールド　哀れみの心を寄せられないのですか、理解できない。

エリザベスは怒って顔を背ける。

エリザベス　私が気を確かに持っていることを、責められなければならないの？あなたの腕で泣いて、寝室に下がれば、気が済むのですか？
ウェイクフィールド　たいがいの女性はそうするものです。
エリザベス　たいがいの女は、生まれが良いことが足かせとなるこんなところで、暮らしたりはしないわ。この国に神をお連れしたいという、夫の望みがあったら、私は側に仕えて参りました。そのために、あらゆることを堪え忍んできました。
ウェイクフィールド　だが、ご主人はなぜ自分で？何か理由でも？
エリザベス　理由なんてありません。この件には何の理由もない。
ウェイクフィールド　考えられませんな。
エリザベス　もう終わりにして。
ウェイクフィールド　終わらせることは出来ませんよ、誰かが責めを負うまでは。
エリザベス　じゃああの女に責めを負わせて。口を割らせて。私の子供にしたことを白状させて。それから、その死体をここに持ってきて、そうしたら、頭がおかしくなる前に、おしまいに出来るわ。だって、感じるんですもの、ウェイクフィールドさん。私に向いているのを。私たちみんなに向いているのを。

停止。

◆◆◆

リンダは木につながれている。ウェイクフィールドがショールを手に宿屋から現れる。彼はしばし一人たたずみ、勇気を奮い起こして、リンダの方へ行く。

ウェイクフィールド　私は想像してみたんだ、この血を流させた手、その手が握りしめた凶器・・・岩のような鈍器か？鋭いナイフか？そして、その凶器を、子供の喉に差し込んだときの、女の目を。子供の血を流させる目的、動機、狂った心を。だが、浮かばない。なあ、教えてくれ？その女は、お前なのか？

リンダは黙っている。

違うとさえ言えば、解放してやる。約束する。

リンダ　白人の約束なら、もう分かってる。

ウェイクフィールド　じゃあ自分で喋ると決めたら喋るのだな。（間。）自分を犠牲にするような大義など、ここには何もないぞ。

リンダ　ここでお前たちには、何の権利もない。

ウェイクフィールドは鎖をぐいとつかむと、彼女を引き倒す。

ウェイクフィールド　これが私の権利だ。

停止。彼は鎖を投げ捨てる。

自分だけでことが終わると思っているのか？

間。ウェイクフィールドは出て行く。
リンダは一人——押し黙り、無防備で、この状況を前にして、すべての力が失われている。この恐ろしさに、負けそうになっている。目の奥に涙が膨らんできている。
エリザベスは宿屋のドアのところに立ち、見ている。リンダはゆっくりと彼女を見る。二人はお互いに見つめ合い、それからエリザベスはよそを向いて、宿屋の中へと戻っていく。

◆◆◆◆◆

一三場

宿屋の近くの道。ウェイクフィールドは自分の農場に戻ろうとしている。彼は片手にショールを持っている。前方にノーラが見える。

ウェイクフィールド　ここで何をしてるんだ、ノーラ？

ノーラ　うちの子を探してるんだよ。（間。）本当に自殺だったのかい？

ウェイクフィールドは頷く。

理由は？

ウェイクフィールド　あの人には絶望しかなかったのだよ。

ノーラ　絶望したら酒に走るけどね、あたしなら。人生終わらせようとは思わない。

ウェイクフィールド　奥さんは、臆病者だと言ってる。

ノーラ　まあ、もっともだね。（一拍。）あの人には黒人の女がいたんだよ。

ウェイクフィールド　なぜ分かる？

ノーラ　あの人もオトコ、だろ？

ウェイクフィールド　神に仕える男だ。

ノーラ　奥さんは出産のためにいなかった。あの人は何ヶ月もひとりだった。よくうちに来て、飲んだくれて、奥さんのつれなさを嘆いてたよ。当然、温もりが欲しくて、女を抱く。簡単な話さ、あんたも分かるだろう。

ウェイクフィールド　滅多なことを言うな。

ノーラ　何・・・違うってのかい？（間。）あんただって、ボロ切れにすがりついてるだろ、母親のスカートにしがみつくように。

ウェイクフィールド　あれが母のスカートならと思うよ。そうしたら、よじ登って、母の膝に顔を埋める。そこより安全なところを、私は知らない。

ノーラ　あんたには安全なところだったかもしれないが、あたしのクニでは、そこは死の祭壇。母親が子供を横たえ、その顔の上に枕を置く場所さ。（一拍。）母親にはそんなこと出来ないと思うかい？

ウェイクフィールド　愛するものにはな。

ノーラ　すでに口の数が多すぎるのに、女の子が生まれて、これから役に立つことより面倒の方が多いとしたら。

ウェイクフィールド　アイルランドの湿原では、そうだろう、飢饉の時は。

ノーラ　産後の女の心は、暗くなりやすい。ささいなことで、自分を憎み始める。鬱の発作だよ、夫に放っておかれたり、まだその気になれないのに夫に求められたりして。理由なんていくらだってある。そしていったん自分を憎み始めたら、自分が産み落としたものに憎しみを覚えるのは簡単なこと。枕を手に取り、子供の顔に押しつけるなんてたやすい。ナイフを持って、深く突き立てるのも。やぶのなかに放っておいて、ディンゴに盗ませるのも簡単。

ウェイクフィールド　その謎かけは、こじつけで、しかも悪意があるな。

ノーラ　そしてあんたの目は曇らされている。あのおしとやかさに。何が幸せを持ってきてくれるかを知っている女は、何が幸せを奪ってしまうかも知ってる。この二つは、それほどかけ離れちゃいない。

ウェイクフィールド　正気ではないな。

ノーラ　そうだよ。夜の闇を思い浮かべな。そうすれば、正気を失った母親が、子供を殺すのを、理解できる。

ウェイクフィールド　それでは、夫が黒人女と一緒のところを見つけて、報復に子供を殺したというのか？

ノーラ　ああ、裏切りの罪の深さを見せつけるためにね。
ウェイクフィールド　ノーラ、時代が違えば、あんたは魔女を磔にする柱を燃やし、私は薪に火をつける男だっただろうな。
ノーラ　そう思うよ、ウェイクフィールド。あんたみたいな男を、あたしはしょっちゅう見かける。

ウェイクフィールドは去ろうとする。

いいかい・・・あんたの見立ては間違ってる。黒人たちと本当のいさかいになる前に、放してやりな。
ウェイクフィールド　まずあの黒人女が、罪を否定することだ。

ウェイクフィールドは退場する。

ノーラ　放してやっておくれよ。あたしたちみんなに、大変なことが起きる前に。

◆◆◆◆◆

一四場

宿屋。
エリザベスが決然として、待っている。ノーラが登場する。

ノーラ　うちの娘は戻ってきたかい？
エリザベス　あなたの娘？

ノーラは危険を感じて、緊張する。

ノーラ　うちの子だよ。
エリザベス　あなたが奪った子？

一拍。

ノーラ　捨てられていたのを拾ったんだ。
エリザベス　お決まりの言い訳、でも飲むと口が緩むようね、ノーラ。私の夫とよく飲んでいたでしょう。（一拍。）憎いのは分かるわ、ノーラ。子供の産めない、嫉妬深い女の憎しみよね。母を名乗る女なら誰でも憎い、だって自分が決してなれないものを、思い出してしまうからでしょう。そしてぽっかり空いた穴を埋めるために、実の母の腕から盗み取った黒い赤ん坊にしがみつく。
ノーラ　旦那は嘘つきだよ。
エリザベス　あなたがその女を泊めていたんでしょう、そして、汚い地面から顔を上げられなくなるまで酒を与えた。女が初めて味わう白人の酒に気分が悪くなって寝ている間に、あなたはその子供を盗み取った。
ノーラ　あの人は、子供はあたしと暮らした方が幸せになるって、分かってくれたんだよ。
エリザベス　で、幸せなの？
ノーラ　あの子は良い娘だよ。
エリザベス　見放された子よ。
ノーラ　あたしの娘さ。
エリザベス　いいえ。その女が取り返しに来る日が、いずれ来ます。

間。

ノーラ　あたしが何人孕んだことがあるか知ってるかい？最初は一五の時さ。今どこにいるかは神さんが知ってるよ。ひと目も見ずに、奪われちまった。そのときから、何人の子が、まだ十月十日に足りないうちに、あたしのあそこから引きはがされていったか。一人くらい取り戻したって良いじゃないか。ここでは、必要なものは自分で手に入れる。手に入れて、またどこか別のところで手に入れる。それが、ここで生き残るすべさ。あんたの旦那も、自分に必要なものを手に入れたんだ。あんたもあたしも、知っての通りさ。旦那は、神を憎んでたよ。あたしと話が合ったよ、酒飲みながら。でも、少なくともあたしはね、あからさまに憎んでたんだ、宣教師の息の詰まりそうな僧服の下でこっそり憎んでたんじゃない。あたしは平気で神を憎んでた。でもあの人にとっちゃ、それは拷問だ。あんたと夫婦でいるっていう拷問。分かるかい？あの人はうちのテーブルで、あたしの酒を飲んで、あんたへの、あんたの信仰への、憎悪を吐き出してたんだよ。

沈黙。

あんた・・・何とも感じないのかい？

エリザベス　誰にでも、隠れる場所ってあるものよ、ノーラ。私は、鋼鉄の壁の後ろ。あの人は、僧服の裏。そしてあなたは、行きずりの旅人の、波打つ腹の下ね。

ノーラ　あんたが始末をつけるんだよ、ウェイクフィールドより先に。首をくくられるのは、あの黒人の女じゃない。

エリザベスは寝室へ行く。

言っとくけど、あの人はもう、母親のことを疑ってるよ。

外。オビーディエンスが開拓地に登場する。彼女はリンダを見ながらしばらく立つ。

◆◆◆

リンダ　何の用？

オビーディエンス　分かんない。

リンダ　仲良くして欲しいの？肌の色が同じだからって。

オビーディエンス　うん。

リンダ　自分が誰なのか、あたしに教えて欲しいの？黒いお嬢ちゃん。

オビーディエンス　うん。

リンダ　じゃ、断る。

オビーディエンス　あたしを許して欲しい。

停止。

ノーラが宿屋のドアのところに来る。

リンダ　お母さんが待ってるよ。

一拍。オビーディエンスは二人の女に挟まれる。

ノーラ　どこへ行ってたんだい、お前？

オビーディエンスは頭を上げ、彼女に顔を向ける。

（近づきながら）答えな。
　オビーディエンスは黙ったまま。ノーラは手を上げて、彼女の顔をはたく。
　オビーディエンスはひるまない。ノーラは手を下ろす。
昔は、手を上げただけで怖がったのに。
　オビーディエンスは宿屋の方に戻っていく。
オビーディエンス・・・
　オビーディエンスはためらうが、振り返らない。
女になっちまったのかい？
　間・・・それから、彼女は答えずに、宿屋に入る。

◆◆◆◆◆

一五場

　泉。上半身裸のコーネリアスが、水辺に跪く。彼は顔、両腕、胸を洗う。その体は、月光に輝く。ガウンドリーが、物陰から彼を見て立っている。彼は前に進む。コーネリアスは彼がそこにいるのに気づく。彼は緊張する。

ガウンドリー　こりゃ何だ？

　コーネリアスは立ち上がる。

なんかの匂いが付いてるぞ、坊主？

　ガウンドリーは手を伸ばし、少年の首の後ろをそっと触る。コーネリアスは後ずさりする。

何なんだ？あの黒人女の感触に、のぼせてんのか？もう触れたんだな？絶対そうだ。ツラはまだガキなのに、一人前の男だと思ってるな。

　ガウンドリーは手を伸ばし、またコーネリアスがよける。

それが女の感触って奴だよ、エドワード・・・それで、俺たち男は、自分が強いと思えるのさ。

　彼はふたたび手を伸ばす。

手荒なことをさせないでくれよ。お前のことは、もう長いこと知ってる。その間、お前は俺のもとで、正しいことをしてきた。お前は俺たちの秘密を守ってきた。良い子はそうでなくちゃな。だが、自分を男だと思ってる子は・・・

　コーネリアスは首を振る。ゴンドリーは彼をとらえ、腕を首に巻き、しっかりと押さえる。

死んだお前のお袋さんよ、許し給え。

　照明がこの上で消えゆく。

四幕

一六場

宿屋。翌朝。
リンダは、灼熱の日差しの下、木につながれている。エプスタインが傷ついたコーネリアスの体を抱えて登場する。

エプスタイン　（呼んで）ノーラ。

ノーラが宿屋から現れ、オビーディエンスが続く。

泉で見つけた。

ノーラ　ガウンドリーかい？

エプスタインが頷く。

中に運んで。

エプスタインはコーネリアスを中に運ぶ。

（オビーディエンスに）お前のせいだよ。あの男たちには関わるなと言っただろう。

ノーラは宿屋の中に入る。

◆◆◆

ノーラが現れると、エプスタインがコーネリアスを寝かせている。

エプスタイン　あの男は狂ってる。これまでもこの子にひどいことをしてきたが、ここまでは。

ノーラ　あいつに触れられるたびに、この子は傷ついてきたんだよ。手を貸して。

彼らが彼のシャツを脱がすと、背中とあばら骨のところの傷が現れる。

大変だ、あばらが折れてる。あの野郎。

オビーディエンスがドアのところに現れる。

次は殺されるよ。もう結末は分かりきってる。

オビーディエンス　見てもいい？

ノーラ　ダメだ・・・水を持ってきな。

オビーディエンスは出て行く。

あんたは長いこと知っていて、何も手を打ってこなかったのかい？

エプスタイン　俺だってどうにかしようと。

ノーラ　じゃあ何もしないのと同じだ。

エプスタイン　あいつには言えねえんだよ・・・

ノーラ　奴は口で言うぐらいじゃダメだよ。

エプスタイン　とにかく介抱してくれノーラ、元気にしてくれ。

ノーラ　体は治せるよ・・・時間をかければね・・・でもこの子は、壊れちまってる。これからもずっと、壊れたままだ。

間。

エプスタイン　おかしな絆が生まれるんだよ、旅をしてると。（立ち去りながら）俺はウェイクフィールドさんのとこへ行く。

ノーラ　そこからこの不幸がすべて始まってんだよ。

エプスタインは出て行く。オビーディエンスが現れる。彼女は昨夜コーネリアスからもらった、折りたたんだ紙切れを、ノーラに差し出す。

オビーディエンス　この人が昨日の夜、あたしに。

ノーラは紙切れを取り、注意深く広げる。

ノーラ　手紙だね（ノーラはコーネリアスを見る。）この子の母親からだ・・・（読む）「私の名前はエミリー・コーネリアス。囚人の人夫、ナサニエル・ガウンドリーという男が、息子と私を監禁しています。この男は夫を殺し、私たちを脅しています。まもなく私を殺し、息子を連れ去るのではないかと思います。息子がこの運命から逃れてくれることを祈ります。もし生きることが出来たら、この手紙も持っていて欲しい。息子には、信用できる人にだけ、渡すように言い聞かせてあります。私は、運命への最後のあらがいとして、この手紙を書きます。神よ私たちをお救いたまえ。この地に来たあらゆる者を救いたまえ。エミリー・コーネリアス。」

（間。）じゃあ、あいつがお母さんを殺したのか？

コーネリアスは頷く。

で、あんたが喋らないのは？

コーネリアスは自分の口に触れる。

奴に舌を切られた？

◆◆◆◆◆

一七場

ウェイクフィールドの農場。ウェイクフィールドは何か書いている。誰かが近づく音に、顔を上げる。エリザベスが現れ、小屋の前に立つ。

エリザベス　ウェイクフィールドさん。

彼はベランダに出る。

ウェイクフィールド　女は喋りましたか？

エリザベス　黙ったままです。（間。）良い土地をお持ちですのね。

ウェイクフィールド　いつかは良い土地になるでしょう。

エリザベス　家を建てるのにふさわしい場所です。

ウェイクフィールド　今のところはあばらや暮らしですが、いつかたぶん、もっとしっかりした家にしますよ。ここには良い石材があるんです。

エリザベス　何エイカーですの?
ウェイクフィールド　五〇〇です。それともう五〇〇、隣の土地を譲られることになっておりまして。
エリザベス　一〇〇〇エーカーもあれば、イギリスでは名士ですわね。
ウェイクフィールド　イギリスでそれだけの土地を持っていれば名士なのかもしれないでしょうが、だとしても、その土地をあまり大事に思うこともなかったでしょう。ここで、私はこの土地のために働いてきました。すでに、私の血肉になっているのです・・・
エリザベス　あの宿屋から離れたかったんです。いけなかったかしら?
ウェイクフィールド　いいえ。(間。)あなたの話を、疑う者がいます。
エリザベス　知っています。同情から疑いへと変わっていくのを、感じておりました。でも、あなたも私を疑っていらっしゃるの?
ウェイクフィールド　疑う?母親が自分の子供の命を奪う理由など、私には理解できません。だがご主人の死を見て、あなたが話された以上の何かがあるのではと思っています。
エリザベス　ええ。私、用心していたんです。誰が信用できるのかを見極めるまで。

一拍。ウェイクフィールドは彼女の暗に示された誘いに応えまいとする。

夫は不幸せな人でした。
ウェイクフィールド　ノーラが、ご主人には黒人の女がいたと。
エリザベス　嘘です。そんな女はいません。その手の誘惑はいやというほど目にしてきましたし、もし夫があのような人でなければ、ひょっとするかもしれません。でも違います。女なんていなかった・・・夫の布教は失敗でした。信仰と、私たちの使命をしっかりと守っておりました私は、夫がこの砂漠に屈服するのを見ていました。あの人は、未開の地から、まっすぐ神の扉へと、彼らを導くつもりでおりました。それが、その未開の地へと誘い込まれ、そこで自らを撃ったのです、私や、娘のことなど顧みることもなく。そして、当然、妻は汚名を着せられるでしょう、母親が汚名を着せられるのと同じです。子供の側にいなかったから、それを理由に、罪を着せられるのです・・・真実などお構いなしに。
ウェイクフィールド　しかし、なぜだろう?考えてみたことはありませんか?なぜ黒人の女が、白人の子供をさらうのか?
エリザベス　とらえたあの女にお聞きになったら。ここは裁判所ではなくてよ。
ウェイクフィールド　あなたを助けようとしているのです。
エリザベス　じゃあ、私を信じて。
ウェイクフィールド　どうやって?
エリザベス　だって、目の前に私がいるのですから、クリスチャンの女が、そして、自分の子供を殺してはいないと言っているのですから。

間。

ウェイクフィールド　戻るんですか?解決したら。
エリザベス　イギリスへ?私が選べるのなら、戻りません。

ウェイクフィールド　あなたの立場なら、戻るのが最善ではないですか？
エリザベス　私にどうしろと？両親の元に戻り、お荷物として生きるなんて。
ウェイクフィールド　ご両親は受け止めてくれませんか？
エリザベス　嫌々に決まっています。
ウェイクフィールド　未亡人として、ご主人の教会から恩給を受け取れるはずです。
エリザベス　そんな運命、ごめんだわ・・・教会の善意に頼る未亡人。私はまだ歳が足りませんわ。老いれば別だけれど、まだ自分で生きられますから。
ウェイクフィールド　あるいは再婚するか。
エリザベス　あるいはね。
ウェイクフィールド　そして新しい子供を作る。
エリザベス　二度目に、神の祝福があるかは分かりませんわ。とにかく私、男性がたとえ未亡人でも興味を持つ歳は、とうに過ぎてますもの。
ウェイクフィールド　そんな歳などありますかね？
エリザベス　男の方たちが、若い未亡人に殺到するのを見たことがあります。若ければ、悲劇は輝いて見える。その女の中に、男の方たちは若さと、手垢の付いていない程度の、経験を見て取る。それが魅力的な配合。ある歳を超えると、女の背負った悲劇は、ただの悲劇になる。いやよ、私はイギリスへは帰りません。あちらの世間の駆け引きなんて、私には出来ないもの。ここのほうが、先が明るいわ、女の数は少なくて、男は女の過去に、あまり興味がない・・・厚かましい女とお思いにならないでね、女は世の中に、自分の居場所をとっておかなければならないの。
ウェイクフィールド　では、またこの植民地に暮らすと？
エリザベス　悔いはあるでしょうけれど。すべてを失っても、あなたと同じく、私もこの土地に結びついている気がするから。
ウェイクフィールド　これほどの目にあわれたのにですか？
エリザベス　いいえ。だからこそよ。

エプスタインが現れる。

エプスタイン　ウェイクフィールドさん。

エリザベスは出て行く。

エプスタイン　邪魔するつもりは無かったんで。
ウェイクフィールド　なにも邪魔はしていないよ。
エプスタイン　ガウンドリーは来ませんでしたか？
ウェイクフィールド　いや、なぜ？
エプスタイン　昨日の晩、出て行きまして。騒ぎを起こそうとしてるんじゃねえかと。
ウェイクフィールド　どんな？
エプスタイン　奴は黒人たちを襲撃する、討伐隊を作ろうとしてるんです。
ウェイクフィールド　それはたやすいだろうな。昨夜は私の所から羊が四頭さらわれた・・・もしほかでも同じ被害を受けているなら、みな一も二も無く応じる。
エプスタイン　止めてくださいますか？

ウェイクフィールド　もしそんなことになれば、私はここでやってはいけない。
エプスタイン　止めてくださるんで？
ウェイクフィールド　止められるならな。
エプスタイン　お尋ねしたいことがあります。
ウェイクフィールド　なんだ？
エプスタイン　仕事の話は、まだ生きてますか？
ウェイクフィールド　ああ、この決着が付けばだ。
エプスタイン　じゃあ、俺と一緒に、あの子を雇ってください。もし二人はダメだとおっしゃるなら、俺の代わりにあの子を。
ウェイクフィールド　なぜだ？
エプスタイン　ガウンドリーです・・・奴があの子を傷つけているんです。
ウェイクフィールド　傷つける？
エプスタイン　手籠めに。（一拍。）お願いです、旦那、俺はあの子を、長いこと苦しめちまったんですよ。
ウェイクフィールド　分かった・・・二人とも雇おう。

◆◆◆◆◆

一八場

宿屋。

コーネリアスはベッドに寝たままである。

ノーラがワイヤーブラシでテーブルをこすっている。彼女は働きながら興奮し、動揺し、ときどきぶつぶつと独り言を言い出したりする。

オビーディエンスが外から入ってくる。ノーラは独り言をやめるが、掃除をやめず、それがオビーディエンスへの当てつけになっている。

オビーディエンスは彼女の緊張を感じる。


オビーディエンス　あたしがやる。

ノーラはバケツにブラシを投げ込む。

ノーラ　（それを持って出て来ながら）一日中あそこにいるなんて、許さないよ。

オビーディエンス　あの人に水をくんであげただけ。

ノーラ　仕事があるんだ。

オビーディエンスはバケツからブラシを取り、こすりはじめる。

それはいい。

オビーディエンスはこすり続ける。

（鋭く）いいって言っただろ。

オビーディエンスはブラシを戻す。

（やさしく、彼女の両手を取り）この手をご覧。水で、かさかさになっちまうよ。きれいな手をしてるんだから、やわらかくて。

彼女はオビーディエンスの手を、自分の頬に置く。

ピアノを弾かせれば良かった。買ってやれば良かったよ。日々の暮らしに音楽。良いじゃないか。まだ遅くはない。牛車に乗っけてさ。

オビーディエンス　やめて、ノーラ。

ノーラ　やめて?なに?あたしが何したって?きれいな手をしてるって言ってるんだよ。どうして言っちゃいけないんだい?本当のことじゃないか。(一拍。)引っ越すのはどうだい?出来るよ。前にも引っ越したんだから。

オビーディエンス　ここはどうするの?

ノーラ　新しい場所を見つけるんだよ。もっと良いとこを。

オビーディエンス　まだだめだよ。

ノーラ　こんな厄介なことから、逃げ出すのさ。

オビーディエンス　どこへ・・・どこへ行くの?

ノーラ　まだ分からないけど。

オビーディエンス　帰る?

ノーラ　帰るってどこへ?

オビーディエンス　あたしを見つけてくれたところへ。

　　ノーラは胸が痛み、沈黙する。

あたしのお母さんがいたところへ。

　　間。

ノーラ　あの女だね?そんなことを吹き込んだのは・・・あたしはお前を、ソルトブッシュの茂みの中で見つけたんだ。お前の母親が、そこに置いてったんだよ。

オビーディエンス　また戻ってくるつもりだったのかも。

ノーラ　違う。

オビーディエンス　どうして分かるの?

ノーラ　お前の・・・お前の考えは間違ってる。

オビーディエンス　戻ってきたのかも。

ノーラ　(断固として)違う。(落ち着きを取り戻しながら)お前は少し白いだろ。お前の父親は・・・白人だったんだ。分かるだろ、白人の血が混じったブラックフェラは、どんどん増えてる。連中はお前をひと目見て、おそらくお前を産んだ女を殺した。きっとそういうことだったんだよ。母親を殺して、お前を茂みの中に置いていった。(一拍。)それが黒人の考えることさ。

オビーディエンス　海は何色?(一拍。)何色なの、ノーラ?

ノーラ　赤だよ。

　　オビーディエンスはバケツからブラシを取り、テーブルをこすり始める。

◆◆◆◆◆

一九場

　　宿屋。

　　リンダは鎖につながれたまま。ノーラは外が暗くなったのでランプの明かりをつける。彼女は向こうのリンダを見て、近づく。

ノーラ　もしあたしがこの鎖を切ったら、ここを出て行くかい?

リンダは黙っている。

あの子に何も言わずに。

リンダは黙っている。

自由をやるよ。受け取りな。

リンダはノーラを見る。彼女は頷く。ノーラは薪の山の所へ行き、斧を取る。彼女はリンダに近づく。ガウンドリーが開拓地に現れる。

ガウンドリー　ノーラ・・・

ノーラはぎょっとする。

腹が減った。今日は二〇マイル歩いたんだ。

ノーラは宿屋のほうに向く。

ノーラ　何か持ってきてやるよ。
ガウンドリー　今夜はテーブルで食うぞ、嫌がられてもな。
ノーラ　だめだよ。

彼女は宿屋に入る。

ガウンドリー　あのアマ・・・男をイヌみてえに外で食わせやがって。

リンダはずっと見ている。

こっちを見るんじゃねえ、女。

リンダは目をそらす。

まだ口を閉ざしたままか。

彼は彼女に近づく。両手で彼女の口をつかみ、彼女の顔を自分の方に向ける。

まあ、今更何を言っても遅いがな。明日にはこの結末が見られるぜ。

中で、ノーラは食べ物をかき集める。

オビーディエンス　外に出ないで、ノーラ。
ノーラ　代わりに奴がここに入って来てもいいの・・・？（彼女は宿屋の外に出る。）ガウンドリー・・・食べ物だよ。

ノーラはひとかたまりのパンと、紅茶を一杯、彼に渡す。

ガウンドリー　紅茶？（それを横に投げ捨てる）酒を持ってこい。
ノーラ　飲み過ぎだよ。
ガウンドリー　飲み過ぎなわけがねえ・・・坊主はどこだ？
ノーラ　知らないね。
ガウンドリー　今日、あいつを見たのか？
ノーラ　見たよ。
ガウンドリー　で・・・？
ノーラ　あの子の顔は二度と元には戻らないよ。それが聞きたいのなら。

間——彼に、後悔のようなものが見える。

ガウンドリー　酒を持ってきてくれ、ノーラ・・・お前とは言い争いはしねえ。

ノーラ　こんなに人を憎むなんて、あんたの中にはいったい何があるんだい？

ガウンドリー　お前には分からねえよ。酒持ってこい。

ノーラ　その何かに、すっかり取り憑かれてんだろう？

ガウンドリー　頼むよノーラ・・・鋭い刃さ、俺ん中にあるのは。

ノーラ　もうあの子を放してやるときだよ。

ガウンドリー　人が弱ってるときに、恥をかかせるな。

ノーラ　二度とあの子に手を触れないで。

ガウンドリーはノーラの顔をひっぱたく。リンダは本能的に彼と戦うかのように動き、鎖だけが、彼女を抑えるものになっている。

ガウンドリー　こいよ、黒人女め。俺と戦おうってんだろう。（ノーラにしたことに気づき、落ち着く。彼は彼女の方に行く。）ノーラ、ほら、立て。

彼は彼女が立つのを助ける——彼女は口から血を流している。

怪我させるつもりじゃ無かった。抑えが効かねえんだ。何か飲むもんをくれ。

ノーラは自分で立つ。口の血を拭う。

ノーラ　二度とあの子には触らせない。

ガウンドリーはまた彼女を殴ろうと手を上げる。

畜生、また殴ったら、生かしちゃおかないよ。

ガウンドリー　（後戻りして）くそ、駄目だ。（宿屋の方に向かいながら）自分で取りに行く。

ノーラ　そこにいな。あたしが取ってくるから。だけど、あたしが言ったこと、聞こえただろう。あの子とは、もうおしまいだよ。

停止・・・それからノーラは宿屋に入る。

ガウンドリー　あのガキには貸しがある。

中でノーラが酒を取る。コーネリアスは手にナイフを持っている。

ノーラ　頼むから、そんなナイフを使おうなんて了見は捨てなよ。ここはあたしに任せて。

彼女は瓶とカップを持って、外のガウンドリーの所へ戻る。

ガウンドリー　貸しがあるんだ。

ノーラ　いい加減にしな。

ガウンドリーは瓶を取り、カップは無視する。彼が飲むと、ノーラは先ほどの放られたお椀とカップを拾い上げる。

ガウンドリー　俺が見てきたものを、お前は知らねえ・・・

ノーラ　何を見たってのさ、ガウンドリー？あたしが見てきたもんよりましだろう。あんたがされたことはすべて、あたしらもされたのさ、でもね、あんたのしたことは・・・あんたがしたことは。

ウェイクフィールド、エプスタイン、エリザベスが開拓地に現れる。ウェイクフィールドは、銃を持っている。

ウェイクフィールド　ガウンドリー・・・
ガウンドリー　俺がどうした。
ウェイクフィールド　あんたがあの少年を犯したという訴えがある。
ガウンドリー　（飲みながら）で、誰が訴えてるんだ?この小汚ねえユダヤ人かよ。ムラムラしてくると喜んで女役になる、このユダヤ人か。
エプスタイン　嘘だ。
ガウンドリー　この男に、どういう罪を犯したのか聞いてみろ。

間。ウェイクフィールドはエプスタインを見る。エプスタインは押し黙る。

ウェイクフィールド　お前も少年に触れたのか?
エプスタイン　いえ。
ウェイクフィールド　どうなんだ?
エプスタイン　いいえ。だけど、やったも同じだ。こいつを、止めなかったんだから。

間。

ウェイクフィールド　彼の罪は過去のことだよ。私は興味が無い。だがあんたは・・・・救いがたい。
ガウンドリー　もう遅いぜ、ウェイクフィールド。号令は発せられた。待っているだけで、広がっていく。明日には、五〇マイル四方のすべての白人が、あの川に集結する。夕暮れまでに、川面が赤く染まるのが見えるだろう。

停止。ガウンドリーは飲む。

エプスタイン　止めてください、ウェイクフィールドさん。こんなこと、あっちゃならねえ。
ウェイクフィールド　無理だ、女が罪を告白し、子供の居場所を語るまでは。
エプスタイン　女?
ウェイクフィールド　言うな、エプスタイン。
エプスタイン　真実をってことですか?
ウェイクフィールド　あの黒人の女が、いま罪に問われているのだ。
エプスタイン　じゃあ、もしあの女が、ショールを盗んだだけだったら?俺の犯した罪の方がよっぽど重いが、それで吊されはしなかった、流刑にはなったが、吊されちゃいねえ・・・、こんなことは、正義じゃねえ、ただの復讐だ。

ウェイクフィールドはリンダに近づく。

ウェイクフィールド　この男がいま言ったことが分かるか?

リンダは黙っている。

明日、夕暮れ時に、白人たちが、お前の仲間たちを襲撃する。血が流れていいのか？

リンダは黙っている。

もし私がお前の告白をたずさえて彼らのところにいけば、止められる。

間。リンダは責任の重さを感じる。
オビーディエンスが宿屋の外に出る。オビーディエンスは彼女の方へ歩いて行く。
リンダは喋る決心をしたようだ。

オビーディエンス　だめ・・・
リンダ　話すよ・・・
オビーディエンス　言っちゃ駄目。

リンダは手を上げて彼女を制する。

リンダ　喋るよ・・・みんな聞いて・・・だってこれは、あたしが言わなくちゃならないことだから。あたしはお前たちの子供をさらった。あのミッションに行って、青白い肌の、金色の髪の、あの子をさらった。可愛らしい顔で、眠っているあの赤ん坊を抱き上げて、連れ去った。それから泉に行って、腕の中に抱いた。優しく歌を歌ってあげた。そしたらあの子は目を開けて、あたしの顔を見た。そして笑った。ちっちゃなホワイトフェラが、黒人の顔を見て笑ってた、だって、あの子は何も知らなかったから、ほかの白人が、こういう顔をどんなふうに思ってるか。どんだけ恐れてるか。どんだけぶん殴ったか。どんだけ足蹴にしたか。どんだけ泥の中に押しつけたか。その顔の中に、あの赤ん坊が見たのは、あたしが返してあげた微笑みだけ。それから、あたしは赤ん坊を連れて、水辺に行って、その顔に口づけしてから、下に下ろした。冷たくてあの子が縮こまり、小さな両手を伸ばし、水の中から目があたしを見上げてるのを感じた。それからあの子をそこに漬けたまま、あたしたちの国を踏みつけて回るすべての白人どもを思い浮かべて、お前たちのことを笑ってやったんだ。

沈黙。

近づいてくる雷鳴。

二〇場

泉。その夜遅く。嵐の気配。
エリザベスが泉のほとりに立つ。首にロケットをつけている。

エリザベス　神よ、私の正義をかなえてください、私の闘いに力をお与えください・・・私の闘いに・・・

子供の泣く声。

私の闘いに力をお与えください・・・私の正義をかなえてくださ い、神よ。穢れから・・・お守りください、欺瞞からお守りくだ

さい・・・お守りください、弱き私を・・・お連れください、聖なる日に・・・

彼女は記憶の中の銃声を聞く。

いや・・・（彼女は首からロケットを引きちぎる）さあこれで終わり。

ロケットは彼女の手から落ちる。ランプが暗闇の中で光る。

エプスタイン （袖で）ここにいます。

ウェイクフィールドとエプスタインがランプを持って現れる。

エリザベス 聞こえる・・・？

ウェイクフィールド 何が・・・？

エリザベス あの子の泣き声。

ウェイクフィールド 風ですよ、奥さん・・・宿屋に戻ってください・・・

彼女は見ずに身を投げようとする。ウェイクフィールドは彼女をとらえ、後ろに戻す。たちまち彼女は、彼の腕の中で力を失い、その腕に頼る。彼は彼女を抱きしめる。

エプスタインは砂の上のロケットを見て、拾い上げる。彼はそれを開く。一房の髪を取り出し、手のひらに持つ。

エプスタイン これはあんたの子供の髪かい、ウィルクスさん？（彼は自分の手をウェイクフィールドに差し出す。）真っ黒だ・・・あの女は、子供の髪は金色だと言ってた。

ウェイクフィールド そんな間違いは、良くあることだ。

エプスタイン いや・・・あの女は、頭ん中にでっち上げた白人の子供の話をしてたんだ、この人の子供のことではなく。

ウェイクフィールド 何ということだ・・・あの女の自白は偽りなのか？

エリザベスは身体を硬くしている。

真実を教えてくれ。

エリザベス 真実・・？真実はこうですわ、ウェイクフィールドさん。彼らが私たちを見下した・・・いいえ、見下したんじゃありません、だって、彼らはそんなことをはっきり思うほど、気にとめてもいなかったんだから。彼らは私たちを笑いました。自分たちが好きなだけ、私たちの食べ物を食べ、私たちの屋根の下にたむろしておいて、あげくに建築半ばの教会に、私たちを残して去っていった。教会は砂埃の中に立っていたわ、私たちの途方もなく気負った心を、せせら笑うような遺物として。私は感じた、彼らが笑っているのを・・・彼らの徹底した無関心を、それだから、私は彼らを憎みましたの。私たちが愛するはずだった、あの人たちを。私は憎んだ。闇に紛れて、彼らの焚き火に照らされたその姿を私は見ました。裸で、奔放で、あらゆるたしなみ、あらゆる文明を、脅かしていた。神が、無視をするために選ばれた人々を、私は見たのです。私が教会を燃やしたんですわ、ウェイクフィールドさん。それが真実。黒人たちがするわけないでしょう？夫を破滅させたのもそれ・・・彼らの無関心。彼らにとっての私たちの存在は、言ってみれば、何か邪魔っ気なもの、雨の無い季節のように、どこかへ行ってしまうまでほんのいっときだけにこやかにやり過ごせばいいもの。そして、彼らの思うとおりだった。あの人が敗れ去り、私たちの冒険的な計画が無に帰すのを、私は見ました。それだから私はあの人を憎みました。彼らの無関心に立ち向かわなかったから。それに負けず、煉瓦を一つ一つ積み上げて、教会を完成させるという意志を持たなかったから。それで私はあの焚き火から火を取って、燃やしたのです。そしてあの人の私への答えが、口に銃を咥えることだったのです。私は火を教会に放ち、燃え上がるのを見ていました。神よ、お許しください。

ウェイクフィールド　では子供は？

エリザベス　家へ帰りましたら、あの子が泣いていました・・・でも私の耳には入らなかった。銃を取って泉へと戻ると、あの人がいて、私に許しを請うたのです。銃を置いて、立ち去るのが、あの人への私の答え。家へ戻るまもなく、銃声が聞こえました。家に入ると、あの子はいなかった。ベッドは、空っぽでした。

ウェイクフィールド　あなたは嘘をついている。そんな馬鹿な。嘘をついているんだ。

エリザベス　嘘じゃないとしたら？

間。

ウェイクフィールド　女を解放する・・・私の手で、あの女の血を流させるわけにはいかん。

彼は出て行く。

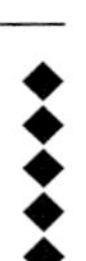

二一場

宿屋。

リンダは鎖につながれている。ゆっくりと、彼女は鎖を取り、それを首に巻き付ける。結ばれると、彼女は前に倒れる。彼女はぐったりとぶらさがる。

オビーディエンスが宿屋のドアの所へ来る。彼女はリンダを見て、絶叫する。リンダの元に駆け寄り、鎖を外そうと躍起になる。

ノーラが宿屋から出てくる。

オビーディエンス　嫌・・・

ノーラ　死んでるよ・・・

オビーディエンスは死体を抱きしめる。

ウェイクフィールド、エプスタイン、ガウンドリー、最後にエリザベスが現れる、死体の前に、皆、押し黙って立つ。

エリザベス　（最初は静かに）天にまします我らの父よ・・・

オビーディエンス　嫌・・・そんな言葉を言わないで。

エリザベス　天にまします我らの父よ。

オビーディエンス　嫌ーっ。

エリザベス　言わなければならないのよ。

停止―エリザベスの意志が、皆を黙らせる。

天にまします我らの父よ、ねがわくはみ名をあがめさせたまえ。み国を来たらせたまえ。みこころの天になるごとく、地にもなさせたまえ。

主への祈りが、この国中で響く多くの声と重なって大きくなる・・・

我らの日用の糧を、今日も与えたまえ。我らに罪をおかす者を、我らがゆるすごとく、我らの罪をもゆるしたまえ。我らを悪より救いいだしたまえ。国は限りなくなんじのものなれば。アーメン。

リンダの死体が下ろされ、男たちに運ばれる。照明がこの上で消えてゆく。

五幕

二二場

次の日。ノーラは宿の外で薪を割っている——彼女の斧の扱いには、威嚇するような雰囲気がある。オビーディエンスが小さく、でこぼこのスーツケースを荷造りしている。コーネリアスが近づく。

オビーディエンス　駄目。

彼は一緒にいくという身振り。

一緒には行けないよ。

彼は片手を、胸の上に置く。

駄目・・・

彼は胸をたたく。

あんたなんかいなくていい・・・あんたなんてほかのホワイトフェラと一緒。一緒に寝たんだからって、思ってるでしょ。でも何も無いよ、分かる？・・・あんたとあたしの間には、何にも無い。あるはずが無い。

彼女は鞄を閉じて、ドアの所へ行く。一瞬ためらうが、振り返らない。彼女は出て行く。

オビーディエンスが手にスーツケースを持って、宿屋から現れる。ノーラは静かになる。

ノーラ　それは何？

間。

オビーディエンス　どう言えば良いのか分からなくて、お別れの言葉。

ノーラ　そんな言葉を聞くつもりは無いね。

オビーディエンス　言わずに行けって言うの？

ノーラ　こっそり出てけば良い・・・

オビーディエンス　泥棒みたい。(一拍。) あたしのお母さんはどんな人?

ノーラ　あんたの前に立っているよ。ほかの何よりも、あんたのことを愛してきた女。泥棒か、ハハ、もっと悪い女だよ。ほかのどんな女よりも、多くを欲しがった女。行きずりの旅人の落とした種で生まれたあんたを奪い、あんたを産んだ母親と同じ運命をたどらせないように、ずっと側に置いてきた女。お前の純潔を守るために、あたしのベッドじゃいろんな駆け引きがあったのさ。

オビーディエンス　感謝しろってこと?

ノーラ　お前はあたしに借りがある。

オビーディエンス　もしお金があれば、みんなあげて、そんな負い目から自由になりたい。

ノーラ　恩知らずなズベタだね。

オビーディエンス　あたしを愛してるんでしょ。

ノーラ　そのとおりだよ。

オビーディエンス　じゃあ、行かせて。

ノーラ　その女は、お前を手放して喜んでたよ。

オビーディエンス　じゃあその人から直接聞かせて。

ノーラ　根無し草になるよ。

オビーディエンス　ここでも根無し草だよ。

ノーラ　お前はあたしの娘だろう。

オビーディエンス　ううん、あなたが子供を盗み取った女の娘。

間。

ノーラ　お前とあたしは、遠くまで来すぎたのさ、あんたが赤ん坊だった時から。あの女は永遠に見つからないよ。

オビーディエンス　あたしの名前を教えてくれれば、見つけられる。

ノーラ　お前に手は貸さない、あたしが破滅することになる。

オビーディエンス　じゃあ、あたしには口があるんだから、人に聞きながら見つける。

ノーラ　なら、行きな、出て行け。お前を産んだバイタを探しにいきな、酒でとうにくたばってなけりゃあいいがね。その顔はあたしの心を温めてきたけど、もうあたしに見せるんじゃないよ、今はもう、心が冷え切るだけだから。

ノーラは薪割りを再開する。オビーディエンスは自分のバッグを持って出ていく。ノーラは顔を向けない。

たいして嘆くことは無いさ。前にも失ったことはあるし、今度だって耐えてみせる。(オビーディエンスが行ってしまったのを見る。) そう、涙を流さない女は恐ろしいよ、だってそれはあたしだから。

いま起きていたことを見ていたエリザベスが、ブッシュから現れる。

エリザベス　じゃあ・・・私たちは二人とも娘を失ったということね、ノーラ。

ノーラは斧の取っ手を握りしめる。

ノーラ　ここから出て行きな・・・頭を叩き割るよ。

エリザベス　どこへ行けばいい?

ノーラ　あたしの知ったことか。地獄に落ちればいい。

エリザベス　私は地獄にいるわよ・・・もうそこにいます。

　エリザベスは出て行く。
　ノーラは薪割りを再開する。

二三場

　ウェイクフィールドの農場。
　ウェイクフィールドは、柵にする杭を打ち込んでいる。彼の仕事は着実で、入念である。汗がしたたる。
　エプスタインが現れる。緊急のようである。

エプスタイン　川に男たちが集まってます。

ウェイクフィールド　五〇〇エーカーの土地に柵を巡らしてるんだ。済んだらさらに五〇〇。

エプスタイン　ウェイクフィールドさん。そんなことやめてください。

ウェイクフィールド　仕事が欲しいんだろう？ならこの小槌を持って、私の土地を囲うのを手伝ってくれ。真面目に働けば見合った額を払う。さあ持つんだ、そして川からは目を背けろ。ことが起きても、それが一言も語られることはない。まったく無かったことになる。

エプスタイン　あれは、子供がいなくなったことなんか、何も関わりがねえ。関わってるのは、土地と、あんたらの羊を放牧する権利だ・・・

ウェイクフィールド　私たちは、ここに国を作っているんだ。犠牲は仕方の無いことなんだよ。

エプスタイン　で、どんな国になるんですか？

ウェイクフィールド　いつか、誇れる国に。

エプスタイン　あんたは臆病者だ、ウェイクフィールド・・・腑抜けだ。せいぜい自分の国を、肥らせたらいい・・・自分の羊もな。俺は、あいつらを止める。

　エプスタインは出て行く。

ウェイクフィールド　川に近づくんじゃないぞ、目にしたものを、一生引きずることになるぞ。

　ウェイクフィールドは中から日誌を取る。ページを引き裂き、地面に落とす。
　エリザベスが現れる。

エリザベス　ウェイクフィールドさん、私を貰ってくださらない・・・？どこへも行くところがありませんの。（間。）真実はお話するつもりですわ。

　彼は手をあげて、彼女の言葉を押しとどめる。

ウェイクフィールド　やめなさい・・・言ってしまったら、あなたを追い出すしかなくなる。だが、もし黙っていてくれれば、あなたを受け入れられる。あなたの目の前に居る男は、側にいてくれる女を必要としているから。だが、これだけは、約束です、ウィルクスさん。あなたと私は、これまでのことに口をつぐむ。なぜなら、口にさえしなければ、いずれは消えていくから。

エリザベスはベランダに上る。二人は中に入っていき、地面に落ちた日誌のページが残される。

◆◆◆◆◆

二四場

ガウンドリーは宿の外にいる。彼は瓶から酒を飲んでいる。ノーラが外に出てくる。目の端に彼が見える。

ノーラ　もうじき暗くなるよ。

ガウンドリー　分かってる。

ノーラ　始めた奴が、最後まで見届けなきゃだめだろう。

ガウンドリー　あの坊主がいねえと・・・あいつがいねえと、俺は駄目だ。

一拍。

ノーラ　川で決着をつけてきな、ガウンドリー、それが終わったら、あたしの娘を探しておくれ。連れ戻してくれたら、あんたにあの少年をやるから。好きなようにしていいよ、あの子をあたしに返してくれたら。

間。

ガウンドリーは出て行く。ノーラは押し黙っている。遠くの銃声。

二五場

川を見下ろす丘、オビーディエンスが、川の流れる平野を見下ろして立っている。彼女はでこぼこのスーツケースを持ってる。銃声が、逃げ惑う人々の悲鳴、混乱、虐殺の恐怖に重なる。オビーディエンスは背を向け、舞台の前面へとゆっくりと歩く。そのとき虐殺は進行し、ついに沈黙する。

オビーディエンス　夕暮れだった。女たちは、集まりから戻って、火を焚いていた。子供たちも一緒にいた。最後の日の光の中で遊ぶために、川にやってきていた。年かさの男たちの一団は、大きな岩の近くに座って、その日したこと、明日することを、語り合っていた。皆はその場所からすぐに動いて、儀式のために、もっと大きな集団に加わった。若い男たちが何人か、女たちが何を持ってきてくれたか確かめようと、火の周りに集まっていた。彼らは腹を減らし、食事が待ち遠しかった。お祖母さんが怒って、待ちなさいと言っていた。誰かが顔を上げ、指さした。白人が一人、丘を下って自分たちの方に来る。女たちはすぐ子供たちを呼んだ。少し年上の女の子が二人、子供たちを連れ戻しに、川へ走って行った。老人たちが立ち上がり、白人の男に会いに行った。白人の男が、何かの危険を自分たちに知らせようとしていることは分かった。反対の方向から、銃声が聞こえた。見ると、馬に乗った八人の白人の集団が、川を渡っていた。さっき子供を連れ戻しに行った二人の女の子が、最初に撃たれた。そのすぐ後に、もっと小さい子たちが何人か倒れた。女たちは子供たちのもとに駆けだして、順に撃たれていった。男たちが武器を取ろうと走り出したが、倒された。女が一人、小さな子をつかんで、何とかブッシュに隠した。でももう一人の子を抱きに戻ろうとしたとき、撃たれた。射撃がすべて終わったとき、一二人が死んでいた。一二人は子供だった。そのほかに一四人が怪我をしていた。八人が、どうにかブッシュへと逃げ込んでいた。あのお祖母さんは、助かっていた。歳をとって走れず、歳をとっていたから撃たれなかった。火の側に座って、涙を流していた。白人の男たちは馬を下り、傷ついた者たちを撃った。死体を積み上げて、火をつけた。白人の死者は一人。危険を知らせようとキャンプに駆けてきた、あの男だった。これが、あたしたちの歴史。

ガウンドリーが背後から現れ、オビーディエンスを見つめる。彼女が気づかぬうちに、彼は近づく。

◆◆◆◆◆

二六場

宿屋。

ガウンドリーがオビーディエンスを抱えて現れる。そのドレスは破れ、口からは血を流し、目はうつろ。彼は彼女を、地面に横たえる。

ガウンドリー　ノーラ・・・

ノーラが宿屋から現れる。

ガウンドリー　娘を、連れて帰ってきたぞ。道ばたで見つけた・・・

ノーラはオビーディエンスに近づく。

ガウンドリー　奴らが犯しやがったんだ、ノーラ。それに舌も切られてる。

ノーラ　舌が無けりゃ・・・声も無い。

ガウンドリー　きっと、あの襲撃への報復だ。

ノーラは跪き、オビーディエンスの傷ついた身体を抱いてゆする。

ノーラ　あたしは何てことを。

彼女は深くうめき、少女を強く抱く。コーネリアスがドアの所に現れる。彼は、ことの真実を見て取る。

ノーラ　あんたの子だよ、ガウンドリー。連れて、出て行って。

コーネリアスは前に出る。彼はナイフを持っている。

ガウンドリー　お前・・・馬鹿なまねはもう止せよ。ナイフを置け。

コーネリアスが近づく。傷のせいで、簡単に身体が動かない。彼は突進する。ガウンドリーは彼をとらえ、ナイフを手から放させる。ナイフは地面に落ちる。
コーネリアスは倒れる。ガウンドリーは彼を抱き、その髪をなでる。

勘弁してやるよ。明日、一緒に行こう・・・二人だけで。

クロージング・

宿屋。夕暮れ。
ノーラは前場と同じく、オビーディエンスを抱いて揺すっている。彼女はオビーディエンスの顔から髪を引っ張り、後ろで結ぶ。立ち上がり、薪を集め始める。
オビーディエンスは起き、舞台中央へ行く。

ノーラ　ランプをつけとくれ・・・夜が近寄らないように。（彼女は宿屋の方に行く。）世界に知らせておくれ、あたしたちはここにいるって・・・世界が見ているはずもないけど。

ノーラが宿屋に現れる。
口から血を流し、目はうつろで、オビーディエンスは観客と向き合ったままでいる。

終わり

闇の河

ケイト・グランヴィルの同名小説より

登場人物

ディラビン　語り手

ウィリアム・ソーンヒル　刑期を終えた元囚人入植者
サル・ソーンヒル　彼の妻
ウィリー・ソーンヒル　彼の長男
ディック・ソーンヒル　彼の次男

ヤラマンディ　ダラグの老人
ブリア　ダラグの老女
ナラマラム　ダラグの男
ギルヤガン　ダラグの女
ワンガラ　ダラグの若い男
ナラビ　ダラグの男の子
ガラワイ　ダラグの男の子

トマス・ブラックウッド　ホークスベリーへの入植者
スマッシャー・サリヴァン　入植者
ヘリング夫人　入植者
サギティ・バートルズ　入植者
ラブデイ　入植者
ダン・オールドフィールド　囚人
サックリング船長、ブラニヤマラ、ドゥラ・ジン、ドゥラ・ジンの子供、ミュルリ、ニューゲイトの看守、囚人たち、ダーキー・クリークのダラグの人々は、出演者によって演じられる。
犬とカンガルーも、出演者によって演じられる。

舞台

この芝居はホークスベリー河で、一八一三年九月から一八一四年の間に起きる出来事である。このときそこに住んでいたダラグの人々は、その河を「ディラビン」の名で認識していた。

プロローグ

氾濫平野

河岸を洗う水音、鳥たちの飛び立つ音、木々の枝を揺らす風の音で始まる。

ある家族が、燃え尽きようとする火の周りに集まっている。老人のヤラマンディ、その妻ブリア。ナラマラムとワンガラ、ギルヤガン。そしてギルヤガンの息子たちであるナラビとガラワイ。

ヤラマンディは黙って河面を見つめ、他の者は来たるべき日について語る。ブリアは皆に、何をすべきか、いつそれをすべきかを語っている。誰もあまり聞いていない。

ブリア　Wyabuininyah minga waddiwadi yira guyun guwinga-da. Durunung biall barrawu, maana duruwan waru-ni maana.〔みんな、枝をありったけ持ってきて、果実も全部集めて。ここへ持ってきておくれ、料理をするから。〕

少年たちはふざけている。

ナラビ　Ni durumin.〔女の子がいるぞ。〕
ガラワイ　Murray dyinmang.〔お前だろ、でっかい女の子は。〕
ナラビ　Guwuwi wawa.〔何だと、やるか。〕
ナラマラム　Gugugu wangarra.〔やめろ、お前たち。〕
ギルヤガン　Gugugu garranarbillie.〔ゲラゲラ笑いなさんな。〕

少年たちは自分の仕事を進める。

ナラビ　Wugal wadi.〔一本見っけ。〕
ガラワイ　Wadi wadi.〔もっと見っけ。〕
ナラビ　Gugugu murray nin.〔大きいのみんな取っちゃうなよ。〕
ガラワイ　Ngai Biji ngyinu.〔俺の方が上手いからな。〕
ナラビ　Ngai bugi bugi.〔この枝で叩くぞ。〕
ブリア　Yan wungarra, yan wammalalibyila.〔お前たち、もうやめなさい。さあ、二人とも泳ぎに行って。〕

これはますます少年たちを笑わせるだけである。彼女は少年たちを、手を振って追い払う。いかめしい顔だが、すでに二人を許している。

ガラワイ　Dienamillie?〔遊ぶ?〕
ナラビ　Budyari / Yuin.〔うん。〕
ガラワイ　（彼を追いかけて呼ぶ）ナラビ、ナラビ。

二人が逃げていくとき。

ナラマラム　Mudang wangarra.〔元気な子たちだ。〕

ワンガラ　Yuin mulla ingarang guni gabaras.〔確かに。悪ガキだ。〕

前触れもなく、ヤラマンディは歌を歌い始める。弔いの歌だ。他の者たちは黙る。ナラマラムとワンガラは拍子木を取り、彼に合わせる。

この歌に呼ばれたかのように、河から人影が現れる――語り手のディラビンだ。

ヤラマンディ　（歌って）Nura-Da Nura-Da Nura-Da Nura-Da Nura-Da〔クニよ〕
Nura-Da Nura-Da Nura-Da Nura-Da
Guwuwi Guwuwi Nura-Da Nura-Da Nura-Da Nura-Da Nura-Da〔クニへ呼びかける〕

ディラビン　（歌が終わると）彼は近くの尾根から立ち上る煙を見た。その意味は分かっている。誰かが来るのだ。話は河を伝って耳に届いていた。よそ者たちの話。そしてトラブル。彼らは船が通り過ぎるのを見ていた。行っては戻り。また行っては戻り。そして老人ヤラマンディは、胸に痛みを感じた。彼は知っていたのだ、何かが変わろうとしていることを。そしてそれを止める術を、彼は知らなかった。止めたかった。時が止まって欲しいと思った。ここから三十マイル海岸線を下ったところで、もう一人の男が、今の自分を超えた何ものかになる機会をうかがい、そして一人の女が、子供たちを見守り、どこか遠くの歌を歌いながら、待っている。

※※※※

シドニー湾、ソーンヒル家の小屋

　サル・ソーンヒルは光るランプの脇に座っている。彼女の息子たち、ウィリーとディックは彼女の横でぐっすり眠っている。

サル　（そっと歌う）ロンドン橋落ちた
落ちた　落ちた
ロンドン橋落ちた
マイフェアレディ

鎖時計とられた
とられた　とられた
鎖時計とられた
マイフェアレディ

牢屋に入れなくちゃ
入れなくちゃ　入れなくちゃ
牢屋に入れなくちゃ
マイフェアレディ

　ウィリアム・ソーンヒルが登場する。

起きて待ってるって言ってたけど・・・眠っちゃった。

　ソーンヒルは息子たちを見る。言葉に表さないが息子たちを大切に思っている。彼はディックを、続いてウィリーを運んでベッドに横たえ、サルは二人に毛布をかける。

それで？

　彼はポケットから一枚の紙を取り出して渡す。彼女はランプの明かりの下、注意深く広げる。

ソーンヒル　何て書いてある？
サル　読んでみるわね。

　彼女は気合いを入れる。文言は易しくはない。

（読んで）「授けられた権限に基づき、ジョージ三世国王陛下名代ラクラン・マコーリー少将は、ニューサウスウェールズ及び・・・なんとかかんとか・・・を統治する総督として、一八〇六年、終身流刑のためジェームズ・サックリングを船長とするアレグザンダー号にて到着したウィリアム・ソーンヒルの良好な素行を認め・・・赦免を申し渡す。」

　間・・・涙が溢れる。

ソーンヒル　よせよ。
サル　どうして。
ソーンヒル　こっちまで変になる。
サル　自由だって、ウィリアム・ソーンヒルは・・・。あたしたち、帰れるのよ。

彼女はその公式の文書をキャラコの布に入れ、彼らの貯金や貴重品を入れた箱に収める。

どんな人?・・・総督って。

ソーンヒル　スコットランドの人だ。言ってることは殆ど分からないが、俺の名前を言ってるように聞こえた。前にあそこの人間に名前を呼ばれたときは、絞首刑の宣告だったたな。

サル　遠い昔ね。

ソーンヒル　四年前だよ、サル。

彼女は箱から一枚の瓦のかけらを取り出し、口づけして元に戻す。

カネはいくらある?

サル　三三ポンド。持ってきたものを考えたら、少なくはないわ。

ソーンヒル　だが十分ではないだろう?帰るためには。

彼女は沈黙する。彼女はそれが真実だと知っている。

稼げるさ。

サル　そうね。

ソーンヒル　コクル・ベイのウォルシュという人が、なかなか良い一人乗りの舟を作るんだ。新しい櫂もすぐ出来る。

サル　小さすぎるでしょ、ウィル。あんな舟じゃ、シドニー湾を出たら大して役に立たないわ。まどろっこしいだけ。

ソーンヒル　生活のためさ。なんたって、俺たちのものになるんだぞ。

サル　ブラックウッドが、クィーン号を売りに出してるって。

ソーンヒル　一六〇ポンドでだろ。

サル　もっと安くするわよ、あなたにならね。どう、あれだったら?

ソーンヒル　一九フィートあるな。

サル　父親と二人の息子が十分乗れる。

ソーンヒル　それで?

サル　残りのお金は借ればいいのよ。

ソーンヒル　ああ、そうか!

サル　もう計算してあるの。あなたの仕事の評判なら、お金を借りても利子をつけて返せる。それにブラックウッドが隠居したら、ホークスベリー河の商いを引き継げる。向こうもそれを望んでるはずよ。

ソーンヒル　そんなこと言ってなかったぞ。

サル　そう、言わなかった?ブラックウッドみたいな人は、いちいち喋らなくても。あなたはずっと彼の右腕だったわけだし、当然あなたに継いで欲しいと思ってるわよ。

ソーンヒルは黙っている。

もしこの機会をものに出来なけりゃ、子供たちはもう英国の空気を吸えないまま、大人になっちゃう。考えてよ、ウィル。故郷のこと!想像して!そこそこの蓄えを懐に帰る自分を!

一拍。

なあに?

ソーンヒル　何も言ってない。

サル　ふうん。でも、考えてる・・・心の中に何かある。言ってっしまったら。
ソーンヒル　上流に、目をつけていた土地があるんだ。この一年、ずっと見てた。
サル　土地？
ソーンヒル　一〇〇エーカーはある。河の側に平地が広がってる、なかなかない土地だ。それから、背後には、眺めの良い丘もある。
サル　一年もあたしに言わず、そんなこと考えていたの。
ソーンヒル　もし話したら、お前は何て言った？
サル　忘れなさいって言ったわね。
ソーンヒル　それにこうも思ってるだろう、男ってどうして隠し事をするのかしら・・・作物を作って売った方が早いんだ。
サル　あなたが百姓！
ソーンヒル　誰かに取られちまう前に、手に入れないと。
サル　手に入れる！手に入れるってどういうこと？
ソーンヒル　ブラックウッドが、唾をつけてそのままにしとけば、やがて自分のもんになるって。
サル　そんな安く済むと思ってるなら、余程の馬鹿よ。
ソーンヒル　他の奴らもそうしてるんだ。ぶんどって、自分の土地だと言うために作物の種を蒔いて。自分の名前もつけてる。
サル　自分の名前をつけた土地！あなたが求めてるのはそんなもの？
ソーンヒル　俺が求めてるのは、今とは違う人生だ。

一拍。

サル　蕪一個にしたって、何を知ってるの？食べるだけでしょ。
ソーンヒル　学ぶさ。
サル　あなたは河の人よ。血の代わりに河の水が流れてるの。目をつぶっても、テムズ河の流れを、どこで曲がりくねるのかもすべて辿れる。あたしがあなたを知っているのと同じように、あなたは河のことを知ってる。でも、種まきや栽培のことなんか、何を知ってるって言うの？とんでもない！だめよ！今あたしたちは、良くやってるじゃない。あなたがホークスベリー河の輸送を引き継いで、二年もしたら、帰るお金が出来るわ。家を買うんじゃなかったの、テムズの河岸の、スワン通りに。それに、あなたと、息子たちにそれぞれ渡り舟を一艘ずつ。それから、暖炉のそばの肘掛け椅子を、夫婦で一脚ずつ。ずっとそんな話をしてたわよね、それなのに、全部忘れたみたいに、違うことを言ってる。自分の名前のついた土地が欲しいなんて！
ソーンヒル　なぜ駄目なんだ？簡単に手に入るのに？
サル　どうして簡単なの？そこにいる人たちはどうなるの？
ソーンヒル　それはもうみな片付いてる。
サル　何が片付いてるの？

一拍。

何が片付いてるのよ、ウィル？

彼は黙る。

じゃあ、向こうでなにか起きてるって話は、みんな本当のことなの？
ソーンヒル　俺が知ってるのは、パラマタの先へ行った、臆病な男から聞いた話だけだ。時おり、山の峰に煙が見えるそうだ。でも俺が向こうへ行ったときには見えたためしがないし、あったとしても遠くの方にあるだけだ。
サル　あなたには見えなくても、彼らには見えてるのよ。
ソーンヒル　じゃあ・・・見せてやるさ。俺の名前はウィリアム・ソーンヒルだ、と言ってやる。
サル　きっと好印象でしょうね。「こんにちは、ソーンヒルさん」って言って、次に槍で突かれるわ。
ソーンヒル　彼らは、俺たちとは違って、移動し続ける。一つ所に根を張らず、通り過ぎていくだけだ。だから、ちゃんとした柵を立てておけば、その意味するところが分かるさ。
サル　それに、蛇もいるでしょ？
ソーンヒル　ここにも蛇はいるぞ。
サル　でもここには専門の外科医がいて処置して貰えるし、死んだら祈りを捧げてくれる牧師もいるわよ。ウィル！そういうことも、ちゃんと考えたの？子供たちのことだって。ここで育てるだけでも大変なのに。
ソーンヒル　息子らはもう大きい。ウィリーは俺と一緒に船で働くし、ディックも作物と豚の世話ぐらい出来る。
サル　考え抜いた上でなのね？

ウィリーが毛布から頭を持ち上げる。

ソーンヒル　ただいま。
ウィリー　父さん自由になったの？
ソーンヒル　鳥のようにな。そう書いてある紙も貰った。朝になったら見せてやるから、今はお休み。

ウィリーはまた横になる。一瞬・・・

またとない機会なんだよ。それだけだ。

彼女は黙っている。彼は妻の顔に、かすかな可能性と、細く差し込む光を見て取る。

五年待ってくれ。金を稼いで、それから帰りの船に飛び乗る。
サル　約束する？
ソーンヒル　神に誓って。
サル　じゃあ五年ね。

彼は彼女の元へ行き、約束のキスをする。

覚えといて・・・蕪は木からもぐものじゃないのよ。
ソーンヒル　もういい。愛してるよ。
サル　じゃあ見せて頂戴。
ソーンヒル　子供たちを起こしてしまわないか？
サル　その時は、踊ってたって言うわ。
ディラビン　二人は飽くことなく触れあった。なにがあっても、毛布の下でなら、解決出来た。
二人はクィーン号を買ったが、女王という名は好まず、希望号と名を変えた。その舟は一八一三年の九月に出航した。
ノースヘッドの周りを進んだとき、舟は外海の大波に出会った。希望号が風と波に捉えられると、彼はある種のスリルを感じるのだった。なんと小さな舟、なんと広大な海。

彼は息子の一人が叫ぶのを聞いた。歓喜の声か恐怖の声か、それは分からなかった。彼は前をまっすぐ見据え、一人の男が新しい人生を書き込むであろう、空白のページを見つめた。

※※※※

一幕

一場
氾濫平野と荒れたままの野営地

夕暮れが河に影を落とし、それが岬の端から端まで伸びていったとき、希望号は泥の中で立ち往生し、サルは食料や荷物に囲まれ、まだ船上にいる。空気は、音で一杯だ。鳥たちは巣へ帰ろうとし、虫たちの合唱が、彼女の耳を満たす。彼女はじっとそのままでいる。まるで、動いたら自分がすでに到着しているのを認めることになるかのように。

ふいにウィリーとディックがブッシュから現れ、数拍遅れてソーンヒルも続く。

ウィリー　テントを立てたよ、母さん。暖かい火も起こした。

彼女はなかなか動かない。ソーンヒルは、その気にさせるものをもっと挙げろと、ディックを軽く小突く。

ディック　それから、ヤカンも沸かしたからお茶飲めるよ。あとはー、なあんだ？

サル　なあに？

ディック　野蛮人もいないよ。

ソーンヒル　ようしディック。それでいい・・・下りられるか、サル？

サルは意を決した表情で、立ち上がる。

母さんのために道を作ってやれ・・・その枝で。

サル　いいのよ。あたしは貴婦人じゃないんだから。

ソーンヒルは、彼女が舟から下りるのを手伝う。サルは脛まである泥を歩む。

ディック　わあ、泥が。

彼女は息子たちを見つめて、笑いをやめさせる。

ソーンヒル　母さんを笑うな。

息子たちは折れた枝で母親の目の前に道を作る。ソーンヒルは舟から食料箱を取る。

彼らは木々を通って、小さな開拓地にある荒れたままの野営地へと進む。ぞんざいなテントが唯一の雨風をしのぐもの。火が燃えていて、ヤカンが半分炎に包まれている。すべては静かで、聞こえるのはただ巣へ帰る鳥たちの鳴き声だけだ。

ようやくサルが口を開く。

サル　ここがそれなの？ウィル。

ソーンヒル　居心地は最高だ。

沈黙、そして、悲しげな一羽の鳥が後悔の長い鳴き声を上げる。

サルは何か自分に理解できるものを探して、辺りを見る。ここに住むことが出来ると、言ってくれる何かを。

サル　この世にあたしたちしかいないみたい。

ソーンヒル　他にもいるよ、上流に。まずウェッブという男だ。スパイダーと呼ばれてる。それからラブデイ。酒さえ入らなければ、紳士だ。ヘリング夫人というおばあさん。あとはあのブラックウッド。彼がいるのは、第一の支流のあたりだ。もう少し先の。

サル　お茶を飲みに寄ろうかしら。たどり着くのに一日かかるけど。

二人は無理に笑う。月が尾根にかかる。

ソーンヒル　ほら、あの月。ロンドンで見るのと同じ月だ。それにあの河も。テムズ河とそう変わらない。こっちの方が広くて、向こうの方が狭い。匂いはこっちの方が良い。それから、船で下っていけば、クライスト教会があるところみたいだろ。俺たちのいたバラ大通りも。な？

彼はそびえる崖を指さす。

あの傾斜、見覚えないか？まるでセントメアリー・アット・ヒルを登っていくみたいじゃないか？途中に船頭会館があって。な、おんなじじゃないか？

サル　おなじよ。きっとあそこに、今も変わらずある。あたしたちだけが、そこにいないのよ。

ソーンヒル　五年なんてあっという間だよ。サル。そう思えるさ。

ディックが彼女の手を取って励ます。彼女は見下ろし、息子の顔に思いやりを見て取る。

サル　で、紅茶のカップはどこ？

少年たちは即座に行動を起こし、火に小枝をくべる。そのころ、夕闇が降り始める。

まあ、薪には不自由しないか。

夜に包まれると、彼らは炎の方へ寄る。木々は巨大になり、彼らの上に覆い被さる。

ウィリー　こっちを見てるかもしれないね、父さん。待ってるのかも、野蛮人。

ソーンヒル　言うな。何も畏れることはない。ここには俺たちの他、誰もいないんだ。

家族は黙ったまま、炎のそばにいる。その時、漆黒の闇が彼らを包んでいく。

※※※※

二場
野営地の背後の丘

ソーンヒルは岩盤に立ち、野営地と河向こうを見下ろす。彼の一〇〇エーカーが、目前に広がっている。

ディラビン　翌朝サルは早起きして、土を掃き、辺りと区別するかのように、「庭」と呼んだ。そこは彼女の居場所になる。実際、用を足しに行くときしか「庭」の先へは行かず、またそそくさと戻ってきたものだ。

ソーンヒル　（語り手として）ソーンヒルと息子たちは、小屋を作るために二〇本の若木を切り始めた。その日の仕事が終わる頃には、彼はもう野営地の背後の丘に上るのを待ちきれなくなっていた。この場所を、一望してみたかった。ブッシュをかき分けて進みながら、体に触れる一本一本の木々に、これは俺の木だと言い、岩を一つ上っては、これは俺の岩だと言った。
ついに彼は野営地の背後にそびえる丘の上に来て、自分の一〇〇エーカーの土地を見下ろした。ソーンヒル岬は、親指の形をして、眼下に広がっていた。それぞれの側が河に面している。俺のものだ、と彼は言った。そして笑った、土地を手に入れることがいかにたやすかったかを思って、笑った。ただ、そこに立てば、済むことだったのだ。
（ソーンヒルとして）見えるぞ、ウィリー。おーい、お前が見える。おお、ディックお前もだ。その斧で、くっきりと見えるようにするんだ、息子たちよ。俺の息子たちよ・・・いつか、ここはお前たちのものになるんだぞ。

ディラビン　そして彼は衝撃を受けた・・・自分の言ったことに。言葉にするどころか、考えたこともなかった・・・五年を過ぎて、その先に何かがあるかもしれないなどと。彼は怯えた・・・その言葉がどんな意味を持つのか。サルにとって。しかし彼は否定することが出来なかった・・・口したら最後、その考えを変えることは難しかった。

※※※※

ソーンヒルの野営地

ディック　（歌って）「オレンジにレモンよ」
　　　　　　と聖クレメンツの鐘

サルはダンパーを忙しく混ぜながら歌う。少年たちは火の用意している。

サル　（歌って）「五ファーシング貸してるよ」
　　　　　　と聖マーティンの鐘

ディック　（歌って）「お支払いはいつよ」
　　　　　　とオールドベイリーの鐘

サル　（歌って）「出世払いよ」・・・

ソーンヒルは切り開いた場所の端から見ている。尾根から戻ったところだ。

ソーンヒル　二人とも、もう童謡を歌う歳じゃないぞ、サル。
サル　故郷を思い出すでしょ。別に害はないじゃない。

ソーンヒルは、木の幹に、二本の線が刻まれているのに気づく。

ソーンヒル　これは？
ウィリー　ここに来て二日。母さんが数えてるんだ。

彼は彼女と目を合わせない・・・だが彼女も合わせない。

ソーンヒル　明日、あそこで種まきを始めよう。

※※※※

三場
氾濫平野

朝日の下、ソーンヒルは汗をかきながら、つるはしを土に入れる。ウィリーは父の後ろで、後れを取るまいと、鍬で土をひっくり返している。
ディックはぼんやりと、鍬を引きずりながらブラブラしていたが、地面の何かに気を取られる。

ソーンヒル　テントはよく出来たな、だがその場所を自分のものだと証明するのは、土を掘り返して、前にはなかった作物が育ったときだ。そうすれば、土からトウモロコシが突き出る頃までに、舟でここを行き過ぎる人間が、この土地はもう取られたと分かる。旗を立てたようなものだ。

ディックは土から何かを拾い上げる・・・ヒナギクの一種で、多肉質の白い根がついている。彼は辺りを見渡し、何かを見つけようとする。

ディック　父さん見て！誰かが前に掘ってる。

ソーンヒルとウィリーは近づく。本当だ。掘り返されたばかりの一画がある。ヒナギクがバラバラになり、根も千切れている。彼は踵でその一つを踏みにじる。

ソーンヒル　イノシシか何かだろう。モグラとか。そんな奴だ。
ディック　モグラ？モグラかなあ？
ソーンヒル　人間だったら、四角く掘る。これは四角くない。ここらによくある、獣が鼻で掘り返した跡だ
ディック　このジャガイモみたいなの探してたんだよ。
ウィリー　それジャガイモじゃないよ！
ディック　ジャガイモの一種さ。

ウィリーは一つとって、囓る。彼は吐き出す。

ウィリー　ジャガイモの味じゃない。

ソーンヒルは彼の手からそれを叩き落とす。

ソーンヒル　何をするんだ。何か分からないものを囓るんじゃない。

いいかお前たち、ここで一日中突っ立ってジャガイモの話をしてたら、土は掘り返せないぞ。

彼らは仕事に戻る・・・土を掘り返し、ヒナギクを投げ捨てる。ディックがまず何かを感じて顔を上げる。・・・誰かに見られているような気分だ。
三人の男が、切り開いた場所の端に立つ。ヤラマンディ、ナラマラム、ワンガラ。若い二人は槍を持っている。

ディック　父さん。

ソーンヒルとウィリーは顔を上げ、彼らを見る。この瞬間を待っていたかのように、ヤラマンディは前に歩み出る。この瞬間は彼のものである。

ソーンヒル　（少年たちに）動くな。喋るなよ。

ソーンヒルは唾を飲む。口が急にカラカラになったようだ。ズボンの脇で両手を拭い、ポケットに入れる・・・不安などないと誇示するかのように。
それでも間が持たず、ソーンヒルは近づく。警戒する犬の群れをなだめるように語りかけながら。

槍を投げるな、敵じゃないぞ。お茶をご馳走したいが、あいにく手持ちがない。

ヤラマンディはソーンヒルの言葉を遮る。風に騒ぐ木がたてる音ほどの意味もないと言うかのように。彼は優雅に、手を下に向けて河、上に向けて丘の上を示し、ベッドカバーを平らにのばすように、手のひらで平らにする身振り。

ヤラマンディ　Diya ngalaium nura warrawarra. Ngaya Buruberongal. Ngalaium bembul. Murray murray nura. Durubin Ngayri mulbu. Ngyina ni diya nura. Ngan giyara? Wellamabami?
〔ここは我々の場所だ。我々のクニだ。この辺りすべて。河も、あの山の峰も。我々はこの場所を守っている。お前たちは誰だ？どこから来た？〕

ソーンヒル　（冗談を言おうとして）驚いたな・・・言ってることが何も分からないよ！

沈黙・・・さらに何かを待っているように。

何言ってるのかサッパリだ。一言も分からない。吠えた方がマシだぜ。

ウィリーは犬のように吠える・・・

ウィリー　ワンワンワン。

ソーンヒル　（割れたガラスのように鋭く）黙れ！

ウィリーは後ずさりし、父の言葉の厳しさにしょげる。
ヤラマンディは再び喋る。今度は手の側面で、刻む動作をし、ヒナギクが掘り返された場所を指す。

ヤラマンディ　Biyall gama-da jillung midyini, ngyini guwuwi diem dane dharug. Ngyini maana bulla-bu, yan nin dane ngyinu. 〔このヤムイモを掘り返すな。我々はこれを採りにここに来るのだ。お前たちが採るなら、ちゃんと残しておけ。〕

ナラマラム　Nanu biyal manyuru. Nin yura ngaya ni.〔彼には伝わってない。他の者たちと同じだよ。〕
ヤラマンディ　Ngmuun.〔うるさい。〕
ソーンヒル　いいか爺さん・・・ここはもう俺の土地だ。それ以外はみんな、あんたらのもんだ。

ヤラマンディは、ソーンヒルが動かした腕を目で追うことはしない。彼はそこに何があるのか知っているのだ。

ワンガラ　Mipidyadyimi?〔彼は何を言っているのだ?〕
ナラマラム　Nanu biningarri wingaru dah nanu nura.〔自分の土地だと言っている。〕

野営地から騒ぎを聞いたサルが現れる。彼女は息をのみ、一目見ただけで状況を把握する。

サル　ウィリー来なさい・・・この豚肉をあの人たちに・・・気をつけて。

ウィリーは母に駆け寄り、豚肉の包みを取り、それを父の元に届ける。ソーンヒルは彼らにそれを差し出す。ヤラマンディはそれを取る仕草を見せない。次にソーンヒルはそれをナラマラムに差し出す。年下のその男は、贈り物を受け取る。彼は片手でそれを持つ。

ソーンヒル　食べ物だよ。食べるんだ。
ディック　分かってないと思うよ、父さん。

ソーンヒルは食べる仕草をする。

ソーンヒル　うまいんだよ・・・
ヤラマンディ　Byalla-da bada dah.〔食べるな。〕
ソーンヒル　違う。おいしいんだ。豚肉の塩漬けだ。

ナラマラムは豚肉を土の上に置く。自分の指の匂いを嗅ぎ、鼻にしわを寄せ、腿で手を拭う。一方、ワンガラは足で豚肉を遠くにやる。
それから、ヤラマンディは歩き出し、土が掘られた場所へ行き、鍬を手に取る。

ウィリー　おい黒人!返せ、泥棒め!
サル　ウィリー!

ウィリーはそれを取り返そうとする。ヤラマンディは振りほどこうと体を捻る。彼は怒ったように叫ぶ・・・同じ言葉を何度も何度も。

ヤラマンディ　Gu, gu, gu. Biyal.〔やめろ、やめろ、放せ。〕
ウィリー　よこせ黒人。泥棒。
ソーンヒル　よせ、ウィリー。

ソーンヒルは近づき、ヤラマンディの肩を強く叩く。一度。二度。三度。そしてその度ごとに・・・

やめろ!やめろ!息子に何する。

ヤラマンディの表情が険しくなる。彼の手が伸び、腰の紐から曲がった木製の棍棒を取る。
一瞬で、ナラマラムとワンガラは槍を構え投げる体勢を取る。
サルが駆け寄り、少年たちを守るために抱きかかえる。
緊迫した瞬間。

それからヤラマンディは不快そうな呻きを発し、背を向け、鋤を地面に落とす。彼は森林へと消える。
ナラマラムは、槍がソーンヒルの眼前に来るまで駆け寄る。サルは叫ぶ。彼はソーンヒルの胸を押し、それから先ほどソーンヒルがしたのと同じように肩を三度強く叩く。

ナラマラム　Biyal, biyal, biyal.〔やめろ、やめろ、やめろ。〕Wurrawarra.〔消えてしまえ。〕

意味するところは明らかだ。犬でも理解できるだろう。それから、彼らは立ち去る。ソーンヒル一家は沈黙する。呆然。息が荒い。

サル　もういないと言ったのに。
ソーンヒル　俺は何度もここに来た。本当だ。まさにこの場所で野営したんだ。でも、彼らの痕跡すら見たことなかった。
サル　見ようとしなかったからよ、ウィル。見たくなかったのよ。
ディック　芋を掘って欲しくなかったんだよ、父さん、それだけだよ。
ソーンヒル　お前たちに何が分かる。

一拍。

サル　あなたたちは野営地で待って。

少年たちは立ち去る。

ここから引き上げても恥じゃないわ。
ソーンヒル　俺は引き上げない。
サル　シドニーに戻って、お金を貯めましょ。まだ船があるんだから。
ソーンヒル　二三人の貧相な黒人に目の前で棒を振り回されただけで、俺が怯えると思ってるのか？
サル　あたしは怖い。ウィル。自分一人のことじゃないでしょ・・・ね。子供たちのこと考えて。
ソーンヒル　子供たちは大丈夫だよ。

一拍。

少し誤解が生じた。それだけだ。解決してみせる。
サル　あなたがそう言うなら。

彼女は立ち去る。

ソーンヒルは一人残る。

※※※※

三場
翌朝、最初の光

濃い霧が河から立ち上る。

ナラマラム　（歌って）Yilumay〔槍〕
Yilumay〔槍〕
Yilumay〔槍〕

槍が下ろされ・・・

ソーンヒルがテントから現れる。初めは、苗が一晩で大きく育ったかのように思える。それから、それが槍だと気づいて、彼の胃はこわばる。

彼は地面から一本一本引き抜き、へし折る。それからウィリーがテントの入口にいるのを見る。

ウィリー　次は僕たちなの？父さん。

ソーンヒル　奴らが本気でやる気だったら、俺たちは今ここに立ってはいないさ。

彼は地面から最後の槍を抜く。

こけ脅しだ。

・・・そしてそれを火にくべる。

母さんに言う必要はないぞ・・・心配させたくないだろ？

ウィリーは、父の自信に同調したい気持ちと、母に秘密を作ることの不安の狭間にとらわれる。しかし彼は意を決して、頷く。

トウモロコシの種を持て。正午までに蒔いてしまうぞ。

※※※※※

四場
ブラックウッドの住処

トマス・ブラックウッドが、ロープを巻いた丸太の上に座っている。

ディラビン　ソーンヒルには、湧き上がる懸念があった。そしてその答えを持っている人物を、一人だけ知っていた。トム・ブラックウッド。ソーンヒルは舟で、第一の支流へと流れる早朝の潮に乗った。第一の支流で河は狭まり、切り立った岩崖の間を流れる。そしてその先に行くと、広大なラグーンへと繋がっていく。ひっそりとした場所だ、世間から身を隠したければ、この上ないところ。

ソーンヒルが登場する。彼は何かの包みを持っている。

ブラックウッド　来たな、ウィル・ソーンヒル。呼んでもいないのに、のぞき趣味な奴だ。

ソーンヒル　五マイルも漕いで来た人間に、結構な歓迎だな。

ブラックウッド　ここは人の目につくことはない。

二人は押し黙る。心の中で何か思っていても、それを言うすべが分からない人の典型だ。ソーンヒルは持っていた包みのことを思い出す。

ソーンヒル　サルがあんたに、ジョニー・ケーキを。

ブラックウッドは無愛想に頷いて、それを受け取る。

ブラックウッド　で、越して来たのか？お前さん。
ソーンヒル　これからだと言ったろう。
ブラックウッド　奥方は？
ソーンヒル　家が建てば妻は喜ぶだろうな・・・週末、シドニーへ行くんだが、何か要るものはあるか？
ブラックウッド　全部足りている。わざわざ五マイルも漕いで、買い物リストを貰いに来ることはなかったのに。
ソーンヒル　近くに黒人の野営地があって・・・出し抜けに現れたんだ。

ブラックウッドは押し黙る。

ブラックウッド　怖い目に遭わされたか、ウィル？何の断りもなく来やがった。
ソーンヒル　大して怖くはない。
ブラックウッド　じゃあ何だ？

それはソーンヒルが簡単に答えられる質問ではない。

ソーンヒル　彼らは移動するだろうよ。
ブラックウッド　いつ？
ソーンヒル　もうまもなく。
ブラックウッド　ふむ、客人がいつ立ち去るかを知っていれば、疎ましく思うこともないってことか。
ソーンヒル　お前さんは分かってないな。
ブラックウッド　何を？
ソーンヒル　向こうも同じ事を考えてるってことさ。
ブラックウッド　俺はどこへも行かない。

ブラックウッドは少し土を蹴る。パイプを取り出す。河を見わたす。

ブラックウッド　以前、まだクィーン号という名だった舟に乗って、シドニーからやって来たとき。風がなく河の流れが早くて、陸に寄せざるを得なかった。サンディ島の、砂浜の当たりだ・・・そこで黒人たちが、俺を待ち受けていた。
ソーンヒル　本当か？
ブラックウッド　近づいて、俺に立ち去れと言うんだ。槍を構えて。怖くてチビった。待ち構えていたようだった。食べ物をやったが、何も受け取ろうとしなかった。

ブラックウッドは、そびえる赤い崖を見やる。ソーンヒルは、促せばまた彼が話し始めるのだろうかと思う。

ソーンヒル　で、彼らは何を待っていたんだ？
ブラックウッド　俺のことを調べようとしてた。だが俺は帽子を取って、それを一人にくれてやった。帽子は、あんたや俺のようなこういう肌の色であれば、価値があるだろうが、ああいう連中にとっては　何の意味もない。で、どうなったと思う？
ソーンヒル　いやちょっと。
ブラックウッド　俺たちが持っているものは、彼らには必要がない。逆もまた真なり、ではない・・・いいか、ウィル・・・要するに、俺に野営をさせてはくれたが、はっきりと言われたんだ。その砂浜止まりだと。キングズイングリッシュで喋ってくれなくても、はっきりと分かった。そのあと丘の上で、合唱だ。あの、拍子木に合わせた歌さ。彼らに言われたとおり、俺は近づかなかった。帽子は取られたままだったがな。

彼はその記憶に笑う。

この世界じゃ、受け取るだけ、はあり得ない。少し与えて、少し貰う。それが当たり前だ。自分のいる場所のことをよく知った方が良い、さもなければ、虫けらのように命を落とす。

ソーンヒル　気になるのは、俺が舟でシドニーへ行っている間、サルと息子たちだけになるんだ・・・黒人たちが周りにいるのに。

ブラックウッド　それは大丈夫だろう?・・・サルには、自分のことに没頭して、黒人には近づかないように言っておくんだな。

一拍。

ここに来る途中で、スマッシャー・サリヴァンのところを通ったか?

ソーンヒルは頷く。

奴に会ったか?

ソーンヒル　俺に手を振ってたよ・・・荷物を取りに来てくれって。

ブラックウッド　ということは奴は、サルが一人でいることを知っているな。

ソーンヒルはこれを理解する。明確な警告だ。

気をつけろよ。ウィル。

ソーンヒルが行こうとすると、タールのような色をした子供が開拓地の端に立ち、ソーンヒルを見ているのが見える。ひとりの女、ドゥラ・ジンがその子の後に現れる。ソーンヒルを見ながら、片手をその子に添える。彼女は喋る。その言葉の中に、ソーンヒルは奇妙な英語を聞き取る。ブラックウッドが彼女に、同じくクレオール語で返事をするのに、ソーンヒルは驚く。

ドゥラ・ジン　Wanjan dah nanu?〔あの人は誰?〕

ブラックウッド　William Thornhill nanu. 彼は河の側に野営した。winangadyin〔妻〕、gulyanggarri〔子供たち〕と一緒に。

ドゥラ・ジン　Ngaya byalla dullai mulla diem. Yan gili, yella-da jillung ni.〔よそ者にここに来させないで。帰って、見たことを喋ってしまう。〕

ブラックウッド　彼は良い人間だ、この男。Budyari.〔良い。〕

ドゥラ・ジン　Ngyini byalla nanu yan. Ngmuun ngan nanu ni. Wiri wiri-da guwuwi.〔帰れと言って。見たことは喋るなと言って。そうしないと良くないことが起きる。〕

ドゥラ・ジンは子供たちと立ち去り、あとには二人の男の間の沈黙が残る。二人は、今の状況を語る言葉が見つからない。ようやく・・・

ブラックウッド　喋らないで貰いたい。お前さんが見たことを。

ソーンヒルは頷く。彼は黙ったままだ。
なんか言ってくれ。
ソーンヒル　俺には関わりのないことだ。
ブラックウッド　そのとおりだな・・・。だがあの女は、俺がロンドンで一緒だった誰よりも、良い妻なんだよ。

※※※※

五場
ソーンヒル家の野営地

崖にあたる光が柔らかくなり、夜に向けて陽が長く伸びるとき、サルは『オレンジとレモン』を歌いながら、砂埃を掃く。ディックは母と共に歌いながら、夢想し、木の棒を削る。そしていつも大人の男の仕事をしたがっているウィリーは、火の準備をする。

サルとディック　（歌って）「オレンジとレモンよ」

と聖クレメンツの鐘。

「五ファーシング貸してるよ」

と聖マーティンの鐘。

ほら、ウィリーも。舌ベロを猫に盗られちゃったの？

ウィリーは加わる、ただし心中では自分はもう大人なのにと思っている。

全員　（歌って）「お支払いはいつよ」

とオールドベイリーの鐘。

「出世払いよ」

とショーディッチの鐘。

四人目の声が一緒に歌っていることに気づいて、一人ずつ歌をやめる・・・

スマッシャー　（登場しながら歌って）「それはいつよ」

とステップニーの鐘。

「さあいつかしらね」

とボウの大鐘。

もう寝なさいと蝋燭が来たよ、
首ちょん切ると斧も来た。

彼はウィリーを捕まえて、彼の頭をちょん切るマネをする。ウィリーは逃げる。二人の少年は母の側に寄る。

やはり本当だったな・・・河を行き交う噂話、ウィル・ソーンヒルが女房子供と、野営をしているという。

サル　夫はここにはいません。

スマッシャー　いない？そりゃ残念。用があったんだが。シドニーに石灰を運んで貰いたいんだ。

サル　必ず伝えます。

スマッシャー　俺の名前はサリヴァン。スマッシャー・サリヴァン。ここから河を上ったところに住んでる。ずばり、サリヴァン・クリークだ。ご近所みたいなもんだろう。

サル　よろしく、サリヴァンさん。どうぞお入り下さいと言いたいところですが、まだ何もなくて。
スマッシャー　みんな初めは同じだよ、ソーンヒルの奥さん。居間は星空の下。ブラックフェラと一緒さ。でも二人の手伝いもいるし、あっという間にここを切り開いて、小屋を建てるよ。
サル　あたしびっくりしちゃって・・・どこからともなく来られたから。
スマッシャー　河岸から呼びかけたんだよ。そしたら歌が聞こえてさ。あんたと坊やたちが歌ってたんだな、ああいう古い歌を聴くと心が和むね。
サル　ウィリー、サリヴァンさんに飲み物を。
スマッシャー　いただこうか。

ウィリーは不安げな眼差し。しかしサルは頷いて彼を安心させる。ウィリーはテントの中に入っていって、ソーンヒルの貴重なブランデーの瓶を探す。

サル　おかけ下さい、サリヴァンさん。
スマッシャー　スマッシャーと呼んでくれ。

ウィリーは瓶とコップを持って戻ってくる。

サル　お母様はどうしてそんな名前をつけたんでしょう。
スマッシャー　さあね。俺は母親を知らない。産んで直ぐ死んじまったから。昔はアーサーと呼ばれてたのをおぼろげに覚えてるが、スマッシャーも随分と長いから、赦免状に書かれてる名前の方が都合がいいだろう。

サルは彼に一杯注ぐ。スマッシャーはそれを飲み干し、彼女がコルクを戻そうとする前に、おかわりを求めてコップを戻す。彼女はもう一杯注ぐ。

あんたらはこの先どのくらいここにいるんだろうなあ。
サル　あら?・・・ずっといますよ、スマッシャー。でも五年間があたしの刑期。それが過ぎたら戻ります。
スマッシャー　シドニーへ?
サル　いいえ。故郷へ。
スマッシャー　ロンドンか?
サル　当然でしょ?向こうじゃ結構マシな暮らしだったんだから。
スマッシャー　マシなんだとしたら、なぜご亭主は囚人になったのかな?
サル　ちょっと運が悪かっただけ。
スマッシャー　ふむ、そうか・・・

彼はおかわりのコップを差し出す。彼女はそれに応じる。

運の悪さは俺も同じだ。人のポケットに忍ばせた手を掴まれた。実に運がなかった。だが・・・俺は戻る気はない。ロンドンの暮らしは最低だった。いつも腹を減らしてた。ここなら、少なくとも自分の土地がある。そう思わないか?ソーンヒルの奥さん。
サル　サルです。
スマッシャー　そう思わないかい、サル、俺たちみたいな人間が、自分のもんと呼べる土の上に立ててるなんてよ。ロンドンはイーストエンドの、薄汚ねえ煙突掃除風情が、くすねた他人様のコートのほかに、持てるもんがあるなんてよ。叫びたくなってくる。心底。叫びたいぜ。親父にこれを見せてやりたい。親父がここにいたらと思うね。親父の顔を土にこすりつけてやって。言ってやるのさ、ここは、俺のもんだってね。

サル　もうやめて。

彼女は自分の息子たちを指す。

スマッシャー　繊細な子供なんだなあ？

彼は手を伸ばし、ディックの顔をなでる。

俺がお前さんの歳か、もっと小さかった頃は、煙突の底を掘ってたよ、父親のブーツを背中に載っけて。六人兄弟で一番のチビ。兄弟が最初に食べた後、残り物がありゃあ幸せだった。親父にとっても好都合さ。俺が痩せぎすでも。煙突に登れりゃいいんだから。

ディックは後ろに下がる。スマッシャーに触れられるのを嫌がっているのだ。

ここなら、俺の上には誰もいない。俺は欲しいものを手に入れる。

サル　あたしたちも手ぶらで戻るつもりはありません。働いて。稼いで。お金を持って帰って。立派な家でなくても良いの。バラ・マーケットの裏手で十分。

スマッシャー　それでもあんたは、囚人の妻だよ。

サル　なんと言われたって構わない。あたしは帰るんです。

スマッシャーはコップを差し出す。

味を覚えたんですね、スマッシャー。

スマッシャー　俺たち、じゃないのか？

サルは彼におかわりを注ぐ。彼は酒を飲み・・・野営地を歩く。家族が何を持っていて、何を持っていないのかを考えながら。

ご亭主は良い場所を選んだね。

彼の薄い微笑みが、ボロボロの歯を露わにする。

黒人とは何か諍いがあったかね？

サル　ここに着いたとき、何人かやって来ました。

スマッシャー　ご亭主に言ってやんな、鞭を手放すなと。それが何よりだ。

サル　そんなことしなくても。

スマッシャー　なんと？そんなことしなくてもいいと？奴らは盗人だぞ、サル。釘付けにでもしておかなきゃ、何でも盗っていく。しかも、欲しいからじゃない。ただのあてつけでだ。しかしそれで済めばいい。サウスクリークの、グリーンヒルズの向こうで何が起きたか、聞いたかい？二人、生きたまま頭の皮を剥がれたんだ。

サル　聞いたことありません。

スマッシャー　『ガゼット』に書いてあったよ。子供も一人やられた。喉を切り裂かれて。その母親が何をされたかは、言うまでもないがなあ。

サル　もうたくさん。ここではそんな話を聞かずに暮らすことすら出来ないの？

スマッシャー　ご亭主は銃を持ってた方が良い。常に装填した銃を。それから犬を二頭。なんなら俺が売ってやるよ。ようく躾けてある。いざとなったらブラックフェラの喉を噛み切らせるんだ。
サル　潮が変わりますよ、スマッシャー。逃したら大変でしょ。流れに逆らって漕ぐのは。あなたが立ち寄ったことは、ウィルに言っておきますから。

※※※※

六場
その夜、ソーンヒル家の野営地

漆黒の夜・・・月も、星も、明かりもない。サルの顔を照らす炎以外は。ディックは彼女の傍らにいる。頭を母の膝に載せ、母は息子の髪を梳かしている。彼女は誰かが近づく音に身を硬くする。

サル　ウィル？
ソーンヒル　（登場しながら）大丈夫だったか？
サル　帰りが遅い。
ソーンヒル　河の流れが反対で・・・潮が変わるのを待っていたんだ。ウィリーは？
サル　寝てる・・・起きたままにしとけないわ。
ソーンヒル　ディック・・・寝る時間だ。
サル　このままにしておいて・・・もうあまりこんなふうに抱っこさせてくれないんだから。
ソーンヒル　甘やかしては駄目だ。
サル　あなたが戻らなかったら、あたしは何が起きたかと、ここで案じ続けるのよ。
ソーンヒル　そんなことは起こらない。
サル　何で分かるの？シドニーへの輸送の途中に希望号が強風で転覆して、あなたも飲み込まれて、あたしたちは何も知らずにここにいる、なんてことだって。
ソーンヒル　俺をその程度の船頭と思って欲しくないね。

サルは黙っている。

どんなときも俺は帰ってくるよ、サル。言ってたより一日あとかもしれない、二日後かもしれない。風はきまぐれだからな。それでも、俺はいつも帰ってくる。
サル　ロンドンの夜は、こんな暗闇じゃなかった。
ソーンヒル　今夜は様子がおかしいな、お前。
サル　今日、人が来たの。スマッシャー・サリヴァン。石灰の積み荷の話をしに。
ソーンヒル　ここに来たのか？一人で？
サル　ああいう人の扱いは心得てるわ。それに、付き合っても害があるわけじゃないし。
ソーンヒル　スマッシャー・サリヴァンと付き合うなら、孤独でいた方がマシだ。
サル　あたしは平気だった。あの人が黒人の話を始めるまではね・・・グリーンヒルズの向こうであった出来事の話。
ソーンヒル　あれはデタラメだ。俺を信じろ。

サル　『ガゼット』で読んだって。
ソーンヒル　馬鹿な。スマッシャー・サリヴァンのような男が、新聞を読めると思うか？
サル　あの人得意げに、鞭を使えって言ってた・・・あの人の方が先に鞭で打たれるんじゃないの。
ソーンヒル　彼は良い人間じゃない。
サル　あなたはまさかそんなことしないでしょ。
ソーンヒル　俺を何だと思ってんだ。
サル　立派だと思ってる。
ソーンヒル　じゃあそんなことを聞くな。
サル　あの人、犬を二匹売ってもいいって。要るんだったら。
ソーンヒル　そんな気配があるのか？
サル　陽が落ちたとき、岬の反対側で煙が見えたし。用を足しに行ったとき、誰かがあたしのことを見ているような、変な気がした。怖くて帽子を落としちゃったんだけど、あとで行ってみたら、帽子はなくなってた。
ソーンヒル　きっと違う場所に落としたんだよ。
サル　一日に二度その道を歩くのよ。迷うことなんかない。どこに落としたのか、ちゃんと分かってたのに。
ソーンヒル　ブラックウッドによれば、彼らは直に移動する。
サル　いつ？
ソーンヒル　その時がきたら。
サル　きっとそうね、放浪して歩いてるんだから。
ソーンヒル　おいディック、起きてるか？

ディックは黙っている・・・眠っているか、寝たふり。

向こうで見てしまったんだ・・・ブラックウッドのところで。女を住まわせて。子供もいた。
サル　そんな人だったの？
ソーンヒル　まったくだ。
サル　ありえない・・・じゃ、一緒に暮らしてるって事？結婚した夫妻みたいに。
ソーンヒル　俺たちがとやかく言うことじゃない・・・相手と自分が同じ考え方とは限らないしな。
サル　でもそれじゃ駄目、あたしたちの今を考えたら。ウィル、あの人たちの所へ行って、話をした方が良いかもよ。
ソーンヒル　どうやってだよ？彼らは自分らの言葉で喋るし、俺は俺の言葉で喋るんだぞ。
サル　でもやってみる価値はあるでしょ？とにかく丁寧に説明するのよ、あたしたちは今ここに住んでいて、あなたたちは何処かよそへ行ったらどうですかって。
ソーンヒル　やってみるかな。ちょっと行って言葉を交わして。話をつけてくるよ。

ディックがサルの膝から頭を上げる。

ディック　僕も行って良い？父さん。
ソーンヒル　眠ってたんじゃなかったのか・・・絶対に駄目だ。

※※※※

七場
ダラグの野営地

ギルヤガンは歌いながら、箒のように束ねた葦で、地面をきれいに掃く。ナラビとガラワイは小枝を火にくべる。ソーンヒル家の野営地の映し鏡のようだ。

ギルヤガン （歌って）Dadjabayalung! Dadjabayalung!〔美しい日だ！〕

Nurawa guwinga guwinga guwinga guwinga.〔我々は火とともに、クニにいる。〕

Nurawa guwinga guwinga guwinga guwinga.〔我々は火とともに、クニにいる。〕

Djinmang djinmang djinmang djinmang djinmang djinmang djinmang〔私は結婚した女〕

Mullabu wangarra mullabu wangarra mullabu wangarra mullabu wangarra〔息子も二人いる。〕

樹皮の皿。果実。ヤムイモ。種を挽く空洞のあいた石。年老いた女、ブリアが、火に一匹の蛇を投げる。彼女はサルの布帽子を、頭に載せている。彼女は地面に腰を落ち着け、一本の枝をとり、炭で蛇を覆う。そのとき・・・

ブリア Ngyina bulla-da biyi?〔お前たち、お腹がすいたかい？〕
ナラビ Yuin.〔うん。〕
ブリア Diya gahn budyari wungal. Yan gunama nanu ngyini dane.〔この蛇はおいしいよ。お前たちのために焼いてやるからね。〕
ガラワイ Ngaya biall ghan.〔僕、蛇嫌い。〕
ブリア Ghan marragawan burbuga-da barrang.〔蛇を食べるか、お腹を空かせたままか、どちらか選ぶんだね。〕
ギルヤガン Ngan ngmuun? Nanu guwuwi. Ngan dullai tullah mullah.〔聞こえる？・・・彼が来る。あの白人が。〕
ブリア Ngyina gawi. Murry dana, ngan. Nanu wiri wulbunga-da. Badagarung ngarra.〔「のろま足」とでも呼んだ方が良いね。彼は狩りが苦手だよ。カンガルーは遠くからでも彼の音を聞き分ける。彼が気づく前に、カンガルーは逃げてしまう。〕

ソーンヒルが登場するとき、少年の笑いは静まる。ブリアは見上げるが、ほとんど興味を示さない。あたかも彼は、自分たちを見に来た蠅といったところ。

ソーンヒル いや、驚いたな奥さん、あんた、妻の帽子をかぶってるよ。

彼が喋ったことを、誰も気づいてないようにみえる。ブリアは火の中で蛇をひっくり返す。ギルヤガンは彼女の側に座り、腿の上で糸をより始める。ソーントンは方法を変えてみる。

あんたたちに、出てった方が良いと言いに来たんだ。
ギルヤガン Bulla-bu yanira nanu yana.〔お前たち二人は、彼が行ってしまうまで隠れていなさい。〕
ナラビ Nanu wurabata wugal.〔こんな奴、怖くないよ。〕
ギルヤガン Yuin wurbata dye yenma budyar-yan.〔でも、お前は

私が怖いだろう。どうしたら良いか、分かってるだろう、はやくお行き。〕

少年たちは立ち上がり、立ち去る。

ソーンヒル　出てった方が良い。俺たちの土地から。

その言葉が終わると、彼らの間に沈黙が残る。ソーンヒルは大胆に一歩前に出る。臆することなくブリアは体を起こし、地面から生えた木のように、自分の地に立つ。

ディラビン　ウィル・ソーンヒルは目のやり場に困った。顔が恥ずかしさで火照るのを感じた。目の前に裸の女が立っているのを見たことがなかった。サルでさえ、見たことのあるのは体のほんの一部だし、毛布の下でだけだった。この老女と向かい合うと、彼は自分も服を着ていないような気分になってくるのだった。

ブリアは彼に向かい片腕をバタバタ動かして、ぶっきらぼうに、強い語気で喋り始める。彼女は彼に恐れを抱いておらず、意見の不一致などないと考えている。

ブリア　Wanjan, ngan diem? Yan wellamabami. Gunan gabara.〔お前は誰だ?ここに何の用だ?元いたところへ帰れ、愚か者。〕

彼女はこう言うと、両者の間の戸を閉めるかのように、背を向ける。

ソーンヒル　いいか。俺は銃だって持ってる。その異教徒の頭を吹き飛ばすことも出来るんだぞ。

何かの気配が彼を振り向かせる。ヤラマンディ、ナラマラム、ワンガラが彼をじっと見ている。

ヤラマンディ　やあこんにちは、みなさん。ご機嫌はいかがかな?

ナラマラム　Wanjan diya binnangarri binnangarri?〔自分を何だと思ってるんだろうな?〕

ワンガラ　Nanu gadyalang, Baggy barrang.〔暑そうだ・・・あんなものを着て。〕

ナラマラム　Nanu ni gadyalang. Thurrull gabara.〔本当に暑そうだ・・・顔が真っ赤だぞ。〕

彼らは笑う。ソーンヒルも一緒に笑うが、自分が笑われているのに薄々気づいている。

ソーンヒル　そうだよ…俺たちはみんな、一緒に笑い合う友達だ。

ヤラマンディはそれに加わらず、警戒している。

俺はただ、そこのご婦人に聞きたかったんだよ。あとどのくらいいるのか。俺の土地に。

彼は、自分の言葉が薄っぺらで、取るに足らないものとして蒸発するのが分かる。上の木々の中で鳥たちの長いさえずりが始まり、それが沈黙を作り上げる。

猫に舌ベロを盗られたか?黒んぼさんたちよ。

ヤラマンディは彼の方に歩いてきて、手を彼の腕に置く。火から熱が発せられるように、威厳がその老人から発せられる。彼の口から、ひとつながりの言葉が発せられ始める。

ヤラマンディ　Ngaya biyal wural, ngyini ngarra ngaya. Yalamundi gugarug.〔お前を傷つけはしないが、お前は話を聞かねばならん。私はここで法を司っている。お前は正しくふるまわなくてはならん。〕

ソーンヒル　よかった、爺さん。俺の話を聞いてくれ・・・もしよければ。

彼は枝をとり、河と彼の一〇〇エーカーの土地を表す四角を、土の上に引く。その四角の中に、彼は三つの点を書き、それを結んでTの字を作る。

これは河、な?で、これ。これが今は俺の土地だ。これはT。ソーンヒルのT。残りは全部、あんたらものだ。残りぜーんぶ、差し上げる。でもここだけは駄目。ここは俺のだから。

ヤラマンディは砂の上の記号をぞんざいに見て、それから自分のすべきことを進める。彼は手に一杯のヤムイモをとる。

ヤラマンディ　Dah biyi, Budyari. Wyabuinya gulyangarri, maana mudangga.〔食べ物だ。おいしいぞ。お前の子供たちに食べさせなさい。強い子になるように。〕

彼は一つに齧りつき、咀嚼し、飲み込み、頷く。ソーンヒルに一つを差し出す。

ソーンヒル　ご親切に、爺さん。でも大根はとっておきなよ。俺から見りゃ猿の食い物だが、あんたには大事なもんだろうから。

ヤラマンディ　Ininyah durubin, nura midyini. Gunan guni nura midyini. Gunan guni naur Bumradbanga midyini. Mimadyimi. Wingaru dullai Mawn?〔河を下ると、ヤムイモのある土地だ。お前はあの土地を知っている。お前はあの土地をメチャメチャにした。ヤムイモをすべて台無しにした。お前はあの土地に何も残していかなかった。自分の野営地にもっと近いところを掘れ、ヤムイモの土地はそのままにしておけ。私の言っていることが分かるか?ホワイトフェラよ。〕

ソーンヒルは男の口調で、その問いかけを感じ取り、頷く。

ソーンヒル　分かった。あんたらはあんたらの食べ物をとる。俺たちは俺たちのものをとる。

ナラマラム　Byall guyanayalung. Bugu wugal gamay.〔話したければ話しても良いが、この者に分かるのは、言葉ではなく槍だけだ。〕

ヤラマンディ　Ngan Ngalamalum? Bugu wugal ngai nanu wingaru.〔それでどうなる、ナラマラム。この者を殺したら、同じような者が一〇人来る。〕

ソーンヒル　この土地が俺のものだと、分かってさえいれば良い。

ヤラマンディ　Ngaya nanu wingaru wugal.〔理解しているぞ、この者は。〕

ソーンヒル　遅かれ早かれ、あんたらは行かなくちゃならないんだろ。そうだよな?

彼の口調でこの質問を感じ取り、ヤラマンディは頷く。ソーンヒルは頷き返す。両者が同じ事に同意しようとしているかのように。

結構だ。お互いわかり合ってる・・・すぐ旅に出るんだろ？・・・じゃあ幸運を祈るよ。

ヤラマンディ　Ngyina diem, jiilung yan, ni.〔我々は待つだけだ。彼らは出て行くだろう。お前も今に分かる。〕

ソーンヒルが立ち去るとき、ナラマラムはソーンヒルの地図のそばに行き、それを見下ろす。ナラマラムは片足でそれを消し去る。

※※※※

ソーンヒル家の野営地で

サル、ウィリー、ディックが、父の帰りを心配げに待っている。ソーンヒルが登場する。ソーンヒルは答えを待つ彼らの顔を見る。

ソーンヒル　うまくいった・・・爺さんが、話の肝を分かってくれたようだ。彼らはそのうち、またいなくなるよ。

彼らはみな黙る。皆彼の言うことを完全には信じていない。誰よりも、彼自身が。

※※※※

八場

氾濫平野

ディックは河岸に立つ。

ディラビン　ディックは岸に立ち、希望号が父と兄を乗せて出て行くのを見つめていた。どうしてウィリーがシドニーへ行って、どうして自分はトウモロコシの世話で残らなければならないのか、と思った。たまに彼は、父は自分よりウィリーの方が可愛いんじゃないかと考えた。一度母に尋ねてみたが、何を馬鹿なことをと言われた。父は二人とも同じように可愛いと思っていると、でも母はそう言うしかないということを、彼は知っていた。

離れたところでナラビとガラワイが枝で岩間の水たまりを探っている。

ディック　お前ら、何をしているんだ？

少年たちは彼を気に留めない。ディックは少し近づく。

何してるって言ってんだよ。

ナラビ　Nuna guwuwi.〔あいつ、こっちに来る。〕

ガラワイ　Ngyiri nanu, yuin?〔来させても良いのか？〕

ナラビ　Nah biyal〔駄目だ。〕

ディック　やあ、俺、ディック。

ナラビ　Biyal naala wawa nanu.〔あいつを見るな。〕

ガラワイ　Garranarbilli nanu.〔おかしななりをした奴だな。〕
ディック　何見てんの？

彼はじりじりと近づく。

遊ばない？

彼はじりじりと近づく。
少年たちは水の中の何かを指さす。ナラビは彼を招き寄せる。

ナラビ　Guwuwi…naala diya.〔こっちこっち・・・これを見ろ。〕

ディックは一気に近づく。二度も呼ばれる必要はない。

ディック　なに？
ナラビ　Naala ni…minyin.〔もっと近づけ・・・そこ。〕

ディックは腰を曲げて、水の中をのぞき込む・・・ナラビとガラワイは目くばせ・・・秘密の作戦が進行中。そしてガラワイは、ディックの顔に水を浴びせる。

ディック　わざとやったな。

ダラグの少年たちは腹を抱えて笑う。笑いすぎて腹が痛くなる。するとディックは、ずぶ濡れの顔で、負けずに反撃だ。そして戦闘開始。盛大な水かけ合戦。そしてその最中に、彼らは舞台中を滑っていくことが出来るという発見。

うわあ・・・お前ら滑れるのか！
ディラビン　彼らはびしょ濡れになるまで水を掛け合った。息が切れるまで走った。脇腹がはじけそうになるほど笑った。そして太陽が沈み始めるまでやめることなく、ついに彼らの母親たちの呼ぶ声を聞いた。岬の一方からはサル、もう一方からはギルヤガン。
ギルヤガン　ナラビ！ガラワイ！
サル　ディック！
ギルヤガン　Gawi Guwuwi Garraway!〔来なさい、ガラワイ！〕
サル　ご飯よ、ディック！
ディラビン　どちらの母親も、同じ事のために子供を呼んでいることを知らない。

※※※※※

九場
スマッシャーの住処

歯を剥いて唸るの獰猛な犬たち。スマッシャーは激しい口調で犬を黙らせる。岸辺に立ち、希望号が近づくのを見ている。積み込まれる用意が出来ている複数の樽。

スマッシャー　(犬に)黙れ！
ディラビン　スマッシャーが名付けたサリヴァン・クリークは、木の茂った高い尾根の間にある屈曲した河だ。そこでは陽の光も冷たく、水は鏡のように黒い。ガラスのような水面を揺らしたり、尾根の間に立ちこめる煙を吹き飛ばす風はない。石灰のための火が、昼も夜も燃えていた。その場所は燃料のためにあらゆる木が切り倒され、森の裂け目のようになっていた。千年か、それ以上の間そこにあった牡蠣殻の層を、彼は掘っていた。黒い泥だけになるまで、牡蠣殻を掘り出した。いま彼は、生きた牡蠣を燃やしていた、中の貝の身などお構いなしに。その男は、焼けた貝の匂いがしていた。

スマッシャー　一週間以上、石灰が待ちぼうけだぞ、ソーンヒル。

ソーンヒルとウィリーが登場する・・・岸に着けた希望号を繋ぎ止める作業を終え、歩いて上がってくる。

ソーンヒル　あんたの自由だ、スマッシャー。ほかに頼んだって良いんだぜ。

スマッシャー　一手に引き受けたいんだろう？ウィル・ソーンヒル。かなりのカネが要るもんな。家族でロンドンに戻るには。そういう計画なんだろ？

ソーンヒル　石灰は自分で船には乗らないぞ。

スマッシャー　だから、この取引は俺とあんた双方に益があるってことさ。持ちつ持たれつだ・・・

ソーンヒル　（ウィリーに）一人で運べるか？この樽。

ウィリー　うん。

ウィリーは樽を持ち上げようとする。

ソーンヒル　それじゃ駄目だ。腰を入れろ。（ウィリーに示しながら）こんなふうに転がすんだ。重さを利用して。

ソーンヒルが自分の樽に対して体を動かすと、ウィリーはその仕事をなんとかやる。

スマッシャー　タバコを持ってるか？噛みタバコが死ぬほど欲しい。

ソーンヒルは自分の袋を手渡し、彼が噛みタバコを切り離し、口に入れ、もう一つを後のためにポケットに入れるのを見る。

ソーンヒル　お茶を飲む時間はない。

スマッシャー　一杯ぐらい良いだろ、ちょっと話をしようぜ。ここじゃ俺と同じ色したツラに、そうそうお目にかかれない。

ソーンヒル　潮を逃してしまう。

スマッシャー　おーい、おもてなしをさせてくれ。ちょっとの間だけだ。付き合えよ。ここにいると頭がおかしくなる。この静けさで。楽しい会話を交わしたっていいだろ。一袋か二袋、シドニーから持って来てくれ。それから害虫退治の緑の粉を一袋・・・ああ、お茶を入れてやるよ。坊やにも。

ソーンヒルはその男の汚らわしい微笑みの裏に、彼が予期していなかった孤独の源を見て取る。
ウィリーはもう一つの樽を取りに戻ってくる。

ソーンヒル　じゃあ一杯だけ。だが荷を積むのが先だ。

スマッシャー　ヤカンを火にかけとくよ。おやつも探してこよう・・・坊やにな。

突然、犬たちの邪悪な吠え声。彼らは椅子の端を引く。それがただ一つのことだけを意味していることを知っているスマッシャーは、ぐるりと向きを変える。彼は犬たちに黙るように叫ぶ。背が高く力の強そうな若者が、開拓地の端に立つ。ブラニヤマラである。彼は槍を持たず、ただ自分の手と同じ大きさの、水がまだ滴る大きな牡蠣殻を持っている。男たちの注意を集めると、彼はそれを、親指をひねって開ける。それから頭を後ろに反らせ、中身を啜る。

ブラニヤマラ　Jillung Branyi, bada-da. Biyal guwinga. Yura guwinga.〔これは牡蠣だ。食うものだ。燃やすな。無駄になる。火に入れる物じゃない。〕

スマッシャーは黒人から教えを受けるような人間ではない。

スマッシャー　出て行け、この野郎。ここは俺の土地だ。

ブラニヤマラ　Biyi narang. Gugu ngalium ngaananga, ngai wingaruda.〔必要なものだけを食え。あとは我々に残しておけ。これは頼んでるんじゃない。教えてやってるんだ。〕

彼は、スマッシャーの手が鞭に伸びるのを見ていない。

スマッシャー　出て行けと言っただろう。

彼はブラニヤマラの胸をとらえて鞭を振るう。黒い肌に、長く赤い傷跡が浮かぶ。

失せろ。

彼はまた打ち据えようと腕を上げるが、目にもとまらぬ早さでブラニヤマラが鞭の端をつかむ。両者は鞭で繋がったまま、睨み合う。スマッシャーの手から鞭が素早く引き抜かれる。それから、何も言わずブラニヤマラはそれを手放し、背を向け、ブッシュの中に消える。

思い知ったか。黒人野郎！

沈黙と、衝撃が続く中、ソーンヒルは、ウィリーが涙がこぼれそうになって腕で目を拭っているのを見る。

ソーンヒル　樽を運んで、舟で待っていろ。

スマッシャー　ヤカンを火に掛けるぞ。（ソーンヒルの表情を見て）おい、ソーンヒル？なんか言いたいことがあるようだな。

ソーンヒル　お茶はとっておけよ、スマッシャー。

彼は樽を取り、肩に担ぐ。

スマッシャー　あんなのは何でもない。親切に注意してやったようなもんだ。他にどうしようもない。

スマッシャーの声を背に受けながら、ソーンヒルは樽を舟上に下ろす。

シドニーで銃を手に入れた方が良いぞ・・・いつか奴らにやられるぞ。そんなことないと思ってんだとしたら、俺が思ってたよりあんたは馬鹿だ。

ソーンヒルは行く・・・そしてスマッシャーはまた一人になる。彼は山の峰で風が木々の間を吹き抜ける音を聞く。そしてお茶と、するはずだった話について考える。

（吠えている犬たちに対して）裏に入れ！

※※※※

十場
ソーンヒル家の野営地

サルは木に印をつける。もうすぐひと月になる。ヘリング夫人が火の近くに座っている。彼女は口にしっかりとパイプを咥えている。彼女の眉毛と髪の毛の一部が煙で黄色く汚れている。ディックも火の側にいる。

ディラビン　サルは自分の寂しさを、決してソーンヒルには言わなかった。そして彼も、それがあからさまになってしまうことを畏れて、決して尋ねることはなかった。他の女なら、自分の気持ちを夫にはっきり表しただろう。他の女だったら、自分の理屈で夫に決断を迫っただろう。そういう女ではないからこそ、彼は彼女を愛していた。それでもやはり、シドニーへと向かう前に、ソーンヒルは希望号をキャットアイ・クリークに向かわせた。未亡人ヘリングに、自分が戻るまで一緒にいてくれないかと頼むためだった。その老女は、孤独の何たるかを知っていた。だから彼女は一斤のパンを焼き、鶏が産んだばかりの卵を何個か掴むと、自分の小舟を漕ぎ、ソーンヒル岬へと赴いたのだった。

サル　でもキャットアイに一人で寂しくはないんですか？

ヘリング夫人　時々はね・・・でもそんな気持ちも過ぎ去ってしまうものよ。

サル　ご主人はどうしたんですか？

ヘリング夫人　倒れた木の下敷きになって、背骨が折れて、ひと月はもったけれど、死んで良かったわ。ああなったら、してあげられることはあまりないから。

ディック　僕、行って良い？母さん？

サル　お話ししてるのよ。

ヘリング夫人　行かせてあげなさいよ。男の子は、一日中黙っておばあさんの話を聞いてはいられないもの。

彼女は息子に頷き、ディックは去る。

サル　じゃあ早く行きなさい。トウモロコシ畑の草取りをした方が良いわよ、ディック。お父さんが戻ったら見るんだから・・・どこへ行くのかしらあの子・・・お茶はいかが？ヘリングさん。

ヘリング夫人　今何時？

サル　まだ正午にはならないわね。

ヘリング夫人　じゃあ、一杯やる時間よ。

サルはブランデーを自分と相手分注ぐ。

これ美白に良いんだって。

サル　そうなのよ、ヘリングさん。

二人はともに笑う。サルはある考えが浮かび、黙る。

黒人たちはどうなんですか？女一人でいると。

ヘリング夫人　彼らはさほど迷惑じゃないわよ。ときどき勝手に持っていくけど。私は見て見ぬふり。だって、私は何でも十分持っているから。年寄りの女の一人暮らしに、カネはかからないの。
サル　女同士の付き合いって、良いものね。
ヘリング夫人　ソフィー・ウェッブに会わせたかったわ。スパイダーの奥さん。
サル　どうしたんですか?その方は。
ヘリング夫人　頭がおかしくなってしまったの。赤ん坊を三人亡くしてね。次から次へと。私が取り上げたんだけど。みんな死産。まるでみんな、生まれてきたくなかったみたい。その後で、一番上の子も。きょうだいたちと一緒に逝ってしまったわ。蛇に噛まれて。四人揃って埋葬したの。丘に、一列に並べて。気の毒だったわ、ソフィー。泳ぎに行ってたのよ。彼女が救命術を知っていたら、助けられたかもしれないのに。今じゃスパイダーはあまり出歩かない。その話をしたがらないの。どう話せば良いのか、あの人が分かってるとも思えないけれど。

サルはその憂鬱な話を静かに聞く。

サル　ヘリングさん、あたし、出来たんです。
ヘリング夫人　そう思ったわ。頬が赤いから。三ヶ月ぐらいかしらね。
サル　夫に隠し事をしたことはないけれど、このことはまだ言ってなくて。
ヘリング夫人　どうして?
サル　だってこの子は、ここで最初の息を吸うから。そして、もしそれが最後の息になったなら、神様にお祈りして、それから、この冷たい土の中に埋めて。そして、故郷へ帰る前に、その場所を記しておくために、石を一個置いておく。そんなの、死ぬほど辛い。それでも、ここにずっといたら、あたしは本当に死んでしまう。

彼女はポケットから割れた屋根瓦を取り出す。

ロンドンを発つ前の日の朝、ワッピング・ニュー・ステアズの近くの砂の中で見つけたんです。ただの屋根瓦のかけら。でも、故郷のものであることは確か。他に何も持ってこれなかった。あたし心に決めたんです。いつか、これを持ち帰って、元あった場所に置くんだって。
ヘリング夫人　帰るのは容易ではないわよ。大海原を渡って行かなくちゃならないだけじゃない。英国が、あなたに背を向けたんだから。サル。なるようになるのが一番よ。
サル　出来ません・・・あたしはいや。この場所は決して、ふるさとにはならない。

※※※※

十一場
シドニー港、総督府の波止場

ソーンヒルとウィリーは群衆に紛れて見ている。かつて輸送船アレグザンダー号の船長ジェームズ・サックリングが、悲しげに繋がれた囚人たちを率いている。彼らの頭はぞんざいに剃られ、剃り残しがあり、ハサミが深く入りすぎたことで頭皮は傷がついている。

ディラビン　輸送船スカーボロ号はシドニー湾、総督府の波止場のきらめく水面に照らされながら停泊していた。ソーンヒルは思い出した。朽ちた木から顔を出した白い地虫のように、あの暗闇と悪臭から日光のもとに連れ出されたときのことを。

サックリング　お前を知っているぞ。

彼はハンカチーフを振って自分に注意を向けさせる。

ソーンヒルだろう?輸送船アレグザンダー号に乗っていた。

ソーンヒルは頷く。

私を覚えているか?

ソーンヒル　はい。サックリング船長殿であります。

ウィリーは、彼と一緒にいようとするかのように父の手に自分の手を伸ばす。が、ソーンヒルは、息子を連れてきてこの様を見せることになってしまったことを悔いて、その手を振りほどく。

サックリング　頼むから、近づかないでくれよ。蝿がたかっている!

ソーンヒルはうしろに下がる。

この者たちの中から一人選ぶために来たのか?

ソーンヒル　そうです。赦免されて、今は土地を持っています。

サックリング　ほほう?いっぱしの紳士気取りか。だがな、紳士は週に一度は風呂に入るぞ、ソーンヒル。

ソーンヒルはこの侮辱に身を硬くする。

ソーンヒルは自分を抑える。

話を続けろ・・・面白い。息子にその紳士ぶりを見せてやれ。

お前、名は何という?

ウィリー　ウィリー・ソーンヒル。

サックリング　ウィリー・ソーンヒルがどうした?

ウィリーは、自分が何を求められているのか分からず、父を見上げる。

ソーンヒル　サックリング船長殿だ。

ウィリー　ウィリー・ソーンヒルです、船長殿。

サックリング　よろしい、ウィリー・ソーンヒル、覚えておけよ。お前は卑しい泥棒の息子だ。そしてお前は未来永劫・・・まあい、好きなのを選べ。勝手にな。

サックリングはぶらぶら歩いて立ち去る。
ソーンヒルは勇気を奮い起こし、売れ残りの人間たちの列に入っていく。中で一番若い男が、まぶしい光に目を細めながら彼を見上げる。

ダン　ウィル・ソーンヒルか?ダン・オールドフィールドだ、覚えてるか？
ディラビン　彼はもちろん覚えていた。忘れもしない、二人で食べ物を分け合ったあのひもじさ。寒さ。一瞬でも暖を取りたくて、自分の足に小便をかけた少年の頃。
ダン　また会えるとは、ウィル。昔のあの河を思い出すな。俺たちのウィル・ソーンヒルがいてこそのあの河だ。
ソーンヒル　礼儀をわきまえろ、ダン・オールドフィールド。

彼はダンの顔から微笑みが消えるのを見る。

ダン　何だよ！
ソーンヒル　いまはソーンヒル様だ・・・覚えておくんだな。
ディラビン　希望号が波止場から離れる。ダンはデッキの下にしゃがみ、ウィリーは勇ましく船首に立つ。卑屈に腰をかがめたさっきの父の姿など、見なかったかのようだ。そのとき、ソーンヒルには分かっていた、ロンドンには自分たちの未来はない。ホークスベリーでは、誰も死んだ犬のような過去を引きずる必要はなかったし、その息子も人に卑屈になる必要はなかったのだ。

※※※※※

十二場
氾濫平野

トウモロコシは向こう脛の高さ。ディックはその並びの間を除草する。彼は見上げる・・・

ディック　母さん！母さん！・・・希望号だ！
サル　私のウィルとウィリーが！

サルは野営地から大騒ぎで駆けつける。彼女はソーンヒルとウィリーを見るや、二人を抱擁しようとする、その時、二人が連れているあの哀しげな男の姿が彼女を制止する。

ディック　何を手に入れたの？
ウィリー　良いものを山ほどさ。

ソーンヒルは油布に包んだ新しく買った銃を持っている。

サル　あら、ダン・オールドフィールドじゃないの。まあ。
ダン　そうだよ・・・サル・ソーンヒル！スワン通りで一番の可愛い子ちゃん。
ソーンヒル　今はソーンヒルの奥様だ。

彼女の目は、今にも笑おうとする夫の顔を探す。しかし彼は真顔である。

サル　そうね。それが一番良いわ。ダン。
ソーンヒル　（子供たちに）お前たち、この人を連れて行け。お前は食事をして良いぞ。仕事はそのあとだ。
ダン　仰せの通り・・・ソーンヒル様。

ウィリーとディックはダンを連れて行く。サルは説明を求めてソーンヒルを見る。

ソーンヒル　人手が必要なんだ・・・それにこうすれば、俺が舟で出ているときでも誰かがここにいる。
サル　でも、ウィル・・・子供の頃、友達だった間柄よ。
ソーンヒル　もう子供じゃない。それにサル、お前だってもう囚人の妻じゃない。
サル　まあ・・・必要だって言うなら。でもあの小屋を早く完成させて。それに、必ず二部屋作って。足下に体を丸めた召使いがいて、夫婦の生活なんてありえないから。
ソーンヒル　たまげたな、サル。一九の時と同じくらい大胆なことを言う。
サル　妊娠したらあたしがどうなるか、知ってるでしょう。

一瞬の間。

そうなのよ、ウィル。
ソーンヒル　いつ生まれるんだ？
サル　六ヶ月後ぐらい。

ソーンヒルは黙る。

こういう知らせを聞いたら、あなたは小躍りしてたのに。
ソーンヒル　俺がいない間、何もなかったか？

彼は目線を、岬の反対側に立ち上っている煙に移す。

サル　いいえ。河の近くで、うちの子たちと同じくらいの二人の男の子を連れた女の人を見たけど。思わず、手を振ってしまったわ。お隣さんみたいに、「こんにちは」って叫んで。
ソーンヒル　お前の方を見たのか？

サル　そんなには。あたしのこと目に入らないような素振りだった。

一瞬の間。

あたしがそうだと思ってるだけかしら？

彼は銃の包みを開く。

知っているの？使い方。
ソーンヒル　そんなに難しくはないさ。
サル　狙うものによるわよ、ウィル。

彼女は向きを変え、ソーンヒルを一人残して野営地へと戻っていく。岬の反対側から煙が立ち上るのを見つめながら。

ヤラマンディとナラマラムが遠くから見ている。

ナラマラム　Ngyina wingaru jillung yan, guyanayalung …jillungiyura wural.〔ご老体、まだ彼らが出て行くと思っているのか・・・あれは、ずっとここにいるつもりだ。〕
ヤラマンディ　Ngan biyal manyru.〔分からぬ。分からぬ。〕

※※※※

十三場
ソーンヒル家の小屋

隣人たちが、新しい住まいに祝杯をあげようと集まっている。陽気な曲が歌われる。その歌声で、宴は進んでいることが分かる。

スマッシャーがそこにいる。歓迎されようがされまいが、彼が宴を逃すことはない。そしてヘリング夫人、ダン、ラブデイ、まだ登場していなかったサギティ・バートルズもいる。そしてもちろんソーンヒル一家も。サルが妊娠しているのは、ふっくらした膨らみで分かる。
陽気な曲が歌われている。

全員　（歌って）もし林檎になれたら　林檎になれたら
　君に　食べられたいな
　おいしい林檎に　なれたら

　もしブランデーとビールが　ビールが飲めたら
　両手一杯　酒抱え
　おいしいビールが　飲みたい

　もし金持ちになれたら　すべてを捧げて
　君と　口づけしたい
　真っ赤な　その唇に

彼らの歓声の中で、サルは客を迎えた幸せを感じながら、おかわりをついで回る。そのときラブデイがスプーンで自分のカップを鳴らす。

ラブデイ　今日の日を祝して、吾輩が一言申し上げても宜しいかな。
スマッシャー　なに、あんた以外に誰がいるんだ？
ラブデイ　喋る能力を持った人ならば。
スマッシャー　そして自分の話を延々喋り続けられる男。そうだろ？サギティ。
バートルズ　それはどいつだ？
スマッシャー　ラブデイである・・・この男はくだらない話で今にもはち切れそうだ。
バートルズ　その通り。我らがラブデイは、くだらない話ではち切れそうだ。デブ女の靴下のように。
ラブデイ　では、もし我が友サギティ・バートルズがしばし黙っていてくれるなら、ジョッキを掲げて、この良き住みかに乾杯しよう。御殿だよ、ソーンヒルご夫妻。御殿だ！
サル　そうね、ラブデイさん。あたしたちのかつての家に比べたら。
ラブデイ　四枚の壁に囲まれ、屋根もある。これはペンとインクで書いたのと変わらぬ、正式な祝辞である。そしてこの祝辞には、この御殿は吾輩のものであり、吾輩はここに居座ると書いてある。
サル　まあ、どうせ五年間ですから。
ラブデイ　雨風をしのぐだけのものではない。諸君、家とは何の証明か。自分たちと夜の漆黒との間を隔てようという意識はもとより、体を覆うという概念さえ欠いている彼らよりも、我々の方が上であることを証明するのだ。
スマッシャー　四枚の壁で、奴らを防げると思うか？木材をちょいと結びつけたぐらいでは、奴らの狡猾さに対抗する壁とはならない。そうだろう、サギティ？
バートルズ　その通り。イタチと同じだ。前に奴らは俺の土地に入ってきて、根こそぎむしり取った。俺が便所で使っている鋤までも。
ラブデイ　それは中に入れておいたんだろう、サギティ？
バートルズ　ああ、奴らを信用していないからな。

スマッシャー　靴だってドアの前に置いては駄目だ。どんなに臭くたって。絶対に朝には消えている。
バートルズ　覚えているだろう、ヘリング夫人。奴らがソフィー・ウェッブの洗濯物を盗んだとき。次の日に奴らは、帽子と下着を身につけてたんだろ?
ヘリング夫人　ええ・・・それに私の記憶が正しければ、下着をつけていたのは男たちだったわ。
ラブデイ　吾輩が飼っていた鶏も、最後の二羽を盗まれた・・・
スマッシャー　下着や鶏はまだしも、汗水垂らして手に入れたものとなると。
バートルズ　ああ。
スマッシャー　我慢にも限度がある。一年かけて育てた小麦とか。言ってやれ、サギティ。
バートルズ　前日に袋詰めにして、岸に運んで、朝になればトム・ブラックウッドにクィーン号に積んで貰う用意が出来ていたのに。それをやられた!泥の中に、ほとんど全てまき散らされていた、あいつらめ。
スマッシャー　だが、奴らは思い知ったはずだ。もう同じ事はしないさ。

ソーンヒルは、スマッシャーとバートルズの間に交わされた笑いを見る。

ダン　何をしたんだ?あんたら。
スマッシャー　ここじゃあ言えないな。
バートルズ　蝿を退治するようなものさ、なあ?一匹殺すと、さらに一〇匹がその葬式に来る。(サルを見て)あ、本当に殺したと言ってるわけじゃないよ。追い散らした、といったところだ。
スマッシャー　奴らは害獣だ。ネズミと同じ害獣だ。
バートルズ　俺たちを切り裂くんだ、猛獣のように。そして一番旨いところを喰らう。
ラブデイ　サギティ、お前を料理に使うには、かなり煮込む必要があるな。
サル　(それを想像して少年たちが目を見開いているのを見ながら)デタラメだよ、お前たち。
スマッシャー　デタラメねえ?
ソーンヒル　与太話だ。それにもう聞き飽きた。

ヘリング夫人はようやく口からパイプを取る。

ヘリング夫人　あたしたちの一人が何かすると、みんなで代償を払うことになるのよ。覚えておいた方が良いわ、スマッシャー。
ラブデイ　(場を明るくしようと)前に、槍で刺されたのだ、吾輩の尻を。下品な話で失敬。用を足しにブッシュに駆け込んで。ズボンを下ろしてしゃがんだとき、背後に最もありがたくないひと突きを受けた。吾輩はそのとき痩せていたから、槍は跳ね返ったが、ひどい傷が残った。(嬉しそうに皆に見せる)まだ残っているぞ。
サル　もう、やめて。
ラブデイ　吾輩はその日以来、排便をしていない。英国に戻るまでしないつもりさ。尻を槍で突かれずとも、用足しが出来るその日まで。

皆は笑ってホッとする。バートルズは痰を出してまき散らそうとする。

サル　外でやって下さらない、サギティ。

バートルズはドアの方に行き、痰を飛ばす。そのとき何かが彼の目にとまる。

バートルズ　犬を繋いどいた方が良いぞ、スマッシャー。トム・ブラックウッドが来た。

スマッシャーの犬の荒々しい唸りが聞こえる。

ブラックウッド　来るな、犬ころめ！

スマッシャー　ミッシーはあいつが大好きなんだよ、なぜか黒人野郎だと思ってるようだ。おかしいだろう？

ミッシーの痛がるような甲高い吠え声と悲しげな鳴き声で、ブラックウッドが犬との喧嘩に勝ったことが分かる。
サルは立ち上がりブラックウッドを迎えに行くと、ブラックウッドはドアのところに現れる。新築祝いに、肩に酒樽を載せ、腕にオレンジの箱を抱えている。

サル　トム・ブラックウッド・・・よく来てくれたわね。ウィリー、手を貸してあげて。

ウィリーはオレンジを運ぶ手伝いをする。

ブラックウッド　うちの木でなったオレンジ。壊血病を防ぐ。あと、うちで醸造したやつ。

サル　ご親切に、トム。

ブラックウッド　胸にも良いだろう？ヘリングさん。

ヘリング夫人　そうね。・・・それに銀を磨くのにも。

ブラックウッドは人々に長い間視線を投げかけるが、親しげには見ていない。

ブラックウッド　（挨拶として）やあ皆さん。

会釈をし、「やあトム」と返事が来る・・・スマッシャーを除いて。

ここらに生えていたヒナギク。Midjini、彼らはMidjiniと呼んでるが。それがほとんど無くなってしまった。

ソーンヒル　全部抜いてしまったよ。

ブラックウッド　俺が最初にここに来たとき、彼らから二つ貰った。お返しに良いボラを一匹くれてやった。この辺りで採れる、とても美味い食い物なんだ、そうだろヘリングさん。

ヘリング夫人　他に何もなければね。

ブラックウッド　彼らのヤムイモは、お前さんたちがトウモロコシを植えた場所に生えていた。引っこ抜いてしまったら、彼らは腹を空かす。収穫できたら、分け合うのが一番だ。

スマッシャー　分け合う！ありえないね。奴らは何もしていない。奴ら、畑を掘っただけで腰痛めるぜ。

バートルズ　俺たちは好きなところに植えるんだ。

ブラックウッド　そこに最初に何が生えてたのか、確かめた方が良いぞ、サギティ。それだけだ。

スマッシャー　奴らはただの盗人だ。真人間から盗む以外何も知らないんだ。
ブラックウッド　真人間。あんただって盗みをしなかったわけがないよな。スマッシャー・サリヴァン、絶対に。

スマッシャーだけが笑っていない。

自分のやり方でやるほかはない、だが少し手に入れたら、少し分け与えること。それを心に刻んでおけ。もう帰る。
サル　食べていってちょうだい、トム。ヘリングさんの鶏で作ったシチューがあるの。
ブラックウッド　ありがたいが・・・おいとまするよ。

ブラックウッドは立ち去る・・・場のムードは変わったまま。

スマッシャー　あいつが何をしに戻るのか、知ってるぜ。なあ？

スマッシャーとバートルズの間にクスクス笑い。

サル　一曲歌ってちょうだい、ラブデイさん。故郷の歌を。
ラブデイ　故郷か。

ラブデイが歌うと一同も、そのもの悲しい曲『リトル・フィシュ』に加わる。
ダラグの家族が自分たちの火の周りに集まっている。ヤラマンディ、ブリア、ナラマラム、ワンガラ、ギルヤガン、ナラビ、ガラワイがいる。彼らは自分たちの故郷の歌を歌う。それはどこか深いところから聞こえる・・・過去から、大地から。水の上を滑り、小屋まで立ち昇る。

ラブデイと入植者たち　（歌って）

愛する君のための歌
胸に刻まれた　面影
ヘイホー　リトル・フィッシュ　泣かないで
ヘイホー　リトル・フィッシュ　泣かないで。

海は凪いで　水主（かこ）は微睡む
僕は歌う　君のために
ヘイホー　リトル・フィッシュ　泣かないで
ヘイホー　リトル・フィッシュ　泣かないで。

碇あげろ　天候良し
船頭せわしく　糸垂れる
ヘイホー　リトル・フィッシュ　泣かないで
ヘイホー　リトル・フィッシュ　泣かないで。

海に魚はいるものよ
どれも劣らず　美しい
ヘイホー　リトル・フィッシュ　おやすみよ
ヘイホー　リトル・フィッシュ　おやすみよ。

ダラグの歌が歌われる『リトル・フィシュ』の二番から重なって。必要なら『リトル・フィシュ』の終わりまで繰り返される。

〔鯛〕
ダラグ　（歌って）Banilung Banilung Banilung Banilung Banilung
Banilung Banilung Banilung Banilung

Nurada Nurada Nurada Nurada〔クニ〕
Nurada Nurada Nurada Nurada
Guwuwi Nurada Nurada Nurada Nurada Nurada Nurada
〔クニへ呼びかける〕
Guwuwi Nurada Nurada Nurada Nurada Nurada Nurada Nurada…

部屋は静まる。そして彼らは聞く・・・この耳慣れない、遠くから聞こえる音に、恐れ、うろたえ、惑わされる・・・ダラグの歌が山の峰を越え、谷を満たし、次の谷へ、また次へと行く。

一幕終わり

二幕

一場
岬の反対側

一二月の暑さの中、ナラビ、ガラワイ、ディックが、河岸で、「おばあちゃんの足取り」というゲームで遊んでいる。喜びと抗議の叫びが空気を満たす。（ゲームの進行に合わせて少年たちの即興。）

ウィリーは傍観し遠くから見ている。

ナラビ　Nuna guwuwi, yuin baban.〔あの子も来たがってる。いいよ、遊びに来なよ。〕
ガラワイ　Yuin guwuwi yarra da.〔そう、早くここに来いよ。〕
ディック　遊ぶだろ?
ウィリー　いや、帰った方が良い。
ディック　大丈夫だよ。
ウィリー　ここにいたこと、母さんが知ったら殺される。
ディック　母さんに教えなけりゃ良い。

ディックはシャツを脱ぐ。

ガラワイ　Yuin yan wammalalibyla yagana.〔よし、泳ぎに行こう、さあ一緒に。〕
ナラビ　Guiwi Dick, guiwi? Nanu budjari.〔おい、デック、来なよ? その子もいいよ。〕
ディック　お前も来る?
ウィリー　いや。
ディック　（走り去りながら）面白いのに、俺たちは泳ぎに行くよ。

すぐにディックは二人に加わる・・・彼は白い肌、二人は茶色い肌・・・しかし三人は走り、笑い、もつれあう。ウィリーは見つめながら・・・仲間に加わりたい、どうして自分が加われないのか考える。彼は向きを変え、歩いて去る。三人の少年たちが泳ぐとき・・・

※※※※※

二場
ソーンヒル家の野営地

ウィリーが塞ぎ込んでいる。サルは忙しく野営地に水を運んでいる。

サル　仕事があったんじゃないの？

ウィリーは肩をすくめる。

どうしたのよ、ふさぎ込んで？

ソーンヒルが木材の山を抱えて近づく。

さあ、言ってしまいなさい。
ウィリー　何でもない。
ソーンヒル　ウィリー・・・早く取りに来いよ。
ウィリー　ディックが。
サル　ディックがどうしたの？
ウィリー　黒人と一緒にいるんだ！服も着ないで！
サル　え、何も着てないの？
ウィリー　素っ裸。お尻も何もかも丸出しで。

サルは青くなる。

ソーンヒル　（歩き出しながら）お前は母さんとここにいろ。

※※※※※

三場
岬の反対側

ディック、ナラビ、ガラワイは、ナラマラムの周りに集まる。ナラマラムは火をおこそうとしている。彼は乾いたススキノキの茎を裂いて、中の柔らかい部分を出し、両足を器用に使ってそれを掴みながら、地面に平らに置く。二番目の棒きれをまっすぐにその中にはめ込むと、ドリルのように両手の平の間で回転させる・・・彼の傍らにはキャベツツリーからとった、火口で一杯の一枚の葉がある。ソーンヒルが登場する。

ソーンヒル　ディック！

ディックは父の声に飛び上がる。

そこを離れろ。

ディックは近づく。

服はどうした？

ディックは古い木の切り株を指す。

よし、着なさい。服は切り株に着せておくものじゃないぞ。

ディックは服を取ってくる。

ディック　（着ながら）あの人、火をおこしているんだよ、父さん。

火打ち石も何もないのに。

好奇心が勝り、ソーンヒルは躊躇いがちに近づく。ナラマラムはちらりと見上げるが、ソーンヒルに挨拶するそぶりはない。ソーンヒルと少年たちはよく見ようと押し合う。ナラマラムが火をおこすのを皆見ているが、火がおこる気配も無ければ、煙すら立たない。

ソーンヒル　もう行こう。
ディック　待って、父さん。ほら見て。

そのとき、煙が立ち、そして素早く、ナラマラムは棒きれを葉の中へ移し、すべてを覆い、火口と棒とすべてのものをゆるく包み・・・そしてその包みを、腕を伸ばして回し始める・・・するとそれがぱっと燃え出す・・・すると、皆が驚いたことに、それがぱっと燃え出す・・・少年たちは歓声を上げ、ディックは、棒で小さな火を焚きつけるナラマラムの背中を、祝福の意味で叩く。それからナラマラムはソーンヒルをまっすぐ見る。どうだと言うニヤリ笑い。

ナラマラム　Budgari!〔よし!〕
ガラワイ　Budgari!〔よし!〕
ナラビ　Guwiyang!〔火だ!〕
ワンガラ　Bugari!〔よし!〕
ディック　やったね。
ソーンヒル　うむ・・・見事な手品だな、ディック。
ディック　これは役に立つけどね。
ナラマラム　Minga-wa guwinga.〔それを火にくべろ。〕

ワンガラ　Yuin.〔はい。〕

少年たちが火の周りに集まると、ソーンヒルはナラマラムに近づく。

ソーンヒル　俺はこの子の父だ。分かるか?父親。(自分の胸を指す。)ソーンヒル。俺の名前、いいか?ソーンヒル。

ナラマラムは自分の胸を叩く。

ナラマラム　ソーンヒル。
ソーンヒル　そう!あんたじゃないけどな。ソーンヒルは俺!

ナラマラムは彼の方に手をさっと動かす。

ナラマラム　ソーンヒル。
ソーンヒル　やっと分かったな。

ナラマラムはそれから自分の胸に手を置く。

ナラマラム　Ngalamalum.
ソーンヒル　何だって?
ナラマラム　Ngalamalum.
ソーンヒル　え、くそ・・・長ったらしいな。
ディック　ナラマラムだよ、父さん。何度も言えば簡単に言えるよ。ナラマラム。
ソーンヒル　まあいい、ジャックと呼ばせてもらう。長ったらしいから。
ディック　それから、あれはワンガラ。あんまり喋らない。静かな人。あの子はナラビ。それからガラワイ。みんな友達になったよ。
ソーンヒル　友達、あんたらが？

彼は手をナラマラムに差し出す。

よろしく、ジャック。

ナラマラムは、ソーンヒルの意図が分からず、彼の手から一歩下がる。

（手を下ろしながら）勝手にしろ。
ディック　この人が槍を投げるとこ、見た方が良いよ、父さん。
ソーンヒル　あんたは良い人だな、ジャック。分かるよ。たとえそのケツがヤカンの底みたいに黒くてもな。

ソーンヒルは自分の冗談に笑う。ナラマラムは彼と一緒に笑うと、ディックがナラマラムの方へ行き、連帯の仕草で彼の手を取る。ソーンヒルは静かになる。

あんたらはもう、諦めた方が良い。俺たちは、こんなにたくさんいるだろう。

ヤラマンディが現れて、遠くから見る。

ヤラマンディ　Guwuwi diem yaguna.〔もう行こう。〕

ナラマラム、ワンガラ、ナラビ、ガラワイは出発する。ソーンヒルとディックは彼らが行くのを見つめる。ナラマラムは振り返り、立ち去る前にソーンヒルと一瞬目が合う。ロンドンの人混みが通り過ぎて・・・

ディラビン　ソーンヒルはロンドンのごみごみした街と、ニューゲイト監獄の牢屋を思っていた。そこでは一〇人部屋に五〇人が眠り、それが五〇〇部屋あって、すべて満杯だった。彼は英国司法という巨大な歯車を思っていた。重罪人たちを噛みつぶし、船に乗せ次々とここに吐き出す。吐き出された者は総督府の波止場からどんどん広がっていき、河、山、沼に出会うと速度はゆるむが決して止まることがない。この世界は、変わろうとしてた。それを思うと、彼は穏やかな気持ちになった。

※※※※

四場
その夜、ソーンヒル家の小屋

家族は火の周りに集まり、紅茶に硬いパンを浸している。ダンは他の者たちと少し離れた場所にいる。

サル　ディック、何か言うことは？

ディックは首を振る。

言わないつもりね、どうしてあなたが今日、原住民たちと一緒に、丸裸で踊っていたのか。
ディック　泳いでたんだよ、母さん。
サル　まあ、泳いでた、そんな話聞いたこともない。誰からも。自分から進んで泳ぎに行く人なんて、聞いたことがある？ウィル。

ソーンヒル　いや。ないね。楽しみのために泳ぐなんて。
サル　でもそういう人が泳ぐとき、裸になるのは聞いたことある？
ソーンヒル　聞いたことはないよ。
サル　私がスカートを脱いで、そんな人たちみたいな事をすると考えてごらん？あなたのお父さんは、ズボンを脱ぐの？

それを思い浮かべたウィリーは笑いの発作に見舞われるが、ディックは笑わない。別に良いじゃないか、という風だ。

ソーンヒル　お前はしっかり働かなくちゃならなかったんだ。野蛮人と遊び回ってる場合じゃない。
ディック　あの人たち、火打ち石が要らないんだよ。一日中草取りすることもないし。

ソーンヒルはダンの顔に浮かぶ笑いを目にし、怒りが爆発する。彼はディックの腕を掴み、自分のベルトを外しながら、引きずっていく。

サルとウィリーは一回打たれる音ごとに、たじろぐ。三回目に、サルは立ち上がる。しかし途中でやめる。間に入ることが事態を悪化させると知っているのだ。六回目で彼女は息子が叫ぶのを聞き、自分の口を押さえて、夫にやめてと叫びたくなるのを堪えなければならない。
ついに、終わる。ソーンヒルがベルトを戻しながら帰ってくると、彼女にはディックのこもった嗚咽の声が聞こえる。ウィリーとダンは、ディックが大丈夫か、外に見に行く。

やだ、やめて、やだ！

ソーンヒル　しない方が良かったと思うか？
サル　あの子は間違ったことを言ったし、あなたは父親として当然のことをした。ただ、あんな自分をダン・オールドフィールドの前で見せたくなかったから、やったんじゃないの。
ソーンヒル　息子が野蛮人と付き合った方が良いと思うのか？
サル　そんなことない。でもあの子だけじゃない、あたしたちだって同じだったでしょ。ロザーハイズの近くのあの場所、覚えてる？隙を見ては林檎を盗んで。家の人に追いかけられて。ディックはロザーハイズみたいな遊び場がないのよ。聞いたこともないの。あの子にとっては、ここがすべて。それに、彼らのことを見ないふりをしながら、このまま暮らせるわけじゃない。
ソーンヒル　だから何だ？
サル　分からない。でもたぶん、全部ひっくるめて、ここで生きるすべを見つけなくちゃならないでしょうね。
ソーンヒル　あいつは今後、俺とウィリーと一緒に舟に乗せる。飯の分だけ働くんだ。作物の世話はダンに任せる。

※※※※

五場
氾濫平野

トウモロコシが夏の日差しの中で高くそびえる。ダンは仕事に身が入らず、顔の蠅を払いのけながら、鋤によりかかり、そびえる峰を見上げている。
ソーンヒルが自分の小屋からやってくる。

ソーンヒル　随分と楽をしているな、シドニーへ戻るなら、たったの五〇マイルだぞ。

ダンは仕事に戻ろうとする。

役に立たないなら、森の中でも野蛮人どものところでも、好きなところへ行け。俺は一向に構わない。

ダン　船で話を聞いた。ブッシュに迷い込んだり、中国に歩いて行こうとした囚人たちの話。二度と消息がないそうだ。

ソーンヒル　それがこの土地さ。

ダン　よお、ウィル・・・(思い直して)ソーンヒル様。あんたと俺は、始まりは同じだった。それが見てみろ。あんたはこんなに上で、俺は下だ・・・出獄許可を貰うのにはどのくらいかかったんだ？

ソーンヒル　二年だ・・・苦労がなかったなんて思うなよ。さらにあと二年かかって、赦免状だ。真人間に相応しい仕事をしろ、ダン。そうすればお前も同じになれる。

ダン　真人間？赤ん坊の頃から泥棒だよ。弟から母親の乳を盗んだ。弟を押しのけて、独り占めにした。弟は死んで、俺は生き残った。俺はそういう人間なんだよ・・・ソーンヒル様。

ダンはまた土を掘る仕事に戻る。

※※※※

六場

ブッシュと、小屋の向こうの高台

ディックは、ナラマラムがやっていたように、二本の棒きれをこすり合わせている。彼はその行為に集中しすぎて、父が近づくのに気づかない。

ソーンヒル　またベルトで叩かないと駄目なのか？

ディックは固まる・・・自分の子供を一度叩くと、その罰に値するしないに関わらず、その子は二度と親に対して同じような態度はしない。

冗談だよ。一度叩いて駄目なら、もう一度やっても駄目だろう。俺の親父はそれが決して分からなかった。

ディックは沈黙している・・・まだ疑っている。

その野蛮人の手品をやってみようぜ。

彼は身をかがめ・・・

ほら、これをしっかりと持て・・・とにかく擦れば良いんだろう？

ディック　うん、ここ。

ディックは基本となる棒をもち、ソーンヒルはもう一本を、手のひらで回転させ始める・・・やがて彼の頭の血管が脈打ち始める。

ソーンヒル　棒じゃなくて手が燃えそうだ。

ディック　ここ、父さん、ここに。

ディックが引き継ぐが、まだ煙は出ない。

ソーンヒル　何か仕掛けがあるはずだな・・・もう一度ジャックに見せて貰え。

ディラビン　それはソーンヒルの精一杯の謝罪だった、そしてディックは文字通り、黒人たちと交わる許しと受け止めた。二人が、両手が赤く燃え立つようになるまで棒を擦ったあと、ソーンヒルは息子に見て欲しいものがあると言った。彼は息子を連れてブッシュを歩いた。そこは、ソーンヒルが何度も歩いたおかげで道のようなものが出来ていた。二人は木々をかき分け、小屋の向こうの丘へ登り、ソーンヒル岬と彼が呼ぶ場所を見渡せる、平らな岩盤に立った。

ソーンヒル　これを見ろ。ここからだと河が両側とも見渡せる。河がどういうふうに曲がっているか、ここでは太くなり、そこでは細くなって。どこで深くなるか。どこで浅くなるか。長い間どういうふうに流れて崖を嚙り取ってきたのか。この場所の地形が全部分かる。いつか俺たちは、ここに家を建てる。樹皮で作った家じゃない。石造りの家だ。全員分の部屋。客間。居間。全ての部屋に暖炉を置く。そしてここは・・・河の流れをじっくり眺める場所だ・・・母さんには言うなよ。まだ見せてないんだ。

しかしディックは地面に視線を向けて、岩の上を這う蜜蟻を追っている。蟻を追っていくと、岩にひっかかれたばかりの一本の線に行き当たる。

ディック　ここ見て、父さん。

ソーンヒルは自分の夢想から我に返り、やって来る。

この線を見て。

ソーンヒル　それは自然に出来たものだ。水が岩に溝を作るんだ。あちこちに流れて。

ディック　でもさ•••あの線みんな、集まって、魚の形に見えるよ。

ソーンヒル　魚だ？

ディック　ここ見て、父さん・・・ここに背骨と尻尾がある。

二人はこの彫刻の全幅を歩き、その端でまた別なものを発見する。

あ、ほら、舟がある。希望号かも。それに、後ろに櫂まである。

ソーンヒル　舟じゃない。

ディック　描いてないのは父さんだけだ、櫂を握ってるはずなのに。

ディラビン　彼は思う、ここで、この岩に、彼の場所に、しるしを残し、彼の岬を見渡し、彼の見ているものを見ていた彼らのことを。

ソーンヒル　それは舟じゃない。

彼は向きを変え、立ち去る。

※※※※※

七場
ソーンヒル家の野営地

サルは忙しくダンパーをこねている、そして見上げると、ブリアとギルヤガンが自分を見つめている。ギルヤガンはベリーとブッシュフルーツで満たされた、木を彫った皿状のものを手に持つ。

サル　大変！（呼んで）ウィル？

女たちは動かない。

ブリア　Byalla yarndi nanu Gilyagan.〔この人に何か言いなさいよ。〕
ギルヤガン　Ngan ngai byalla?〔何を言えば良いの？〕
サル　びっくりした・・・訪ねてきたの？あたしの名前はサルよ。
ギルヤガン　Dye giyara Gilyagan.〔私はギルヤガン。〕
サル　なあに？
ブリア　Maana bunmarra Nanu.〔それをこの人にあげなさい。〕
ギルヤガン　Ngan buun biyi?〔私たちが食べるものは？〕
ブリア　Yan-wa.〔早く。〕
ギルヤガン　Wyanbuininya maana damang.〔持ってきて、あの袋を。〕

ギルヤガンは近づき、ベリーとフルーツをサルに差し出す。サルはそれが入っている椀を取ろうとする。

サル　まあ！親切なのね。

しかしギルヤガンは首を振り、彼女はそれを容れ物にあけたいのだと意思表示。サルは皿を見つけて差し出すと、ギルヤガンはブッシュ・タッカーをその中にあける。

え・・・これを食べるの？・・・

ギルヤガン　Yuin.〔ええ。〕
サル　（食べてみて）うーん、美味しい。（お礼をしなくてはと思い）あなたも何か欲しいわよね・・・ちょっと待ってて。

彼女は家に貯蔵してあるものから砂糖の袋を持ってくる。

はいどうぞ。

ギルヤガンはそれを取る。

ブリア　Ngan dah? Ngyiri.〔それは何？ここに持ってきて。〕

ギルヤガンはブリアのもとにそれを持っていく。二人で味見をする。

ギルヤガン　Mmmm. Marrinmara?〔蜜かな？〕
ブリア　Budyari.〔もっと美味しい。〕
ギルヤガン　Dane wangarra.〔子供たちの分を取っておいて。〕
サル　砂糖。シュガーって言うの。
ギルヤガン　シュガー。

サル　気に入った？
ブリア　Ni naa nanu inimyah.〔この人が、下も女か確かめて。〕
ギルヤガン　Biyal ngan, ngyini da.〔いやだ！私はしない。あなたがして。〕
　　ブリアは近づき、サルのスカートを持ち上げようとする。
ブリア　Diem murray dah.〔まだ何か履いてる。〕
ギルヤガン　Wanjan nanu mulla yan?〔こんなに履いて、夫はどうするんだろ？〕
サル　何するの？やめて！あたしはあなたたちと同じよ。
　　ブリアはサルの胸を掴む。
ちょっと！
ブリア　Nanu dyin.〔女だね。〕
サル　なんていうおばあさん・・・何が面白いの。もう・・・
　　ブリアはスカートの布の感触を得る・・・彼女はそれを少し引っ張る。
スカートよ？・・・
　　ブリアはそれを脱がし始める。
やめて・・・それはだめ・・・待って・・・わ、わかった、じゃあ・・・いい、あなたにあげる。あなたも頂戴。〔あの彫った皿を指さしながら〕あれはどう？
ブリア　Yuin.〔ええ。〕
サル　交換ね。
　　ブリアは頷く。ギルヤガンはその皿を渡したくはないが、ブリアはそうしろと言う。サルは自分のスカートを脱ぐ。女たちは彼女のスカートを見つめる。ブリアはそれで自分の腰を覆う。
とっても素敵よ、メグ。って呼んでも良いわよね。あなたは、ポリーはどう？故郷のスワン通りにポリーってお友達がいたの。
　　ブリアはスカートを揺らしながら、体を振って歩く。それからそれを高く持ち上げ、両肩からぶら下げる。
まあ、そういう着こなしもあるかな。
ギルヤガン　Guwuwi-wa ngai ngarra Murry dana.〔ほら・・・「のろま足」が来るのが聞こえる。〕
　　ギルヤガンとブリアは笑いながら立ち去る。サルは追う・・・
サル　どこへ行くの・・・待って。
　　ソーンヒルが飛び込んでくる。
ソーンヒル　あれは何しに来たんだ？
サル　お客さんよ。
ソーンヒル　お前のスカートは？
サル　取引しちゃった。ウィル。ほら、これと引き換えに。悪くないでしょう？

彼女は皿を見せる。

ソーンヒル　お前はスカートとただの木を交換したのか。何に使うんだ？

サル　ウィル、ばかね、使うんじゃなくて、鑑賞するものよ。ヘリング夫人が、英国の上流の人たちはこういうものにお金を払うって言ってたわ。五年の間、毎月一つ手に入れて、戻ったら一財産になるわよ。

ソーンヒル　お前がものをあげ始めたら、向こうはもっともっと欲しがるぞ。

サル　そんな浮かない顔しないで。

彼女は少し腰をひねる

スカートを脱いだ妻を最後に見たのはいつ。あなたは幸運な男のはずよ。

ソーンヒル　そうかもな。

彼は彼女の腰をつかまえる。

サル　子供たちはどこ？

ソーンヒル　そのへんだろう。

サル　ダンは？

ソーンヒル　トウモロコシ畑だ。

サル　じゃあ手早く済ませましょう。

※※※

近くのブッシュ

ディックは暇つぶしをするようにぶらぶらしている。そのとき野営地に戻るウィリーが通りかかる。

ディック　向こうに行かない方が良い。

ウィリー　どうして？

ディック　だって父さんが母さんとまた踊っていて、二人とも服を足首まで下ろしてるから。

※※※※※

八場

ソーンヒル家の野営地とダラグの野営地

ダラグの一家が一帯を焼いている。ナヤラマンディは先を歩き、後ろの集団に指示を与えている。ナラマラムは火のついた棒を持って歩き、あたりの草に火をつける。ブリア、ギルヤガン、ワンガラ、ナラビ、ガラワイは葉の茂った枝を持って後から歩く。炎が立つと、彼らはそれが収まるまで叩く。まるで踊っているようだ。

ソーンヒルが最初に小屋から登場する。空を渦巻きながら、煙の匂いが鼻の中に充満する。一人一人、人々が登場する―ダン、サル、ウィリー、ディックだ。

ダン　奴ら、俺たちを燻り出そうとしてるんだ。
ウィリー　銃を出して、父さん、銃を。
サル　そんな必要はないわ・・・ウィル。
ディラビン　火が自分たちの方に上ってくるのが見えたが、それは自分たちが木を焼き払うときに呼び覚ます、炎という野獣ではなかった。これは別物。立ち止まり、しばらくパチパチと音を立てては揺らめき、それからきれいに舐めとって、茂みから茂みへと移ろいゆく、飼い慣らされた小さな生き物だった。

素早い動きで、ギルヤガンは棒で何かを打ち、屈んで斑点のあるトカゲを持ち上げる。決して急がない動きで、彼女はそれが手の中でぐったりとするまで振りまわす。

ギルヤガン　Naa-ni Bunmurra.〔私が獲ったのを見て。〕
ブリア　Murrai-marri-da Bumurra.〔とても大きいねえ。〕
ガラワイ　Bunmurra wiri-na.〔僕トカゲ嫌い。〕
ワンガラ　Ngyini dullai-mulla?〔じゃあお前は白人だな？〕
ガラワイ　Biyal binangarri.〔違うよ。〕

ソーンヒル一家はその冗談を理解したいと思いながら、小屋の前に立つ。

ダン　うわあ・・・あれを食うつもりだ。
ディック　トカゲはとっても美味しいんだよ。
ナラビ　Budgari!〔美味しい。〕
サル　ねえ、ポリー、あなたたち何してるの。（彼女は手を振る。）ポリー！

しかし彼らは顔を上げない。まるで、ソーンヒルの小屋が建てられたこのニューサウスウェールズの一つの地点が、彼らの目には入らないかのようだ。

自分の名前がポリーだって知らないだけよ・・・名前をつけてあげたのに、知らないのよ。

サルはそう思い込もうとする。

ヤラマンディ　Guwuwi guwinga-da wugal.〔よし・・・終わりだ・・・燃えるままにしておけ。〕

彼らは背を向け、自分たちがやってきたブッシュの中へと消えてゆく。

ディラビン　やるべきことは終わった。彼らは知っていた、この地の形のおかげで、火はやがて消えるということを。ソーンヒル一家は、このショーが何を意味しているのか知りたいと思いながら、それを見つめていた。
ダン　トカゲ二匹のためにこの場所を焼いたのか。奴ら何も分かってない。

雨。

ディラビン　翌日は雨が降った。降り続けた。二日間。彼らも慣れてきていた土砂降りではなく、故郷を思い出させる柔らかい霧雨。彼らは雨の中、帽子もかぶらずに、しばらくは幸せな気分でいた。それから、暑さが戻ってきて、一晩で、焼けた場所が黒から緑に変わった。草が伸びるのが目に見えるのではと思うほどだった。そして若い緑と共にやってきたのが、ブル、カンガルー。群れをなして。すべては計画されていたかのようだった。

カンガルーの一群が陽の中で草を食べ、体を掻き、寝そべる。サルが小屋の中へ入り、銃を持って出てくる。

サル　はい、ウィル。自分の足を撃たないように。

ソーンヒルは銃を受け取る。彼の属する階級の人間にとっては、まったく慣れないものである。彼は忍び歩きして・・・銃を肩に担う。

ディック　あれだ、父さん。あのでっかいの。
サル　シッ。
ディラビン　カンガルーはあまりに近くにいて、草を食いちぎる音が聞こえ、その耳の周りを舞う蠅が見え、巻いた睫毛が見えるほどだった。

ソーンヒルが銃を発射すると、途方もない音。それに驚いて、カンガルーは皆飛んで逃げる。反動で彼は肩に衝撃を受け、そして閃光に目をやられて後ろによろめく。
銃から立つ煙が期待に満ちた沈黙を残して消えると、彼らの目は倒れた獣を探す。
しかし徐々にその希望が彼らの顔から失われていく。
「でっかい」カンガルーが立ち上がって、威厳を持って退場するとき・・・

ウィリー　父さん、外したよ。

ソーンヒル　ウィリー、お前には、見れば分かることを敢えて言う才能があるな。
ダン　匂いがしないか？
サル　肉・・・ロースト肉よ。
ディック　カンガルーだ。
サル　何だって良いわ・・・美味しい夕食の匂いがする。

彼らの口は唾で一杯になる。舌は唇じゅうを舐める。彼らの腹は空腹で鳴る。

ディラビン　尻尾だけでもいい。豚肉の塩漬けでは決して代わりにならない、お腹を満たす美味しいカンガルーのブラウンシチュー。

ソーンヒルは小屋に入っていき、小麦粉の袋を持って戻ってくる。

ソーンヒル　ちょっと待ってろ・・・直ぐ戻る。

※※※

ダラグの野営地

ダラグの家族が、木炭の穴の周りに集まっている・・・カンガルーが残り火の下でローストされている。女たちは木炭をいじり、それをあちこちに動かしている。

ブリア　Badagarung-wa gwiyanga.〔そのカンガルーを火に。〕
ギルヤガン　Ngai ngarra Murry dana.〔「のろま足」が来る音が聞

こえる。〕
ブリア　Dullai mula. Wiri-da. Biyal wulbunga-da.〔あの白人だ。私は好きじゃない。猟も上手くない。〕
ナラマラム　Ngina-biyi dyinmang, gulyangarri wiri mulla-bu.〔妻と子供を食わせるのに我々を頼る、駄目な夫だ。〕

ソーンヒルが登場する。黒い色の皮膚、土、木、石に対して、キャラコの袋が滑稽なほど白い。彼は袋を掲げる。

ソーンヒル　おい、交換しよう。

だが誰にも気に留めてもらえず、しまいには袋を掲げているのが馬鹿らしくなってしまう。

ヤラマンディ　Ni ngan jillung maana.〔何を持ってるか見てみよ。〕

ナラマラムが近づいて・・・その袋を取る。

ソーンヒル　結んであるんだ。ほどかないと。

ソーンヒルは、結び目のほどき方を教えてやろうと手を伸ばすが、その必要はない。ナラマラムは結び目がどういうものか知っている。彼はそれをヤラマンディに手渡す。

上等の小麦粉だ。

老人は手を入れ、小麦粉を手につかむ。匂いを嗅ぎ、舌の先で味見をし、それをブリアに見せる。彼女はそれをちらっと見て、頷く。
ヤラマンディはカンガルーの方に手を動かす。

尻尾なら助かる・・・それか脇腹の良いところを。
ヤラマンディ　Yabuininya ininyah binning.〔彼に足の先を取ってやれ。〕

ナラマラムはカンガルーに近づき、足を一本切り落とす。彼はそれをソーンヒルに渡す・・・茶色い角質の爪と硬い第一関節がついた節くれだった足。

ソーンヒル　ジャック、俺が言ったのはそれじゃない。
ナラマラム　Ngyiri dah, Thornhill.〔受け取らないなら帰れ。ソーンヒル。〕

※※※

ソーンヒル家の野営地

ソーンヒル一家とダンは依然として哀れな様子で、火の周りを囲む。それぞれが自分の皿を持って、ディナーの毛や筋をより分けている。

ディラビン　カンガルーの足の皮を剥ぐのは、思ったより大変だった。羊であれば、皮を靴下のようにめくれる。でもまるで木材のようなこの肉の塊は、皮が下の筋骨に張り付いてしまっている。ついにソーンヒルは斧を持ちだした。サルの鉢に切り落とした塊は、毛と骨、筋だらけだった。結局最後はスープにしたが、表面に毛が浮かび、骨の塊と腱の筋はブーツの革のようだった。
サル　故郷では信じて貰えないでしょうね。私たちがカンガルーを食べたなんて！
ソーンヒル　食べたというより、むしろカンガルーを飲み込んだな・・・サル。。

ディックが最初に笑う・・・それにウィリーがつられ、次にサルの気持ちが前向きになり、そしてダンがクスクス笑う。ソーンヒルさえ、自分の顔に笑みが浮かんでいるのに気づく。

※※※※

九場
ソーンヒル家の小屋

サルはベッドに横になっている。ヘリング夫人がベッド脇に座って、白い布に装飾の縫い物をしている。

ディラビン　一月の終わりのある日、ソーンヒルがシドニーから戻り、河の湾曲したところまで来て、希望号を岸に寄せた。そのとき彼はディックが河に走ってくるのを見た。その走り方。そこにあるのは喜びではなく。ただ不安だけだった。
ディック　母さんが！

ソーンヒルが登場する。

ヘリング夫人　三日前から具合が悪くなってね。あなたの下男のダンに呼ばれたの。サルは一言も喋らないし、何も食べ物を取らないし。

ソーンヒル　子供のせいか？それともあんたが役立たずなのか？妻を失うなら子供を失う方がましだ。
ヘリング夫人　サルに産む力はないわ。この子は、自力で出てくるか、それとも分娩日まで出てこないか。私たちには何も出来ない。
ソーンヒル　あんたが縫っている、それは何だ？
ヘリング夫人　素敵なものに包んであげたくて・・・彼女を失ったときには。
ソーンヒル　どこかへやってくれ・・・二度と見たくない。

ヘリング夫人は立ち上がる。

ヘリング夫人　ブラックウッドのところにいるあの人。連れてきて診せた方が良い。
ディラビン　しかし彼は行かなかった。妻を置いていくことが怖かった。それに、「彼ら」の一人である者に、どう助けを求めて良いか分からなかった。

ソーンヒルはベッドの近くの椅子をとる。

彼は彼女のそばに三日三晩座り、額を拭き、スプーンで水を掬い唇を湿した。息子たちはドアの前で眠った。毎晩彼は息子たちがうなされて泣き叫ぶのを聞いた。だが彼には何もなかった。慰める言葉がなかった。彼の目は決して彼女を離れることはなかった。
ソーンヒル　初めてお前に会ったとき、俺は自分の名前も書けなかった。お前が教えてくれた。紙の上に点を描いて、それを繋げるように言われた。俺はペンを持つことさえ出来なかった。でもお前は手が知っていたのは、舟の櫂を握ることだけだった。俺の上手に握れるように俺の指を折り曲げて、手を握ったまま点から点へと、手を動かしてくれた。あれはまるで魔法だった。俺のイニシャル。WとT。
サル　ウィル、Wは書けなかったと思うわ。でもTはちゃんと書けた。二本の線だけだから。縦線に・・・
ソーンヒル　横線・・・ごめん。
サル　何が？
ソーンヒル　盗みを働いたから、ここに来る羽目に。
サル　あなたは選べたの？他にどうしようもなかったはずよ。馬の解体業者の裏手に骨を一本見つけて、それを煮て夕ご飯にしたわねえ。それも息子たちがもっと食べられるようにって、自分は我慢して・・・故郷の方に向けてあたしを埋葬して頂戴、ウィル。
ソーンヒル　埋葬の話なんかするんじゃない。

※※※

ソーンヒルの野営地

ソーンヒルと息子たちはサルの側にいる。隣人たちが到着し・・・外に集まる。

ディラビン　知らせは河伝いに素早く広がった。スマッシャーは湿った袋の中に二匹の蟹を入れて、舟を漕いできた。サギティはその日屠ったばかりの豚のバラ肉を持ってきた。そしてラブデイはなけなしの、一個のカボチャを持ってきた。こんなときにカボチャは役には立たないが。サルはどれにも手をつけなかった。そして、どんどん衰弱していた。
ダン　テムズ河の南岸で一番愛された娘さ。みんなが振り返った。その容姿の可愛らしさだけじゃない、いつも微笑んで、「こんにちは」と言うから。道で出会う全ての人に、どんなに卑しい者にでも。

彼はソーンヒルに聞こえないように声を潜める。

結婚相手は誰でも選べたはずだ。自分より上の階層の人間だって。俺たちはみなそう思ってた。なのにあの娘は、ウィル・ソーンヒルに惚れた。あれは粗野な男だった。変に目を合わせようものなら、命取りと言われたもんだ。
スマッシャー　あいつは今でも変わらない。変わったふりをしてるが、表面を引っ掻いててやれば、地金が出る。人生のせいで、卑しくなった男だ。
ラブデイ　我々と一緒さ。
ダン　あいつの親父が何をして暮らしていたか知ってるか？敷石の間から犬の糞をかき集めて、それをモロッコ革のなめし工場に売ってたんだ。下の下だよ、あの親子は。あいつは俺のことを糞みたいに扱うが、あいつの正体、あいつの出自を、俺は知ってる。

彼らは誰かが近づく音に総立ちになる。ブラックウッドが、後ろにドゥラ・ジンを連れて登場する。白人の男たちに警戒して、彼女は距離を置いてためらっている。
スマッシャーの口がゆがむ。

スマッシャー　こりゃどうだ？

ブラックウッド　スマッシャー、お前には関係ない。
スマッシャー　誰だこの女は？

彼はブラックウッドの表情を読む。

この黒人女はお前のか、トム・ブラックウッド。なぜかいつもお前の周りで黒人の臭いがするなあと思ってたんだよ。
ブラックウッド　どいていろ、スマッシャー。
スマッシャー　お前が帰れ、そのアマを連れて。用はない。

ソーンヒルが現れる。彼の面前に、選択がある。

バートルズ　この女をサルに触れさせるなよ、なあウィル？
ソーンヒル　黙れ、サギティ・・・お前らみんな帰れ。

彼らはゆっくりと移動する。

銃を取ってこようか？

ラブデイとバートルズは立ち去る。スマッシャーは最後に去るが、長く後ろを振り返って消える。
ソーンヒルは、ブラックウッドとドゥラ・ジンとヘリング夫人を中に導く。
ドゥラ・ジンは手の甲でサルの顔に触れる。

どこが具合悪いか聞いてくれ。
ブラックウッド　彼女にまかせてくれ、ウィル。みんな下がって。

彼女は自分のディリーバッグに手を入れて、黒くてぬるぬるしたものを取り出す。

ソーンヒル　それは？
ブラックウッド　ブラ。鰻だ。
ソーンヒル　魔術か何かか？
ブラックウッド　もっと常識的なもんだな。

ドゥラ・ジンは、母親がお乳を飲ませるときに赤ん坊にするように、サルの口の端をなでる。サルの口が開くと、黒い身を彼女の唇にあてる。
彼女は生の魚の身の塩辛い味に目を開ける。

ディラビン　サルは自分を触る女の顔を見た、が怯えて避けることはなかった。サルはこの顔に、信頼できる女を見た。そして、甘いのものにかぶりつく子供のように、生の魚にかぶりついた。その女はその夜の間中、自分の手から鰻を与えながら、サルと一緒にいた。そこには、サルの一部だけがいた。残りはロンドンの、風邪をひいた自分を看病しながら母が牛乳に浸したパンを食べさせてくれる、あの少女時代のベッドへと戻っていた。いたわられて、心からいたわられて。しかもこの女は、サルの知らない人だった。

夜明けの光が、地面に広がり、小屋にも漏れ差すとき、女はベッドを離れ、外に出る。
ブラックウッドは眠っているサルの方に屈む。

ブラックウッド　少し頬に色が差してきた。どうだろう、ヘリング夫人？

ヘリング夫人　見えるとすれば・・・いのちの色だね。
ブラックウッド　故郷では俺の母親は、鰻をゼリー状にしていた。
それが一番だと信じていた。イーストチープ。グラントリー通り。
そこに住んでいた。オールハロウズ教会のそば。
サル　知ってるわ。スティックリーの呉服屋のすぐ近くね。

彼らは皆見る。彼女は弱っているが、ここに戻ってきている。

ヘリング夫人　ああ。
ブラックウッド　そこだよ、サル。
ウィリー　母さん!
サル　二軒先に、ティン・ウィッスル酒場。その隣が、パーリーさんのボタン屋・・・ウィル?

ソーンヒルは彼女の手を取る。自分の力の強さを忘れている。

あたしは舟の櫂じゃないわよ、ウィル。離して。

しかし彼は放さない。息子たちはベッドの両脇から飛び上がる。

どのくらい、ここに寝ていたの?
ウィリー　五日だよ、母さん。
サル　誰か木に印をつけた?つけないと、分からなくて迷子になるわ。
ディック　日曜日に印をつけたよ。ほら。

ソーンヒルは外に出る。呼吸する。物言わず感謝を捧げ、それからブラックウッドを待っている女を見る。
ソーンヒルは近づく。ほとんど彼女を見ることが出来ない。

ソーンヒル　本当に世話になった。

彼女はそっけなく頷くが、彼を見ない。ソーンヒルはぎこちなくポケットに手を突っ込み、何枚か硬貨を差し出す。

さあ。

彼女はそれに感謝の意を示すことさえしない。

何か俺に出来ることがあるんじゃないか?
ドゥラ・ジン　出て行って、ウィリアム・ソーンヒル・・・私たちの土地から。Wurrawa から。
ソーンヒル　無理だ。

※※※※

十場
漆黒の夜、ソーンヒル家の小屋

ソーンヒル一家とダンは黙ったまま集まっている。遠くの、岬の反対側から、歌と拍子木の音が聞こえる。

ディラビン　変化が始まったのは、二月の終わりだった。大きな集団が、岬に集まっていた。彼らはかたまって、山の峰からやってきた。男たちが先に、そしてあとから女、ほとんどが腰で子供を抱えていた。ソーンヒルは四〇までで、数えるのを諦めた。ソーンヒルたちは、知っている面々にはもう慣れていた。名前をつけてあげた、ポリー、メグ、ジャック、そしてウィスカー・ハリーと名付けた老人。しかしこの人々は違った。ソーンヒルは、覚悟しなければと感じていた。だが何を覚悟するのか、彼に確信はなかった。

サル　なんかの集まりよ。あたしたちと一緒。結婚式かも、そう思わない?ウィル。

ソーンヒル　結婚式かもな。

ダン　俺には結婚式には思えない。戦の踊りだ。

ウィリー　銃だよ、父さん。銃の用意をしよう。

ディック　銃なんて要らないよ。母さんが言うとおり、ただの集まりだよ。

ウィリー　そんなわけない、銃が要るんだ。

ソーンヒル　黙れ、二人とも。

ダン　俺はナイフがあるぞ。寄ってきやがったら、黒い土手っ腹に突き立ててやる。

ソーンヒル　黙れと言ってるんだ。

ソーンヒルが立ち上がる。

サル　外に出ない方が良いわ、ウィル。

ウィリー　その方がいいよ、父さん。

サル　ウィル。

彼は立ち去る。

※※※

ダラグの野営地

火の光が下から木々を照らし、幹の皮の上で明滅し、光の洞窟を形作る。黒い人影が、火の前で踊りながら通り過ぎる。彼らは白い塗料で筋をつけている。多くの者たちの中で、そこで目が動いている。顔も白く、ナラマラム、ワンガラ、ガラワイ、ナラビが砂埃の中で足を踏みならす。もはや人間ではなく、人間らしいカンガルーだ。傍らのヤラマンディが、歌で物語を語っている。

ヤラマンディ　Buruberongal da, Buruberongal da.〔大きく老いた赤カンガルーが住む土地〕

ヤラマンディは立ち上がる・・・他の者たちは拍子木で違った拍子を取り始めると同時に、年老いた男が一人で踊る。両足は地面を踏みつけ、砂埃が彼の周りを舞い上がり、光で輝く。彼の足が鳴らす音は、まるで大地そのものの鼓動のようだ。

ダラグのキャストが歌う。

ガラバリ・ソング

ダラグ　（歌って）Buruberongalda! Buruberongalda!〔大きなあの

カンガルーたちが住む土地！〕
Buruda buruda buruda buruda buruda〔あのカンガルー、あのカンガルー〕
Badala gunamaga gunamaga gunamaga gunamaga〔さあカンガルーを食べよう／料理しよう〕
Burawan murjal buruberongda buruberongda buruberongda〔飛び上がれカンガルー〕
Burawan murjal buruberongda buruberongda buruberongda〔見ろ、あの赤カンガルーが飛び上がる。〕
ディラビン　彼らが夜に集まり、顔が火に照らされるのを彼は見た。一〇〇人。もしかしたらもっといる。彼らが足を踏みならすたび、夜に叫ぶたび、彼らの力ははっきりとした。
ソーンヒルは信じようとした、彼らと自分が、同時にここにいる方法があると。しかし今や、何かが変わっていた。彼は、急速に少数が多数に変わる様を見た。それが彼を恐怖させた。

彼らは踊る・・・歌が夜を満たす。

※※※※

スマッシャーの住処

スマッシャーの犬たちの凶暴な吠え声、その時ソーンヒルが河から上がってきて、スマッシャーが自分を待ち受けているのを見る。

スマッシャー　（犬たちに）黙れ。
ソーンヒル　犬を二三匹買いたい。
スマッシャー　とうとう俺の流儀を見習ったか、ソーンヒル。
ソーンヒル　雌を二三匹。五ポンドだ。それしか払わない。
スマッシャー　ここ最近の騒ぎで、俺の犬は今たくさん需要がある。少なくとも一〇ポンドってところだ、大負けに負けて。
ソーンヒル　五ポンドだ。それ以上なら買わない。
スマッシャー　じゃあ六ポンド、仲良くしなくちゃな。白人同士。六ポンドで・・・これも試させてやる。

スマッシャーはソーンヒルを小屋に導く。ドアの向こうは暗闇。鎖の音と息づかい、ただしスマッシャーやソーンヒルのものではない。

（鎖をたぐり寄せて）こっちに来いよ。

彼は鎖でつながれた女、ムラリをぐいと引っ張る。彼女はまぶしさに目を覆い、しばらく小屋の中から出てこない。

黒いビロードだ・・・ここじゃこれしか手に入らない。俺とサギティの相手をさせた。後ろから前から、二本のスプーンみたいになってな。それからお前の下男のダンも。一回一シリングで。

ソーンヒルはその女を見つめる。

やってみるか、ソーンヒル？ただし気をつけろ。爪を立てる、気が立った猫だ。

彼女はソーンヒルを見上げる。彼女の顔はひたすら訴えている

—「私を助けて」と。
さあ。誰に言われるまでもない。お前自身が、この女を欲しいと、分かってるだろう。

一瞬のためらい。それから彼は背を向け、歩いて去る。

(彼を追いかけ、その女を引きずりながら)なんだよ?ただでやれる女は要らない身分だってのか、お前は?俺たちにはこれで十分なんだよ、お友達のトム・ブラックウッドだって、十分なんだよ。
ディラビン　希望号に乗り、家へと舳先を向けたとき、彼はその女のことを考えた・・・以前から想像はしていた。たかがいっときの官能、彼の中に獣がいた。スマッシャーはそれを知っていたのだ・・・彼は自分をましな人間だと信じ込もうとしている。それでも、舳先は戻さない。彼は女をそこに残して、舟を走らせた。それ不安だった、自分が何も見なかったと、思って貰えるだろうか・・・彼がそれを、本当のことに出来るだろうか。

※※※※

十二場
ソーンヒル家の野営地

サルとヘリング夫人は小屋の外。ソーンヒルが登場すると・・・

サル　大変だったのよ、ウィル。
ヘリング夫人　ジョージ・ツイストが焼け出されたの。ツイストがウィンザーに来てその話をしたら、報復すると言って、男たちが集団で出て行ったわ。
ソーンヒル　何だと。
サル　あの人たちは何をしようというの?

一拍。

ヘリング夫人　ツイストは醜悪な男よ。豚に一番下の息子を喰い殺されてね。これで葬式代が浮く。喰い始めたのなら、最後まで喰わせた方がましだと思ったんですって。
ソーンヒル　俺たちと一緒にいた方が良い。落ち着くまでは。
ヘリング夫人　落ち着かないわ。もう。彼らがやられ。私たちがやられ。そういうものよ。

※※※※

十三場
ソーンヒル家の野営地

入植者たちはソーンヒルの住処にいる。ソーンヒル、サル、息子たち、ダン、ヘリング夫人、ブラックウッド、ラブデイ、バートルズ、スマッシャー。

ディラビン　次々に、彼らは舟でソーンヒル岬へとやってきた。政府によって発出された布告が、『ガゼット』に掲載された。立派な布告も、読めなければ役には立たない。ラブデイは河沿いのこの地域で、なんとか読むことのできる唯一の男だった。

ラブデイ　(読んで)「一八一四年三月二二日。植民地の黒人原住民は　英国人住民に対する憎悪と敵意という、甚だしく血なまぐさい意志を明白に示した。」つまり奴らは、隙あらば槍で突き刺すということだ。

ブラックウッド　とにかく先を読んでくれ。

ラブデイ　(読んで)「原住民が武装しているか、あるいは武器はなくとも敵意を持っているか、六人を超える非武装の集団で、英国の臣民が所持するいずれかの農地に到来した場合、そのような原住民は速やかに、前述の農場から節度を持って立ち去ることが望まれる。」

スマッシャー　俺の銃をつきつけられて、節度を持って貰おう。

ラブデイは手を挙げてもっとあることを示す。

ラブデイ　(読んで)「万一それでも退去を拒否する場合、入植者自身の武力によって原住民を駆逐することを認める。」・・・平たく言えば、我々の好きなように、バカどもを撃っても宜しいってことだ。

ヘリング夫人　こっちによこしなさい・・こっちに。

ヘリング夫人とサルは新聞の上に屈み、いま聞いたことが信じられずに、指で文章を追う。

スマッシャー　いちいちそのたんびなんて、まどろっこしい。

バートルズ　緑の粉をたっぷりくれてやれば良い。ダーキー・クリークにいる集団を片付けてやれ。奴らが俺の小麦を盗んだんだ。

スマッシャー　この俺が、政府の布告が出されるのを待ってると思うか?

彼はポケットから何かを引っ張り出し、テーブルの上に投げる。二枚の革が結び合わされたものに見える。

俺のものは俺のものだ、お許しなんて待つことはない。

サル　それは何?

スマッシャー　耳だよ、サル。一揃いの。黒人野郎の頭から切り取ってやった。

ディックは悲鳴を上げる。

サル　どこかへやって・・・早く!

サルは息子たちが見ないように向こうへやる。

スマッシャー　分かったよ、奥さん。そう騒ぐな。シドニーである男の頭蓋骨を売って、一シリング手に入れた。測ったりするんだそうだ。頭はな、まずようく煮る。するときれいに仕上がる。

ラブデイ　塩漬けだ・・・塩漬けにする方が、煮るより良いんだぞ。科学の・・・(彼は言葉を忘れ、もう一度言い直す)科学の紳士が言うには。塩漬けにすると、いろいろ残ってよくわかるそうだ。

スマッシャー　験担ぎだな。

スマッシャーは自分のベルトにその耳をぶら下げる。

ブラックウッドが部屋を横切って彼の方へ向かう。

なんだ・・・なんだよ！

ブラックウッドは腕でスマッシャーの頭を押さえ込み、その顔に三回パンチする。スマッシャーは床に崩れ落ちる。

ブラックウッド　ウジ虫め。

ブラックウッドはスマッシャーを最後に一瞥し、それからドアの外に出る。
ダンとバートルズがスマッシャーを助けに行く。

スマッシャー　くそ！

彼は血の出た顔で見上げる。

後悔するぞ、あの野郎。

サルとソーンヒルを残して彼らはみな去る。

サル　あたしたちは出て行った方が良い、ウィル。
ソーンヒル　どこへ？どこへ行けば良いんだ？
サル　故郷よ。
ソーンヒル　まだまだ稼ぎが足りないんだろ！
サル　じゃあ、幾ら？幾らなら十分なの？死ぬよりは貧しい方がましだわ。
ソーンヒル　そこが、俺たちの意見が合わないところだ。

一拍。

サル　もうここで、スマッシャー・サリヴァンの顔を見るのは嫌。

※※※※

十四場
ダーキー・クリーク

ディラビン　ツイストへの襲撃から一週間、ある青く銀色に輝く朝、希望号はダーキー・クリークと呼ばれる場所を滑るように進んだ。ソーンヒルが気づいたのは、「不在」だった。今度は渓谷から立ち上る煙はなかった。岸に上がろうと足を踏み出したとき、彼はその沈黙が深まっているのを感じた。

ソーンヒルが登場する。

火の消えた炭のまわりにいくつかの小屋。土の中に、二つの空になった小麦粉の袋、ダンパーをこねていた木の皿が一つ、乾いて緑色に染まった食べ残し。そしてそれから、彼は彼らを見た。
ソーンヒル　ああ、そんな。
ディラビン　いくつかの「ひとがた」が地面の上で、節くれ立った木のように。男が一人、女が一人、弓のように体を曲げ、口を開いて死んでいる。

彼は見たくなくて後ずさりする。その時小さなうめき声が聞こえる。

ソーンヒル　なんてことだ。

ディラビン　そして子供が一人いた。少年だ。まだ生きていた。

少年は膝を抱えて横たわっている。彼の顔は乾いた嘔吐物がべったりついている。

彼は痙攣して、体を丸める。

ソーンヒルは跪き、少年を腕に抱く。

彼は驚いていた。その少年の黒髪の柔らかさに・・・そしてその奥に、息子と同じ、頭の形を感じた。

少年は見上げる。両者の目が合う。

ソーンヒル　坊や、してあげられることは何もないんだよ。

ソーンヒルは少年を抱いたまま。

ディラビン　彼は立ち去りたかった、この場所を離れ、他の誰かにこれを見つけて欲しかった。しかし少年は、彼を見るのをやめず、彼は沈黙の中で、抱き続けた。音が聞きたかった、鳥たちの声、木々の葉ずれ、何でも良い、しかし蚊でさえも、この場所をうち捨ててしまったのだ。

彼は知っていた、この少年の姿を、サルに見せることは決してないと。自分の記憶の閉ざされた部屋に、しまい込もうとしていた、そこでなら、無かったふりをすることが出来た。

※※※※

十五場

氾濫平野

トウモロコシが高くそびえる・・・収穫に待つほどに実っている。ブリア、ギルヤガン、ナラビ、ガラワイがその畑の中におり、それを摘み、笑い、互いに大声で呼び合いながら、バスケットにいれていく。

ウィリーが小屋からやってくる。

ウィリー　おい・・・出て行け！・・・父さん・・・父さん・・・黒人がトウモロコシを盗ってる。父さん！

ソーンヒルとダンは小屋から走ってくる。サルとディック、ヘリング夫人も直ぐ後に続く。

ソーンヒル　出て行け！

彼はトウモロコシの中に走って行き、ブリアの腕を掴み、彼女を引き離す。老女は彼を蹴って離れようとし、ギルヤガンは棒で彼を追い払う。彼は頭をひどく打たれたのを感じる。彼は、ギルヤガンの手から棒を掴みとるために、ブリアを離す。彼は棒を二つにへし折り、彼女の顔を強く殴る。彼女は倒れる。ブリアは今や彼の背に乗り、金切り声を上げ、引っ掻き、蹴る。彼は彼女を強く叩く。強く蹴る。ナラビはソーンヒルを攻撃し、顔に一撃を加えられる。

サル　まあ、ウィル・・・もうやめて！

ディックは凍り付いている。ショックでこわばっている。ナラマラムとワンガラが到着している。

ワンガラ　Narrabi, Buryia ngalbung nung!〔もう行け！〕

ソーンヒル　俺たちの食い物を盗るな、黒人ども。

ウィリーは銃を持ち出している。

ウィリー　父さん、父さん。

サル　だめよ、ウィリー。

ソーンヒルは銃を掴んで、彼らに狙いを定める。女たちとナラビは這うようにして、男たちと合流する。ワンガラはブリアを助け、彼らは森の中へと滑るように戻っていく。ナラマラムだけが、さあ撃てとソーンヒルに挑みながら、一歩も引かない。

ソーンヒル　失せろ、さもないと撃つぞ、ジャック。

ヘリング夫人　やめて。

ソーンヒル　節度を持って求めてるんだ、立ち去れと。

しかしナラマラムは向きを変えない。ソーンヒルは目を閉じて、指が引き金に固定されているのを感じる。ついに、彼はそれを空に向けて、撃つ。彼の肩に猛烈な反動。空に浮かぶ青い煙の渦巻き。

ナラマラムは一歩も動かず、それからゆっくりと歩いて去る。

ダン　（ガラワイと共に登場し）一人捕まえたぞ。

ガラワイ　Biyal, biyal, biyal!〔やめろ、やめろ、やめろ！〕

ディック　ガラワイ。

ガラワイは体をよじりこの白人の男から離れようともがく。するとダンはおとなしくさせるためにガラワイの腕を背中にねじり上げる。少年の足に、皮膚が真っ赤に垂れ下がる。

ダン　縛り上げて囮にしよう。取り返しに来たところを撃つ。スマッシャーが使う手だ。

サル　放してあげて、ダン・・・こんなことして良いはずがないわ。

ダン　奴らになぶりものにされるのかよ？

サル　（自分が出来ることをするために、近づいて）お願い、ウィル、あの子を逃がして。

ダンはソーンヒルの命令を待つ。

ソーンヒル　逃がせ。

ダンは握った手を離す。そして唾を吐く。それがソーンヒルの足下に落ちたことが、ダンの思いを物語っている。ガラワイは数歩歩く。彼の腕はダンにねじられて折れている。脇にぶら下がっている。彼はよろめく。立ちつくす。前にも後ろにも動くことが出来ない。

ディック　さあ・・・行ってくれ。

ガラワイはもう一度歩くが、今度は倒れる。ディックが助けに行く。彼の父が止めようと手を伸ばすが、息子は父を振り切る。彼はガラワイを抱きかかえ、立たせる。

さあガラワイ・・・Warrawa. Warrawa.

ガラワイはもう二三歩歩み、ブッシュに吸い込まれていく。彼は友を見送る・・・二人の少年は、もう互いの間柄が同じではいられないことを知っている。
皆、衝撃を受け、沈黙している。

ソーンヒル　奴ら、こんなに持っていきやがった。半年分の仕事だぞ。

サルは彼の声が聞こえた素振りを見せない。ソーンヒルはもう一度言おうとする。

奴ら―

サル　聞こえたわ、ウィル。

ヘリング夫人が前に歩いて行き、トウモロコシの穂を拾い上げる。

ヘリング夫人　残ったものを収穫した方が良いわね。

ゆっくりと、彼らはそれぞれ、残ったトウモロコシを摘み始める。

ディラビン　その夜、彼らは早いうちに就寝した。だが誰も眠らなかった。ソーンヒルはドアの前に座り、銃を装填した。人を殺す用意だ。
朝までに、サルは木石のような女になっていた。ロンドンで、ニューゲイト監獄で死を待つソーンヒルと一緒にいた、あのどん底の時でさえ、彼女はこんな風に自分に閉じこもることはなかった。そしてそれから、彼女は決断した。彼に目もくれず、岬の反対側へと続く道を歩き出した。彼は止めようとしたが、彼女は行くのをやめようとしなかった。小屋からこんなにも遠くまで来たことはなかった。来たいとも思っていなかった。だが、自分のために、見る必要があったのだ。彼らの居場所を。

※※※※

十六場
ダラグの野営地

サルはダラグの野営地の中を進む・・・生活色はまだちゃんとあるが、今は人影がない。小屋、ものをまぜるお椀、砥石、い草で作った箒さえもあった。何も失われてはいなかった。

サル　みんな行ってしまった。

ソーンヒルが登場する。

ソーンヒル　帰った方が良いよ。

彼女は箒を手に取って、掃きはじめる。その場所は、彼女の家の庭と同じくらい掃き清められている。

触らない方が良い。

彼女はまだ箒を両手に持って、することなく立っている。

サル　彼らはここにいた・・・あなたとあたしがロンドンにいたよ

うに。まったく同じ。あなたは教えてくれなかった。あなたは決して言わなかった。彼らのおばあさんたちも。ひいおばあさんたちも。ここにずっといたのよ。掃除をする箒まで持ってたのよ、ウィル。あたしと全く同じじゃない。

ソーンヒル　じゃあなぜ今いないんだ、もし自分の土地だと思っているなら。

サル　ここにいるわ。近くに。この瞬間も。彼らはどこへもいかない。他に行くところがないもの。

ソーンヒル　こうする他なかったんだ、俺たちは。他にしようがなかった。今度は彼らの方が、こうするしかないんだよ。

彼女は何も言わない。

たった一〇〇エーカーだろ。彼らには、すべてがある。

彼女は何も言わない。

初めて舟の櫂を握ったのは七歳の時だった。

サル　知ってるわ。あなたみたいに働いた人はいない。

ソーンヒル　それで俺は何か手に入れたか？何もだ。自分で何かを手に入れたことなんかない。世間で身を立てる手立てもなかった。それが今、俺はこれを手にしている。

サル　あなたのものだって誰が言ったの？そんなこと書いてある紙がどっかにあるの？

ソーンヒル　書いたものなんて必要ない。

サル　出て行った方が良い。まだ間に合う内に。今日にでも。

ソーンヒル　俺たちはどこへも行かない。

サル　一時間で荷造りできる。夕食時までに、遠くに行ける。

ソーンヒル　彼らは仕事もしたことがない。ここの、何ものにも、権利を持っていない。一羽の雀とかわりない。

サル　そうかもしれないわね、でも帰るの。シドニーへ。シドニーが嫌なら、ウィンザーに。そこで故郷に帰るための蓄えをしましょ。

ソーンヒル　故郷！故郷なんてもう知るか。スワン通りの家と二艘の渡舟じゃ、もう足りないんだ。

サル　そんなこと言わないで。

ソーンヒル　お前の歌う歌、お前が語る話。お前のいた町の名前。そんなものは何の意味もないんだよ。俺にも、息子たちにも。

サル　嘘よ。

ソーンヒル　（歌で彼女のまねをして）「『オレンジとレモン』と聖クレメントの鐘・・・」俺たちはロンドンで、何者でもなかった。ロンドンにとって、何者でもなかった。吐き出されたたくさんの人間たちと同じだ。俺たちは吐き出されたんだ。

サル　違う！あなたは吐き出されたんでしょ、ウィル・ソーンヒル。でもあたしは、選んだの、ここに来ることを。あなたと一緒に。あなたの為に。そして、帰ることも選べる。息子たちと一緒に。

ソーンヒル　ふざけるな！

彼は手を挙げて彼女を殴ろうとする。彼女はひるまない。

サル　叩きたければ叩けば。何も変わらないわ。

彼は腕を下ろす。その瞬間、彼の人生は櫂がなく、潮に捉えられた小舟だった。次に二人は、ダンが走ってくる音を聞く。苦しそうに息を吐きながらダンが登場する。

ダン　サギティのとこが焼き討ちされた。岬の先から煙が見えた。
サル　もうおしまいよ。

サルが最初に動く。

ソーンヒル　おい、サル—
サル　（彼を振り切りながら）あなたはサギティを助けに行ったら。戻ってきた時には、あたしたちはもう出発してる。一緒に行くか行かないか、あなたが選んで。

※※※※

一七場
サギティ・バートルズの住処

開拓地はまだ煙が立ち上り、割れた皿が散らばる。そこにバートルズが、腹に槍を刺されて木に釘付けにされており、その衝撃に目をしばたたかせている。シャツは血で染まっている。片手で槍をしっかと握り、もう片方は陶器のティーカップを持っている。

バートルズ　夜明けに来やがったんだよ、ウィル。

ソーンヒルとダンが登場すると・・・

俺の皿を割りやがった。全部。だが一番良いティーカップは無事だ・・・受け取ってくれるよな？
ソーンヒル　力を使うな、サギティ。
バートルズ　受け取ってくれ。残ってるのはこれだけだ。

ソーンヒルはカップを取る。

ウィル・・・死にたくない。
ソーンヒル　死なないよ。ウィンザーに連れて行ってやる。
ダン　もう駄目だよ。
ソーンヒル　こいつをウィンザーに連れて行くんだ。

ダンは槍の端を掴み、しっかり握る。そしてソーンヒルはバートルズの背中と木の間にのこぎりの歯を滑り込ませる。

バートルズ　ああ、神様。

ソーンヒルは挽き始める。一度押すごとに、バートルズは苦痛に悲鳴を上げる。

※※※※

一八場
河の乙女

ディラビン　潮が味方をしてくれたら、ウィンザーへは二時間もかからない。サギティは舟の底に、水しぶきを浴びながら横たわっている。

ソーンヒルは、このことをサルに秘密にしてはおけないと分かっていた。彼は家にいる妻を想像した。脇目も振らず、この土地を離れる用意をしている妻を。まるで一瞬にして、ソーンヒルの家族がそこを「自分たちのもの」と呼んだことが幻になる気がした。彼には耐えられなかった。その喪失を。この土地を、彼はあえて、俺のもの、と呼んだ。

　ソーンヒル、ダン、ラブデイ、スマッシャーは黙って、ラム酒の瓶を手渡す。「河の乙女」のバー。

彼らはサギティを病院へ運んだ。だからサギティの姿は見えない。だが、ウィンザーはたった二本の埃っぽい通りと、波止場だけの町で、「河の乙女」という店のバーからでも、サギティの腹から槍が抜かれるときの悲鳴は聞こえた。

そのあとの沈黙によって、彼が死んだということは、伝えられるまでもなかった。

噂は瞬く間に飛んでいき、午後三時頃までに、その地は人で一杯になった。サックヴィル、サウスクリーク、リッチモンドやその先からも、男たちが集まってきた。

スマッシャー・サリヴァンは話を作っていた、まるで自分がそこで見ていたかのように。語り出すと彼は、五〇回は語った。そして語るごとに、ラム酒の瓶が回されるごとに、尾ひれがついていった。どうんなふうに、奴らはあのサギティを槍で突き刺したのか。

スマッシャー　奴らはサギティを槍で串刺しにした、ガラス箱の中の昆虫みてえに。さらにサギティに、自分の犬の喉を切り開くとこを見せて、鎖に繋がれた死骸を置いていった。小屋はすべてが打ち壊され、錫のコップは踏み潰され、鋤はへし折られ、家具という家具は木っ端みじん、一切が小麦とトウモロコシの畑もろとも燃やされた。

ディラビン　ソーンヒルは飲み、何も語らなかった。—あれはもしかすると、酒場の雑音、それとも男たちの喋り声、あるいはラム酒が、彼の心を惑わせていたのかもしれない。

看守　ウィリアム・ソーンヒル。

ソーンヒル　俺の名だ。

ディラビン　しかし一瞬彼は、ニューゲイト監獄の、ぎゅうぎゅう詰めの牢屋の、囚人たちの呻きと嘆きの中に戻ったかのように思った。

看守　ウィリアム・ソーンヒル。

ソーンヒル　俺の名だ。

ディラビン　そして彼を見下ろしてきた全ての人間を思い浮かべた。判事、紳士階級、総督、船長。

看守　ウィリアム・ソーンヒル。

ソーンヒル　俺の名前だ!

看守　ありがたくも、この者に対し慈悲を授ける。

ソーンヒル　聞こえないよ。

看守　死罪のところ恩赦によって罪一等を減じ、ニューサウスウェールズ東岸への終身流刑に処す。

ソーンヒル　聞こえない。

看守　貴様は生きるのだ。恵んで貰った命だ。受け取れ。

スマッシャー　奴らを始末するんだ。やられる前に、やってしまえ。

ディラビン　次に、彼はまた「河の乙女」のごった返したバーに戻っていた。部屋をラム酒と、汗と、恐怖の匂いが充満していた。
スマッシャー　俺一人か、誰もが望んでいることを口にする、肝の据わった男は。ダーキー・クリークには何も残っていなかった。サギティはそれを見届けて、安らかに眠った。だがブラックウッドのところには、奴らの野営地がある。
ディラビン　彼は自分の中の何かが弱まっていくのを感じた。
スマッシャー　今夜にはあそこに着ける。朝飯までに、奴らを残らず片付ける。
ディラビン　彼は酒の入ったグラスの中を見つめる。
スマッシャー　問題は、あそこへ行くためには、希望号が必要だって事だ。
ディラビン　彼は部屋にいる者たちの目が、自分に注がれているのを感じた。それから耳元へのダンの熱い囁きも。
ダン　奴らを片付けよう、そうすればサルは残ってくれるぞ、ウィル。繋ぎ止めておくには、それしかない。
ラブデイ　我々は困難と闘わねばならない、例えどんなに辛い闘いとなっても。さもなければ、この土地を、あの危険な野蛮人どもに明け渡し、元の暮らしに戻ることになるのだ。
スマッシャー　（彼の表情を読み取りながら）誰にも知られることはない、絶対に。女房たちにも。
ディラビン　まるで古いロープの結び目だ。拳のように硬い。ほぐそうとしても無駄。残るはよく切れるナイフを握って、切り裂くのみ。
　ソーンヒルはグラスの残りの酒を飲む。

ソーンヒル　じゃあ今夜。
ディラビン　希望号がウィンザーを出航したとき、一九人の男たちが乗っていた。第一の支流に着いたときには、もう暗くなっていた。そこで舟を停めて、夜明けの潮がブラックウッドのラグーンまで運んでくれるのを待った。
ソーンヒルは船尾の甲板に座っていた。彼は時を待っている男たちを眺め、皆がどういういきさつでこれに加わったのか考えた。自分には選択肢はなく、あと戻りも出来ないのだと、思い込もうとした。本当は、彼は選べたのであり、その選択をしようとしていたのは彼なのに。
夜が明ける一時間前、彼は舟の下で潮が変わるのを感じた。櫂に体重を預けた、そしてゆっくりと潮の流れは強くなっていき、希望号をラグーンへ向けて押し出した。
スマッシャー　始めに男をやれ。それから女を片付ける。
ディラビン　早朝の薄暗がりの中、彼らは舟の端へ移り、歩いて岸へと渡った。野営地へ近づいても、何も動くものはなかった。最初の銃声に、はじめて鳥たちが木々から飛び立った。
　低く震える声で、男たちは歌い始める。前進し、銃を構え・・・撃つごとに煙が立ち上る。彼らの粗暴な声にほとんど聞き取ることが出来ないが、やがて歌声はゆっくりと、はっきりとして、大きくなる・・・童謡だと思っていた歌が、恐ろしい戦争の歌になる。
男たち　（歌って）ロンドン橋落ちた
　落ちた　落ちた

ロンドン橋落ちた
マイフェアレディ

泥と木で建てろ
建てろ　建てろ
泥と木で建てろ
マイフェアレディ。

泥と木はもろい
もろい　もろい
泥と木はもろい
マイフェアレディ

モルタルとレンガで
建てろ　建てろ
モルタルとレンガで
マイフェアレディ

モルタルとレンガも
もろい　もろい
モルタルとレンガも
マイフェアレディ

鉄とはがねで
建てろ　建てろ

鉄とはがねで建てろ
マイフェアレディ

※※※※

一九場
ソーンヒル家の小屋

サルはランプの明かりのそばに座っている。ウィリーとディックは彼女の脇で眠っている。彼らの荷造りは済み、出発の用意は出来ている。
ソーンヒルが登場する。彼は息子たちを見ることが出来ない。彼女は彼の顔をまじまじと見る。

サル　サギティは？

ソーンヒルは首を振る。

ソーンヒル　これ以上、何も起きない。彼らは永遠に行ってしまった。俺たちはどこにも行く必要はない。
サル　あなた、何もしていないわよね。それとも何かしたの？あたしのために。
ソーンヒル　何もしていないよ。

少年たちが目覚める。

ディック　ガラワイは大丈夫？父さん・・・ナラビは？

ソーンヒルは黙っている。そしてその恐ろしい沈黙の中に、真実が露呈している。
ディックは小屋を出て行く。

サル　行かないで、ディック。
ソーンヒル　行かせろ。
俺たちはこのことを、もう二度と話さない。
サル　そういうことなの?ウィル。あなたと私に残されたのは。口をつぐむこと?

二幕終わり

エピローグ

一八二四年

ダラグの一家が一人ずつ登場する・・・それぞれがひとつかみの土を肩にかけ、倒れる。

ディラビン　老婆のブリアが真っ先に撃たれた。それからギルヤガンとほかの女たち、そして子供たち。次に男たち。ナラビは逃げようとした。膝に銃弾を受けて倒れた。ラブデイが棍棒でとどめを刺した。ガラワイは誰かの剣の一撃を受けた。頭の後ろが切り離された。ワンガラは槍を構えた。しかしダンに後ろから撃たれた。槍は投げられないまま落ちた。眠りからたたき起こされたトム・ブラックウッドが、怒りの叫びをあげながら、小屋から駆けだしてきた。スマッシャーは鞭で彼を倒した。一発は顔に当たり、片目を潰した。そして地面に倒れた状態で、集団でひたすら痛めつけた。老人のヤラマンディは、皆が倒れるのを見ていた。腰の棍棒を振り上げようとした。しかし彼の力はすでに無くなっていたようだった。そして次に、彼は見た、やって来た男を。ソーンヒルだ。彼はなぜソーンヒルが来たのか分からなかった。あるいはなぜ、ソーンヒルがこんなにも長く居座ってきたのか。彼は思っていたのだ、待っていれば、ソーンヒルは自分たちの場所を立ち去るだろうと。

ソーンヒルとヤラマンディは戦場で相まみえている。

ソーンヒルはその老人を見るや、銃を構えた。それは青い煙と共に火を噴いた。外したと思った、なぜなら老人はまだそこに立っていたから。何かを聞きたそうな顔をしたまま。ソーンヒルは答えるつもりだった。もし尋ねられた問いの意味を分かっていたら。そのあと、老人の足は崩れ、土の上に品良く座ったかたちになった。血が老人の口から出てきた。唾のような滴りだったが、真っ赤だった。それから倒れ、口から血を流しながら、大地に口づけをした。
そして大きな衝撃のあとの沈黙が、ラグーンに垂れ込めた。
死体を焼くのに、丸一日かかった。彼らはウィンザーから、その煙を見た。開墾者が自分の土地で切り倒した木を燃やしているようなものだと、彼らは思った。

ナラマラムが登場する。今や一〇歳歳を重ねている。彼は火のそばに位置を取る。

ナラマラムは生き残った。スマッシャーの銃から放たれた銃弾は、彼を殺すことはなかった。彼の側頭部の、骨と皮が吹き飛ばされたところは、まだはっきりと残っていた。それはゴツゴツした形に固まっていた。銃創は他にも体に不自由を与えており、左の足を引きずり、表情は麻痺して、喜びも、痛みも示すことはなかった。あの日、他にも生き残った者がいた。ブラックウッドが妻と呼んでいた、ドゥラ・ジン。最初の銃声で、彼女は子供の手を取り、ブッシュに隠れ、虐殺が繰り広げられるのを見つめていた。顔を背けたかった。逃げたかった。だが、意を決して見つめた。誰かがこれを見なければならないと、彼女は知っていた。

サルが登場する。今や一〇歳歳を重ねていて、もう妊娠はしていない。あの年に生まれた子供は、風雨に晒された石の下、冷たい土の中にいる。その前に彼女は立つ。

ソーンヒルが登場する。彼は上質のコートを着、新しいブーツを履いていて、そのおかげか、足取りは資産家のようだ。

ソーンヒル　中に入ろう、サル。暗くなる・・・サル？聞いてるか？
サル　ジャックが戻ってる。見た？
ソーンヒル　岬に煙が見えたよ。
サル　あなたの古いコートを持って行ってあげて。寒くなるから。

間。彼は次に彼女にかける言葉を考える。しかし言葉は見当たらない。

サルは手を開き、死んだ子供の墓の上に、ワッピング・ニュー・ステアズで拾った瓦のかけらを落とす。

※※※

氾濫平野

ナラマラムは岬のあたりで、小さな火の側に座っている。今はさらに老いている。もはやソーンヒルの面前で、怒って槍を構えたかつての男ではない。抜け殻。ここには壊れた体しかない。

ソーンヒルが近づく。彼の古いコートを手にしている。

ソーンヒル　ほら、ジャック、暖かいぞ。

ナラマラムはソーンヒルにもその贈り物にも反応しない。ソーンヒルはそれを地面の彼の脇に置く。

何か食べろよ、家に来て。奥方が面倒を見てくれる。

彼は食べる仕草をし、手を口に持っていく。

食い物をやる、家の裏手で。お茶と。砂糖もたっぷりやろう。

ナラマラムは何も反応しない。

本当だぞ。俺はひもじさを知っている・・・なに？自分にはもったいないって？ならここを立ち去って、その哀れな姿を見せるな。お前たちはもう、自分で生きていくすべを見つけていかなくちゃな。浮浪者のように、一日中地べたに座っているわけにはいかないだろう。

ソーンヒルは彼の腕を取り持ち上げようと手を伸ばす。彼に触れられたとき、ナラマラムは生気を取り戻す。

ナラマラム　やめろ！

彼は手のひらで地面を叩き、砂埃が舞い上がる。

ここ、私。・・・私の場所。

河岸に寄せる水の音、鳥たちの飛び立つ音、木々のてっぺんに集まる風の音。
ナラマラムは火の側に居続けたままで、ディラビンが哀悼の歌を歌う。
ソーンヒルが自分の柵を立てるとき・・・

終わり

その雨が降りやむとき

家系図

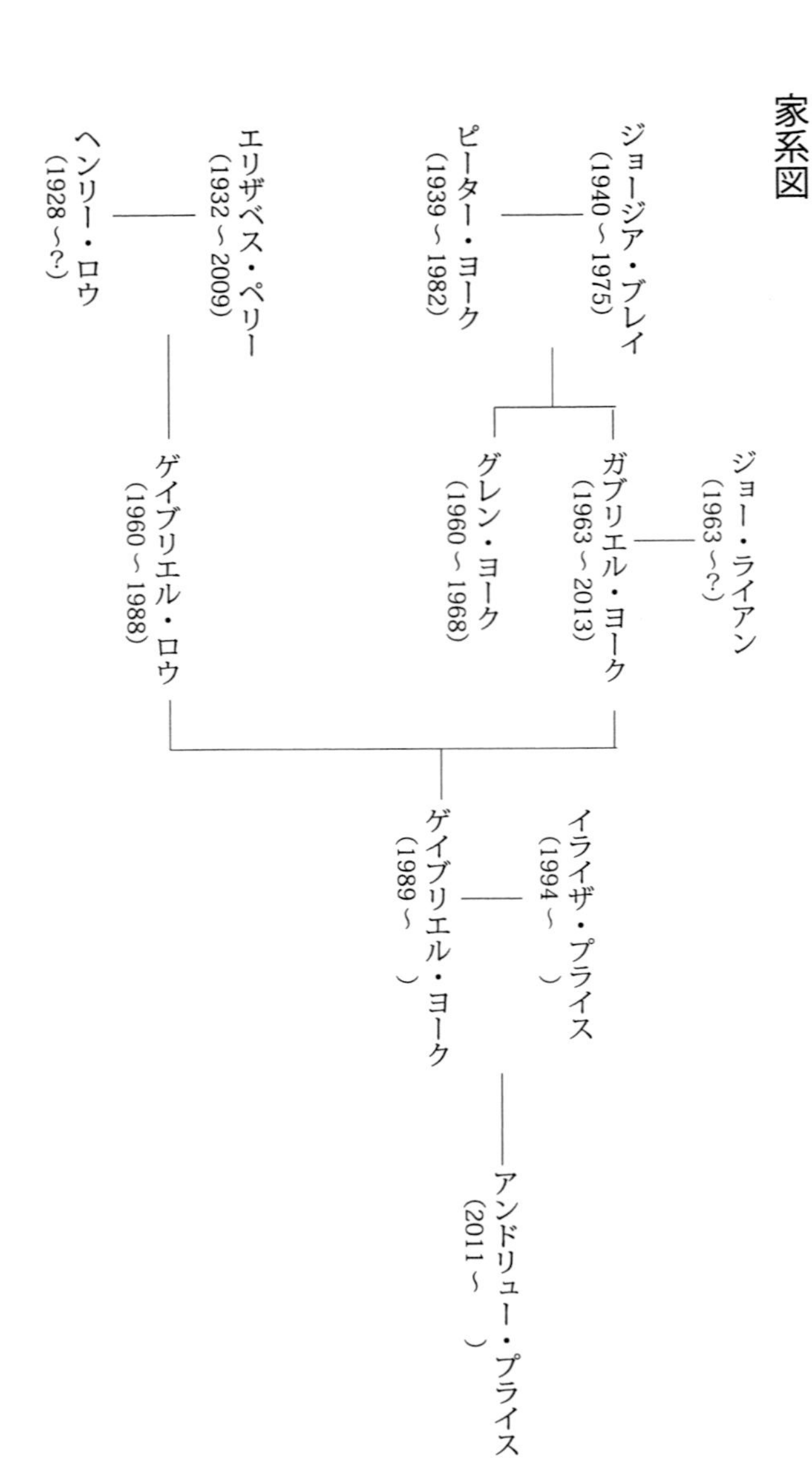
ジョージア・ブレイ
(1940～1975)
ピーター・ヨーク
(1939～1982)
エリザベス・ペリー
(1932～2009)
ヘンリー・ロウ
(1928～?)
ジョー・ライアン
(1963～?)
ガブリエル・ヨーク
(1963～2013)
グレン・ヨーク
(1960～1968)
ゲイブリエル・ロウ
(1960～1988)
イライザ・プライス
(1994～　)
ゲイブリエル・ヨーク
(1989～　)
アンドリュー・プライス
(2011～　)

登場人物と設定

この芝居は、一九五九年から二〇三九年までの出来事である。

一九六〇年代　ロンドンの小さなアパート
ヘンリー・ロウ、四〇代
エリザベス・ロウ、三〇代

一九八八年　同じロンドンのアパート
エリザベス・ロウ、六〇代
ゲイブリエル・ロウ、二八歳、彼女の息子

一九八八年　オーストラリア南岸のクーロンと、ウルル
ガブリエル・ヨーク、二四歳
ゲイブリエル・ロウ、二八歳

二〇一三年　アデレードの小さなアパートと、近くの公園
ガブリエル・ヨーク、五〇歳
ジョー・ライアン、五〇歳

二〇三九年　アリススプリングズの小さなアパート
ゲイブリエル・ヨーク、五〇歳、ゲイブリエル・ロウとガブリエル・ヨークの息子
アンドリュー・プライス、二八歳、ゲイブリエル・ヨークの息子

アデレードでのブリンクによる初演では、七人の俳優を起用した。ヘンリー・ロウとゲイブリエル・ヨークの役は同じ俳優が演じた。ゲイブリエル・ロウとアンドリュー・プライスの役も同様である。結果として、ゲイブリエル・ロウはこの芝居の最後の場面で、先祖たちの一人として登場することはなかった。ロンドンのアルメイダの上演では、九人の俳優が起用され、そのために最後の場面ではゲイブリエル・ロウが登場できた。

はじまりは

降りやまぬ雨

ゲイブリエル・ヨークはレインコートを着て、黒い傘をさして立っている。人々が、行ったり来たりして、通り過ぎる。彼らはゲイブリエルと同じように、傘をさしレインコートを着ている。厳しい天候と、厳しい人生に、こうべを垂れる。行ったり来たり。そして一斉に、立ち止まる。
そしてゲイブリエルは口を開き、叫ぶ。
そして一人の女が道ばたで跪く。
そして一匹の魚が空から落ちてきて、ゲイブリエルの足もとに落ちる。

暗闇。

アリススプリングス、二〇三九年
ゲイブリエル・ヨークの部屋

ゲイブリエルはその魚を持って立っている。

ゲイブリエル　私は神を信じない。奇跡を信じない。こんなこと、説明がつかない。
ゲイブリエル　私は一本の電話から始まった。金曜の夜、一〇時頃だった。珍しい。電話なんてほとんどかかって来ないし、ましてそんな時間には皆無だ。私は、寝る前の習慣で、本を読んでいた。『アメリカ帝国の衰亡　一九七五年から二〇一五年』。私は過去に魅了される。過去は、いくらかでもこの魚について説明してくれるかもしれない。
もう何年も、こんな魚、見たことがなかった。子供の頃、絵は見たことがあったが、実物はない。魚はもうすでに絶滅しているか、早晩、絶滅することになってる。
今でも時々捕れて、超高級レストランで秘密裏に出されているという噂を聞いたことはあるけど、それはごく少数の選ばれた、金のある人だけのものだ。もし私がそんな魚を買うとなったら、もし一般人でもまだこういう魚を買うことが可能ならという話だが、きっと年収ほどの金がかかるんだろう。そんな食べ物に金を出すなんて、想像も出来ない。そんな食べ物がまだ存在していたとしても。

彼は魚を見る。

不思議なことに、存在しているようだ。

彼はテーブルに魚を置く。

電話にでるのをためらった。間違い電話じゃないのか。きっとそうだ。誰がかけてくると言うんだ?こんな時間に。
それは息子だった。アンドリュー。
彼の母親が付けた名だった。私はジョーとつけたかった、良く知っていた人の名だ。ジョーは良い人だった。ジョーは、一生に一度だけ人の悪口を言ったと言っていた。それは彼が私の母に会った日だった。そして彼はいつも、帽子を無くしていた。彼は歩くのが好きで、ある日散歩に出かけたまま戻らなかった。だからジョーよりは、アンドリューの方がよかったのかもしれない。

アンドリューとは何年も会ってなかった。あれが子供の頃に、私は出て行った。私は卑怯だった。でも、自分は父親になれる人間ではなかったたし、正直なところ、私がいない方がこの子のためになると思った。もちろん、金は送った。送れるときに。誕生日のカードも。時々は。最初の数年間は。こんなの自慢にもならないな。

とにかく電話は・・・アンドリューだった、私の息子が、金曜の夜の一〇時に、私に電話かけてきた。「もしもし、ゲイブリエル・ヨークさんですか?アンドリューです。あなたの息子です。こんな電話をかけてすみません。すみません。いま、アリスにいます。で、会えないかと思って、とうさん。」ただし、実際はもっとこんな感じ。「もしもし、ゲイブリエル・ヨークさん・・・ですか?アンドリューです・・・あなたの息子です・・・こんな電話をかけてすみません・・・すみません・・・いま、アリスにいて・・・で・・・会えないかと思って・・・・・・とうさん。」

私の心は、はやった。落ち着いて、ヒントを得ようとしていた。そして「アンドリューです」などという、信じられないような事実をやっと受け止めたとき、さらに向こうは「あなたの息子です」とかなんとか良い、私は答えることが出来ず、そして無言であればあるほど、何か言うのが難しくなっていき、それで私は電話を切った。そしてまた本を読み始めた。『アメリカ帝国の衰亡・・・一九七五年から二〇一五年』。

あの子が私のことをどう思ってるのか、想像もつかなかった。

私は本に集中しようとしたが、同じページを何度も繰り返し読んでいることに気がついた、そしてその内容が頭に入らず、そのとき、口の端にしょっぱいものを感じて、自分が泣いていることに気づいた。涙は目から流れ落ち、頬をつたって、口の端で溜まっていた。そしてもちろん、自分が泣いているのはあの子のためなのだけど、声を聞いて、子供の頃しか覚えていないのに大人の声だったから、いや、それよりもっと多くの理由で泣いているようにも思った。

そこで受話器をあげて、リダイヤルをしてみた。「アンドリュー?・・・すまない。私は許されないことをした。」そして彼は何も言わず、彼もまた泣いていることに気づいて、その涙は私の涙と同じように苦いのかな、と考えたりした。そうでないことを祈った・・・「本当にすまない」私は言った・・・「おまえに会いたい。明日昼飯を食べに来ないか?」

そして住所を告げ、電話を切ったその瞬間、これは間違いだったと気付いた。昼飯?何を考えてるんだ私は?あの子に何を出すんだ?自分でも細々食いつないでるのに、何年も・・・二〇年も会ってない息子に。この状況で何を昼飯に出すと言うんだ。いや昼飯など大したことではない。

それより、どう思うだろう?私のことを。私の服はどう思われる?このスーツは。遠目には大丈夫だが、近くで見ると着古していて流行遅れ。持ち主は私で二人目か。三人目か。どう見ても新しく買ったものではない。それに靴は、つま先も踵もすり減っている。それに、靴下を履いてないことも、気付かれるだろうか?座ったり足を組んだりしなければ。ずっと立っていれば、息子は私が靴下を履いてないことに気付かないだろうか。

それに私の部屋をなんと思うだろう。たいした部屋ではない。何の取り柄もない。二一階のワンルーム。人の親が住むようなところではない。ペンキが剥げてるし、絨毯はすり切れてる。それに汚い。正直言って、不潔だ。部屋の隅や窓の下枠。ホコリとゴミとススと虫の死骸が、つもりつもって層をなしてる。それにこの臭い、気づかれるかも。男のやもめ暮らしの臭い。いや、掃除はしてる。掃除はしている。しょっちゅうじゃないが。そんな必要もなかったんだ。これまでは。

それで私は、部屋の掃除を始めた。その夜。バケツにお湯と洗剤を入れて。壁や天井を洗い、電灯も磨いた。ドアノブや電気のスイッチや、家具の裏も掃除した。テーブルと床を拭いて、窓を磨いた。本やランプ傘のホコリをはたき、タイルの間を歯ブラシでほじくった。で、朝までに全部終わったので、見回してみたら、まったく同じだった。そしたら、食器棚に使い残しのペンキが入った古びた缶を見つけた。白。いやオフホワイト。真っ白はきつすぎる。病院みたいだ。そして部屋の真ん中に家具を引きずって、シーツで覆いをして。壁から絵をはずして。本棚から本を出して。それから塗って。塗って。それで終わったので、見回してみたら、やっぱりまったく同じだった。白くなっただけ。

で、腹が立ってきた。何で電話してきたんだ？どういうつもりだ？何の用だ？金？金か？私が持ってると思ってるのか？私に貸しでもあると思ってるのか？で、こんなことを考えてたら、なんてひどい、なんてとんでもない、なんて根拠もない、なんて恥ずかしいことを私は考えてるんだろう、と。私はなんて恥ずかしい人間なんだ。なんて最低なんだ。

私はなんて人間なんだろう？


で、そのとき、今日が土曜日だと気がついた。あと一時間であの子が来るのに、食べるものが何もない。特別なものを出してやりたかった。ちゃんとしたものを息子に食わせたかった。栄養のあるものを。これまで食わしてやれなかった分、埋め合わせになるようなもの。棚には何もなかった。そこで、外へ出かけた。雨が降っていた。土砂降りの雨。もう何日もこうだ。まだ止まない。川は増水して、堤防も破れそうで。橋も二つ、閉鎖されていた。で、買い物に行くべきなのか、行ったとしても何を買って良いのかも、分からなかった。一杯一杯だった。どうにもしようがなかった。あのとき、あの子の面倒を見ることができなかった。それは、今も同じだ。無理だ。で、私は叫んだ。叫んだ。口を大きく開けて叫んで、そしたら一匹の魚が空から落ちて、足下に転がった。まだ海の香りがした。

私は神を信じない。奇跡というのを信じない。魚がなぜ、空から、砂漠の真ん中の町に落ちてくるのか、わからない。こんなこと、説明はつかない。でも、私の人生で一番素晴らしい出来事なのはたしかだ・・・今や、私はただ、この魚をオーブンに入れて、ドアのノックを待ってればいいのだから。

なぜ来るのか分かっている。息子が。何を求めているのかは分かっている。世のあらゆる息子が父親に求めるものを、求めているんだ。自分が誰だか知りたいのだ。どこで生まれたのか。どこの人間なのか。で、何を言ってやればいいのか、私にはどうしても分からない。アメリカ帝国の衰亡についてはよく知っているが、自分の過去は、すり抜けてしまう。残っているのは、いくつかの断片、母の死後古いスーツケースの中にあったガラクタだけ。それも意味が分からない。どうすれば意味をなすのかがわからない。何年も前に、考えるのもやめてしまった。

過去は、謎だ。

ゲイブリエルは魚を見る。

それでも、この魚の謎よりは簡単なんだろうな。

（いくつかの）部屋

エリザベス・ロウ（六〇歳）が登場し、黒い傘の水滴を払う。彼女は通りで倒れた女性だ。傘をたたみ、フックに掛ける。レインコートを脱ぎ、傘の脇に掛ける。窓のところへ行き、通りを見下ろすと
ガブリエル・ヨーク（二四歳）が登場し、傘の水滴を払う。傘をたたみ、フックに掛ける。レインコートを脱ぎ、傘の脇に掛ける。窓のところへ行き、通りを見下ろすと、エリザベスが窓から隣の洗面所へ行く。彼女の小便の音が聞こえると
ジョー・ライアン（五〇歳）が登場し、黒い傘の水滴を払う。傘をたたみ、フックに掛ける。レインコートを脱ぎ、傘の脇に掛ける。窓のところへ行き、通りを見下ろすと、ガブリエルが窓から隣の洗面所へ行く。と、エリザベスが洗面所から現れ、立ち止まり、一瞬物思いにふける。ガブリエルの小便の音が聞こえると
ガブリエル・ヨーク（五〇歳）が登場し、黒い傘の水滴を払う。傘をたたみ、フックに掛ける。レインコートを脱ぎ、傘の脇に掛ける。窓のところへ行き、通りを見下ろすと、ジョーが窓から隣の洗面所へ行く。と、若い方のガブリエルが洗面所から現れ、立ち止まり、一瞬物思いにふける。と、エリザベスが椀と匙を取って、コンロの上の大鍋からスープを椀に注ぐ。ジョーの小便の音が聞こえると
エリザベス・ロウ（三〇代）が登場し、黒い傘の水滴を払う。傘をたたみ、フックに掛ける。レインコートを脱ぎ、年取った方のガブリエルが窓から隣の洗面所へ行く。と、ジョーが洗面所から現れ、立ち止まり、一瞬物思いにふけり、それから帽子をなくしてしまったかのように自分の頭に触れる。と、若い方のガブリエルが椀と匙を取って、コンロの上の大鍋からスープを椀に注ぐ。と、エリザベスがテーブルに着き、一人でスープを食べる。年取った方のガブリエルの小便の音が聞こえると
ゲイブリエル・ロウ（二八歳）が登場し、黒い傘の水滴を払う。傘をたたみ、フックに掛ける。レインコートを脱ぎ、傘の脇に掛ける。窓のところへ行き、通りを見下ろすと、若い方のエリザベスが窓から隣の洗面所へ行く。と、年取った方のエリザベスが洗面所から現れ、立ち止まり、一瞬物思いにふける。と、ジョーが椀と匙を取って、コンロの上の大鍋からスープを椀に注ぐ。と、エリザベスと同じように、若い方のガブリエルがテーブルに着き、一人でスープを食べる。若い方のエリザベスの小便の音が聞こえると
ヘンリー・ロウ（四〇代）が登場し、黒い傘の水滴を払う。傘をたたみ、フックに掛ける。レインコートを脱ぎ、傘の脇に掛ける。それから帽子を取って、レインコートの上に掛ける。窓のところへ行き、通りを見下ろすと、ゲイブリエルが窓から隣の洗面所へ行く。と、若い方のエリザベスが洗面所から現れ、躊躇し、一瞬物思いにふける。彼女は腹に手を当てる。と、年取った方のガブリエルが椀と匙を取って、コンロの上の大鍋からスープを椀に注ぐ。と、若い方のガブリエルや年取った方のエリザベスと同じように、ジョーがテーブルに着き、一人でスープを食べる。ゲイブリエルの小便の音が聞こえると
ヘンリーは窓から隣の洗面所へ行く。と、ゲイブリエルが洗面

所から現れ、躊躇し、一瞬物思いにふける。と、若い方のエリザベスが椀と匙を取って、コンロの上の大鍋からスープを椀に注ぐ。と、ジョーや若い方のガブリエルや年取った方のエリザベスと同じように、年取った方のガブリエルがテーブルに着き、一人でスープを食べる。ヘンリーの小便の音が聞こえる。

それからヘンリーが洗面所から現れ、躊躇し、一瞬物思いにふける。と、ゲイブリエルが椀と匙を取って、コンロの上の大鍋からスープを椀に注ぐ。と、年取ったほうのガブリエルやジョーや若い方のガブリエルや年取った方のエリザベスと同じように、若い方のエリザベスがテーブルに着き、一人でスープを食べる。

それからヘンリーは椀と匙を取って、コンロの上の大鍋からスープを椀に注ぐ。と、若い方のエリザベスや年取ったほうのガブリエルやジョーや若い方のガブリエルや年取った方のエリザベスと同じように、ゲイブリエルがテーブルに着き、一人でスープを食べる。

それからヘンリーはテーブルに着き、スープを食べる。

そしていまや、七人全員がテーブルにつき、一人で、静かにスープを食べている。そして皆の匙を口に運ぶ動きがゆっくりとリズムを共にするようになり、それから年取った方のエリザベスが椀から顔を上げる。

エリザベス　このスープ、どう？

それから全員立ち上がって、エリザベス・ロウとゲイブリエル・ロウを除いて退場する。

そして場面は

エリザベス・ロウの部屋
ロンドン、一九八八年

ゲイブリエル　おいしいよ。
エリザベス　何を出していいかわからなくて。
ゲイブリエル　そうなの。
エリザベス　いきなり電話をかけてきて、お昼食べに来るというから。
ゲイブリエル　でも、一二時頃に行くと言ったら、そっちがお昼食べればと言ったんだよ。
エリザベス　あなた、「それが良い」って言ったわ。
ゲイブリエル　「お構いなく」って言ったよ。
エリザベス　そうだけど。（一拍）濡れなかったの？
ゲイブリエル　傘があったから。
エリザベス　そう、今日は傘がなくちゃねえ。でも、バングラデッシュじゃ溺れてる人がいるんだから、わがまま言えないわ。
ゲイブリエル　別にわがままじゃないだろう。（一拍）何か変えた？
エリザベス　え？
ゲイブリエル　模様替えした？
エリザベス　ペンキを塗ったの。
ゲイブリエル　一人で？
エリザベス　ううん。一人手伝ってもらって。
ゲイブリエル　そんな金あったの？
エリザベス　使い残しのペンキがあったから。
ゲイブリエル　でも人手は？

エリザベス　少しぐらい蓄えはあるの。
ゲイブリエル　カンパしたのに。
エリザベス　なに?お金。
ゲイブリエル　まあね。要るんだったら。
エリザベス　でも蓄えがあったから。
ゲイブリエル　じゃあペンキ塗りをやっても良かった。
エリザベス　うん・・・そうね。
ゲイブリエル　言ってくれれば。
エリザベス　頭に浮かばなかったの。
ゲイブリエル　じゃあ、今度はね。
エリザベス　今度?
ゲイブリエル　今度塗るときさ。
エリザベス　まあ、当分ないけど。
ゲイブリエル　そうだけど・・・まあ。

若い方のエリザベスが登場し、黒い傘の水滴を払う。傘をたたみ、フックに掛ける。レインコートを脱ぎ、傘の脇に掛ける。窓のところへ行き、通りを見下ろすと

エリザベス（年取った方）　大通りに新しい魚屋さんができてね。あなたの電話の後、考えたの、食事何を出そうかって。食の細い人だから。昔から。覚えてる?あなた、どんだけ食が細かったか?
ゲイブリエル　いや。
エリザベス　まるで鳥。ついばむのよ食べ物を、食べるんじゃなくてついばむの。よく飢え死にしないと思って。で、あなたの好みも知らないし、あなたの味覚は謎、だから大通り歩いていれば思いつくかもしれないと思って、この雨の中、歩いてたのよ。
ゲイブリエル　でもお構いなくと言ったじゃないか。
エリザベス　でも何か食べなきゃならないでしょ。

若い方のエリザベスは窓から離れ、そして躊躇し、一瞬物思いにふける。

とにかく、大通り歩いてたら、新しいお店があったの。開いたばかりで、ウィンドウにこの見事な魚が飾ってあってね。なんて魚かは知らないけど。絶対鱈とかその仲間じゃないわね。どこの魚かは知らないけど、あたし、そうだ、魚はどうかしら?と思ってね。まあ魚というか、魚のスープね。軽いし。重いのはいやでしょ。お昼から。食欲わかないでしょ。

若い方のエリザベスは椀と匙を取り、コンロの上の大鍋からスープを椀に注ぐ。

魚はよく食べるの?
ゲイブリエル　そんなには。
エリザベス　魚は良いのよ。淡泊で。調理も簡単だし。特に独り者には。
ゲイブリエル　ところで・・・母さん、元気?

若い方のエリザベスがテーブルに着き、一人でスープを食べる。

エリザベス　ええ、まあ、ほら。
ゲイブリエル　何それ?
エリザベス　なんて答えればいいのか分からないのよ。人にそうい

うこと聞かれたとき、本当のことを聞きたいのか、適当に答えて欲しいのか分かんない。もし適当が良いなら、あたしは元気よ。ちょっと疲れてて、風邪も長引いてるけど、だいたいは元気。
ゲイブリエル　本当のことが聞きたいんだよ。

若い方のエリザベスが食べるのをやめる。

エリザベス（年取った方）　ゲイブリエル、あたし倒れたの。

一拍。ヘンリーが登場。

エリザベス（若い方）　お帰り。

ゲイブリエルと年取った方のエリザベスは退場。
そして場面は

同じ部屋
ロンドン、一九五九年

彼らが喋っているとき、ヘンリーが傘の水滴を払い、フックに掛ける。レインコートを脱ぎ、傘の脇に掛け、帽子を取ってレインコートの脇に掛ける。

ヘンリー　信じられない天気だ。
エリザベス　酷い雨。
ヘンリー　ここはロンドンだぞ！
エリザベス　塗れたんじゃない？
ヘンリー　ずぶ濡れだ。でも東パキスタンじゃ人が溺れてるんだから、これしきで文句を言ってはいけないな。
エリザベス　鍋にスープがあるわ。
ヘンリー（窓のところへ行って）そりゃ良い。
エリザベス　魚、なのよ。

ヘンリーは下の通りを見下ろす。

大通りに新しい魚屋があってね。いい人。ギリシャ人の。何でもしてくれる。

ヘンリーは窓から離れて隣の洗面所に入る。

何にしようかと考えて歩いていたら、ウィンドーにこのでっかい魚があって、まあどこの魚かしら、と思って、そうだ、魚はどうかしらって。まあ魚というか、魚のスープね。頭を煮て、ハーブとか野菜か、あるものを入れれば良いから、だから魚の頭だけだけど、召し上がって。実はね、あなたに話があるの。
ヘンリー（出てきながら）帰る途中、これを読んでたんだ。（コンロのところへ行き、椀にスープを満たす。）『夏の来ない年』、一八一六年。北米とヨーロッパを、六月の半ばにすごい寒気と吹雪が、襲った。
エリザベス　まあ！
ヘンリー（テーブルに着きながら）それから何週間も季節はずれの雨。不作で、物価が急騰して。米の不作で中国では飢饉。イギリスとフランスでも食料を求める暴動。大災害だ。

彼はスープを味わう。

エリザベス　何か入れた方がいいかも。
ヘンリー　塩かな？
エリザベス　ヘンリー、あたし食べ物って飽きちゃうの。食べなくて良いんだったら、食べないんだけど。
ヘンリー　（椀を脇に押しやりながら）でも市民による最大の暴動はスイスで起きる。
エリザベス　スイスで？
ヘンリー　ああそうだよ。すべての原因は、その一年前のインドネシア・タンボラ山の噴火。イタリアでは赤い雪が降ったと報告があった。人々は、「天が血を流している」と叫びながら往来を走った。この世の終わりだと思ったんだ。
エリザベス　まあそう思った人もいたでしょうね。
ヘンリー　ヨーロッパだけで二〇万人が死んだ。アジアとロシアではもっと、数え切れないほど。アメリカでは何十万人もが、この異常気象から逃れようと西に逃げて。人口分布が変わってしまったんだよ。歴史が変わってしまったんだ。天気で！だから私は思うんだ、空が我々に敵意を示したら、我々はいったいどうなってしまうんだ。我々の科学。知識。たくさんの努力は皆、異常気象の前では無に等しい。
エリザベス　そうかしら？一八一六年に続く一八一七年は、ある程度の復興が見られたわけでしょ。人間は生き残った。というかそのほとんどは生き残った。それにメアリー・シェリーだって一八一六年に『フランケンシュタイン』を書いてるの。どうよ。人間の心を沈黙させるには、異常気象ぐらいじゃ駄目。あたし、スイスで何で最大の市民暴動が起きたか分かるわよ。

ヘンリー　なんで？
エリザベス　秩序ある社会であるほど、混乱時にはお手上げになる。イタリアみたいな、もともと無秩序なところは、パニックになる前に、人はある程度の災害に向き合える。
ヘンリー　冴えているな、エリザベス。
エリザベス　理にかなってるでしょ。
ヘンリー　私が君に惚れたのは、その知性だからね。
エリザベス　何を見てたの・・・さっき・・・窓から。帰ってきた時。
ヘンリー　女の人。
エリザベス　赤い傘。ヘリンボーンのジャケット。
ヘンリー　何で分かった？
エリザベス　あたしも窓から見たもの。
ヘンリー　何をしていた？
エリザベス　あなたに話しかけてた。
ヘンリー　そうだ、駅からずっと私の後をついて来ていた。
エリザベス　用件は何だったの？
ヘンリー　私の帽子を拾ったと。
エリザベス　あなた帽子なんて持ってる？
ヘンリー　うん、そうなんだよ！電車のシートの上に私が置いてったのを見たと言うんだ。それで自分も電車を降りて、帽子を取って私に渡そうと。でも私の足が速くて。ほら私は足が速いだろう、それで追いつけなくて。
エリザベス　ヒール履いてたら大変でしょうね。
ヘンリー　で、その人は叫んだって言うんだ・・・「すみません・・・帽子を」って。

エリザベス　それで、あなたは聞こえたの？
ヘンリー　うん、声は聞こえたんだけど、気がそっちへ行かなかった。
エリザベス　どうして？
ヘンリー　私に言ってるとは思わなくてね。帽子を落とした人を追いかけている人がいるな、と思っただけ。
エリザベス　実際その人は追いかけてたんでしょ。
ヘンリー　でも私は帽子をかぶらない。
エリザベス　そうよね。いつもは。

ジョーが登場する。彼は傘の水滴を払い、フックに掛ける。レインコートを脱ぎ、傘の脇に掛け、帽子を取ってレインコートの脇に掛ける。

ヘンリー　それで、その人はやっと私に追いついた。息が苦しそうで、気の毒でね、そして私は考えていた。実は間違っていたわけだけど。どうしていつも私が選ばれるのか、とね。

ジョーは窓のところへ行き、通りを見下ろす。

それからその人は「あなたの帽子ですよ。電車に置き忘れてました」と言って、帽子を私の手もとに押しつけ、そして私はなぜかこう言っていた。口から溢れ出てきた。「ありがとう」と。

そのときジョーは隣の洗面所へ行く。

エリザベス　でもあなたの帽子じゃなかったんでしょ。
ヘンリー　そうだよ。

エリザベス　なんでその人にそう言わなかったの？
ヘンリー　一生懸命追いついて、帽子を届けて満足そうにしてたんだ。帽子を渡すのに、一マイルぐらいは走っただろうし、きっと途中でヒールも駄目になってしまったはずだ。だからがっかりさせたくなくて。
エリザベス　で、その帽子はどうなったの？
ヘンリー　（フックのところへ行き、その帽子を取ってきながら）ほら。フックに掛けてある。（帽子を取ってかぶる。）もともと私のだったみたいだ。
エリザベス　でもあなたのじゃないのね。

ジョーが洗面所から現れ、自分の帽子のことを思い出して、立ち止まる。

ヘンリー　そう。
エリザベス　じゃあ誰の？

ジョーは頭に触れ、帽子がないことに気づく。

ヘンリー　さっぱり分からない。
エリザベス　そう。
ヘンリー　そうなんだ。
エリザベス　ヘンリー、あなたに言わなくちゃならないことがあるの。
ヘンリー　なに？
エリザベス　妊娠した。

一拍。

ヘンリー　そうか。

エリザベス　分かってる。

ヘンリー　うん。

エリザベス　思いもよらなかったわよね。

ヘンリー　ちょっとな。

エリザベス　何とかなるわよ、だってあたし／

ヘンリー　いや。

エリザベス　だってあたしは別に・・・

ヘンリー　何とかなる。

エリザベス　こんなのただ／

ヘンリー　もちろん、何とかなるよ。

エリザベス　こんなのただ／

ヘンリー　何とかなるよ、ベス。

エリザベス　うん。でも、こんなはずじゃなかったでしょ？たぶん一〇年前だったら。あたしも心の準備があったけど、でも今は。ね、ヘンリー。歳をとったし。そういうことなしでやってきて、正直、本当のところ、欲しいかどうか分からないの。

年取った方のガブリエルが登場し、傘の水滴を払う。

ジョー　いたいた。

ヘンリーとエリザベスは退場する。そしてここは

ジョー・ライアンとガブリエル・ヨークの部屋

アデレード、二〇一三年

ガブリエル　どこ？

彼女は傘を閉じ、フックに掛ける。

ジョー　ドアのそば。傘を掛けてる。

ガブリエル　そう？自分じゃ、窓のそばでお尻でも掻いてるのかと思った。

彼女はレインコートを脱ぎ、傘の脇のフックに掛ける。

ジョー　帽子を無くしちゃった。

ガブリエル　酷い天気。

ジョー　濡れた？

ガブリエル　傘あったから。

ジョー　外出してたんだね。

ガブリエル　散歩してたの。

ジョー　どこに？

ガブリエル　でも溺れてる人もいるし・・・

彼女の声が小さくなっている。

ジョー　え？

ガブリエル　バングラディッシュ。バングラディッシュでは人が溺れてる。

ジョー　そうなの？

ガブリエル　良く言うじゃない、ジョー。決まり文句よ。
ジョー　聞いたことないな。
ガブリエル　あれ、雷?見た?
ジョー　いや。
ガブリエル　ほら。

案の定、雷の音。彼女は窓のところへ行く。

こんな夜は大嫌い。子供の頃、怖かった。今でも・・・こんな夜には、海で船が沈む。
ジョー　鍋にスープがあるよ。(彼は椀と匙を取り、コンロの上の大きな鍋から椀にスープを注ぐ。)魚・・・魚って良いんだよ。頭に。詳しいことは分からないけどさ、週三回は食べた方が良いんだって。そんなに食べられるかどうか分からないけど、出来るだけ食べるようにしても良いんじゃないかと思って。

ジョーはテーブルの上にスープの椀を置く。

ガブリエル　ゲイブリエルは電話してきた?
ジョー　いいや。
ガブリエル　ほんとに?伝言残したかもしれない。
ジョー　見てみたけど・・・伝言はなかったよ。(一拍)ほら、スープを飲みなよ。
ガブリエル　何のスープ?
ジョー　魚。

彼女はテーブルのところへ行き、席に着き、スープを食べ始める。

ガブリエル　誰かが、魚が良いって言ってた。頭に良いんだって。週三回は食べた方が良いって。
ジョー　そうだね。
ガブリエル　海の味がする。

若い方のガブリエルが登場し、傘の水を払う。フックに傘を掛けて、レインコートを脱いでその横のフックに掛ける。彼女は窓のところへ行き、外を見る。

ジョー、あたし、どうなってるの?
ジョー　何もないよ。ちょっと動転してるだけさ。今日なのか明日なのか昨日なのか分からなくたって、気にすることはないよ、誰だって、同じようなもんだからね。
ガブリエル　手を握って。

ジョーは彼女の手を取る。

いつかこんなの出来なくなる・・・あなたも永遠に握ってはいられない。
ジョー　ちょっと外に出てきたい。帽子が見つかるかもしれない。
ガブリエル　帽子って?
ジョー　帽子を無くした。
ガブリエル　酷い天気。
ジョー　濡れた?
ガブリエル　傘あったから。
ジョー　外出してたんだね。
ガブリエル　散歩してたの。

ジョー　どこへ？
ガブリエル　お店。
ジョー　何を買いに？
ガブリエル　タバコ。
ジョー　吸わないだろう。
ガブリエル　吸うわよ。
ジョー　吸わないよ。
ガブリエル　吸うって。
ジョー　じゃ、僕が知らなかったんだ。
ガブリエル　そう、あなたが知らないこと、たくさんあるの。あなたの知らない、あたしのいろんなこと。
ジョー　帽子を探さなくちゃ。（レインコートと傘を取る。）直ぐ戻る。

彼は出て行く。

ガブリエル（年取った方）　あなたが触れたことない、あたしのいろんなところ。

ゲイブリエル・ロウが登場し、年取った方のガブリエルが退場。
そしてここは

ロードハウス
クーロン潟湖、一九八八年

ゲイブリエルは窓のところで、若い方のガブリエルを見る。

ゲイブリエル　やあ。
ガブリエル　わっ・・・びっくりした。
ゲイブリエル　ごめん。
ガブリエル　どこから来たの？
ゲイブリエル　さっき車を停めたとこ・・・クーロンをドライブしてる。
ガブリエル　何のために？
ゲイブリエル　見るため、たぶん。（一拍。）酷い天気だね。でもバングラディッシュじゃ溺れてる人がいるんだから、まだましだ。
ガブリエル　あなた、イギリス人。
ゲイブリエル　そう・・・だけど？
ガブリエル　観光客？
ゲイブリエル　まあね。
ガブリエル　ホントにいるの？
ゲイブリエル　いる・・・？
ガブリエル　バングラディッシュで溺れてる人。
ゲイブリエル　いや。ただの決まり文句だけど。母の口癖だった。でも実際あったんだよ、そういうこと。モンスーンが来るたびに。でも今はない、と願いたいね。
ガブリエル　なんか・・・食べる？
ゲイブリエル　何があるの？
ガブリエル　スープ。
ゲイブリエル　何のスープ？
ガブリエル　魚。（一拍）魚のスープは嫌い？
ゲイブリエル　一度吐いてから食べてない。母の家を訪ねた後、家へ帰るバスの中で。何の前触れもなく、あらがうことも出来ないまま、前の席に座っていたモヒカンの頭の上にね。モヒカンが魚のスープでべちゃべちゃ、で真ん中の通路に引きずり出されて、ボコボコにされた。誰一人立ち上がって助けてくれる人もいない。みんな知らぬふり。運転手もだよ。でもそれがロンドンなのさ。自分でも何であんなに胸が悪くなったのか分からない・・・魚のスープのせいか、それとも母親のせいか。
ガブリエル　お母さんのことそんな風に言わない方が良いよ。
ゲイブリエル　複雑なんだよ。
ガブリエル　サンドイッチトーストなんてどう。
ゲイブリエル　もらおう・・トマトとチーズ入りで。
ガブリエル　ハムは要らないの？
ゲイブリエル　ああ。
ガブリエル　ホントに？
ゲイブリエル　ベジタリアンでね。（一拍。）なに？
ガブリエル　サンドイッチ持ってくる。

彼女は去ろうとする。

ゲイブリエル　あ、部屋はあるかな？
ガブリエル　どのくらい滞在するの？
ゲイブリエル　さあ。一日か二日。
ガブリエル　用意しないと。この時期はお客がいないから。
ゲイブリエル　何で？
ガブリエル　天気よ。
ゲイブリエル　でもここはきれいだね。
ガブリエル　そう？
ゲイブリエル　こういうの見たことないよ。
ガブリエル　世界で一番汚い場所だと思うけど。
ゲイブリエル　ここで生まれ育ったの？
ガブリエル　ええ。
ゲイブリエル　だからだよ。君もよそ者の目線で見れば、きれいだと思うさ。
ガブリエル　でも単に砂丘と水と、車の上には鳥の糞、でしょ。
ゲイブリエル　こっちはロンドン出身だからね。あそここそ世界で一番汚い場所だよ。でなければ、一番孤独な場所だ。
ガブリエル　ビーチを五日歩いても、誰にも会わないのよ。
ゲイブリエル　へえ。素晴らしいね。
ガブリエル　死ぬほど退屈。
ゲイブリエル　じゃ出てけば。
ガブリエル　そのつもり。
ゲイブリエル　たちまち帰りたくなるよ。
ガブリエル　あたし、人に会いたいの。
ゲイブリエル　こうして会ってるじゃない。
ガブリエル　あなた、名前は？
ゲイブリエル　ゲイブリエル。
ガブリエル　うそ。
ゲイブリエル　うそじゃない。君は？
ガブリエル　ガブリエル。
ゲイブリエル　すごい偶然だねえ。
ガブリエル　男には変でしょ。

ゲイブリエル　そうかな？
ガブリエル　こっちじゃそうよ。
ゲイブリエル　強い男の神様の名前だよ。
ガブリエル　フランス語の名前だと思ってた。
ゲイブリエル　いや、聖書だよ。ゲイブリエルは大天使だったんだ。
ガブリエル　あなたは天使なの？ゲイブリエル。
ゲイブリエル　いや。ただの人間さ。
ガブリエル　ご両親が信心深かったとか？
ゲイブリエル　母は無神論者。昔は共産主義者だったんじゃないかな、母の蔵書から見て。だからただ、この名前が好きだったんだね。
ガブリエル　うちの母も。でも母はフランス語だと思ってたわ。エキゾチックだって。特別な子になって欲しかったみたい。
ゲイブリエル　君は特別な人なの？
ガブリエル　そんなことない・・・たぶん。
ゲイブリエル　なんで？
ガブリエル　あなたが判断してよ。サンドイッチ持ってくる。

彼女は後ろを向いて行こうとする。彼は彼女を行かせたくない。ずっと。

ゲイブリエル　信心深いの？君のご両親は？
ガブリエル　そうだった。カトリックだったから。
ゲイブリエル　だった？
ガブリエル　死んだの。
ゲイブリエル　ああ、そう。
ガブリエル　母さんはあたしが七歳の時に海で溺れて、父さんは三年前に頭に銃弾打ち込んで。だからどっか行かなくちゃならないの。ここではそういうことが起きる。（一拍）そういうとこなの。ここで座って。サンドイッチ持ってくるから。

ガブリエルが出て行き、ゲイブリエルはテーブルに着く。そのとき彼は母のアパートで昼食を取っていて、年取った方のエリザベスが登場する。

ゲイブリエル　どこ？どこで転んだの？

そして今は

エリザベス・ロウの部屋
ロンドン、一九八八年

エリザベス（年取った方）　通りでね。その魚を買いに出かけたら。外に出るなんてホント馬鹿だったわ。こんな天気で。
ゲイブリエル　大丈夫なの？
エリザベス　膝をすりむいただけ。あとストッキングを破っちゃった。男の人が助け起こしてくれてね。親切な人。だって今の世の中、そんなことしてくれないでしょう？誰も。サッチャーのせいよ。あの鉄面皮のせい。
ゲイブリエル　サッチャーに投票しなかったっけ？
エリザベス　サッチャー？しないわよ。なんでそんなこと思うの？
ゲイブリエル　さあ。ただ・・・
エリザベス　ただ、なに？

ゲイブリエル　ごめんね。
エリザベス　どうして？あなたに押し転ばされたんじゃないわよ。
ゲイブリエル　じゃあなんで僕がやったような気がするんだろ？

一拍。

エリザベス　一番恐れてることだからね。ある年代の女性が。転ぶっていうことは。
ゲイブリエル　そんな歳じゃないじゃない。
エリザベス　そう。でもあたしは独りだし。同じ扱いにされてしまう時もあるのよ。
ゲイブリエル　酒のせいだとは思わないの？
エリザベス　あなた、あの色は好き？
ゲイブリエル　壁の色？
エリザベス　ううん、空のよ、ゲイブリエル。あなたは空の色、好き？そう、壁の話をしているんだけど。
ゲイブリエル　ああ、白いねえ。
エリザベス　オフホワイト。真っ白はきつすぎる。病院みたい。
ゲイブリエル　でも今までとまったく一緒だよ。
エリザベス　ペンキが残ってたんで、使わなくちゃと思ってね。
ゲイブリエル　最近古い箱を整理してたんだけど。
エリザベス　やめて。あたしのうちに断罪をしに来たの。
ゲイブリエル　ごめん。
エリザベス　ここはあたしのうちなの。
ゲイブリエル　心配してるだけなんだ。
エリザベス　あなたが？

ゲイブリエル　うん・・・心配なんだよ、母さん。
エリザベス　じゃあ、よして。
ゲイブリエル　心配するのを？
エリザベス　いちいち騒がないで、ゲイブリエル。自分のことなんて全部出来るんだから。
エリザベス　そうよ。
ゲイブリエル　このごろ、父さんのこと、考えてたんだ。（一拍）この話、もう飽き飽きなのは分かってるけど。
エリザベス　そうよ。
ゲイブリエル　え？
エリザベス　あたしに会いに来たんだったら良いと思ってたけど。
ゲイブリエル　そうだよ。
エリザベス　ちがうでしょ、ゲイブリエル。他に望みがあってここに来たんでしょ。
ゲイブリエル　そんなに望んではいけないこと？
エリザベス　いいえ。でもあたしからは何も出てこない。お父さんに何があったのか、あたしは知らないの。あの人は出て行った。それはきっと、幸せじゃなかったから。でも結局、あたしにどうこうできることじゃなかった。
ゲイブリエル　まったく音信をたってしまったのが解せないんだ。息子の俺とも。
エリザベス　あなたが息子だなんてことは、あの人にはどうでも良いことだったのよ・・・残酷なことを言うつもりはないけど。
ゲイブリエル　言ってるよ。
エリザベス　あの人は、あなたのこと、気にもとめてなかったのよ、ゲイブリエル。あたしのことも。自分のことだけ。あんな男どうでも良い。消えちゃったんだし。ほかにあなたに何を話せばいい？
ゲイブリエル　古い箱を整理してたんだ。
エリザベス　もっとスープどう？
ゲイブリエル　これ以上食べたら気持ち悪くなりそう。
エリザベス　好きじゃなかったんだね。
ゲイブリエル　母さん、俺がベジタリアンなの、知ってるじゃないか。
エリザベス　でもこれは魚よ。
ゲイブリエル　同じだよ・・・食べない。
エリザベス　まあ、あなたが何を食べようと食べまいと、あたしのしったことじゃない。
ゲイブリエル　そうだね。

若い方のエリザベスがおむつの山を持って登場し、テーブルの上でそれをたたみ始める。

箱を整理したんだ。大掃除をしてさ、てゆうか、しようと思ってさ。僕の部屋、とにかく狭くて。もう歩けないんだよ。ワンルームに住んでるのと一緒。ホントはもう一部屋あるのに。遊びに来ても良いよ…来たければ。でね、あの箱をみんな、整理してて。いろいろ見つけた。みんなとってあったんだよ。自分でも分からないけど。昔のもの。とっくに捨てとけば良かったものばっかり。まあ、これから捨てるけどさ。きれいさっぱり捨てて。心機一転しようと思って。どう思う、母さん？心機一転。捨てとけば良かったんだ・・・どうしてもっと前に捨てなかったのか、分からないんだ、子供の頃のおもちゃとか、フットボールのトロフィーとか、学校の集合写真とか、母さんに書いてあげたお誕生日カード。なんで手放せないのか分からない。母さんに似なかったね。だって母さん、ものを取っておかないでしょ。思い出だって。
エリザベス　昔の絵なら取ってあるわ。
ゲイブリエル　そうだね。でも昔の絵のほかは、みんな捨ててしまう、羨ましいよ。
エリザベス　感傷なんて退屈なだけよ。
ゲイブリエル　僕が切手集めてたこと、覚えてる？
エリザベス　いいえ。
ゲイブリエル　世界中の切手があるんだよ。もう存在してない国のもある。みんなきちんとアルバムに入れてさ。アルバムも国ごとに分けて、同じ切手を三枚そろえて。一枚は保存用。もう一枚は破損したときの予備。三枚目はいざって時の交換用。
エリザベス　鑑定してもらったら。価値が出てるかもよ。
ゲイブリエル　それで、三冊あるその切手アルバムを見てたらね、そのうちの一冊の最後に、新聞の切り抜きが挟まってたんだ。日付は一九七〇年のいつか。その頃僕は、一〇歳ぐらいかな、もちろんすっかり忘れてた。母さんみたいに。母さんこういうことよく忘れるでしょ。でね、その切り抜きは、オーストラリアのエアーズロックで人が失踪したって記事だった。覚えてる？

彼女は沈黙している。

男性が夕暮れにエアーズロックを登っているのを目撃された。降りる途中の人たちが何人かその人とすれ違って、戻った方が良いと声をかけた。日はどんどん沈んでいて。夜間に登ることは禁じられている。転落しやすいから危険なんだ。でもその人は聞かずに、登り続けた・・・イギリス人のアクセントで喋る色白の男性だったと書いてあった。で、その人は戻って来なかった。かなり捜索したけど、何の痕跡も見つからなかった。（一拍）確かもっともらしい推測が書いてあったけど、僕、この記事で頭がいっぱいになってたこと、思い出したんだ。この人に一体何があったんだろう、まだそこにいるんじゃないか、まさか異次元にスリップしたんじゃ、とかね、子供の考えること、想像つくでしょ。

エリザベス　いいえ、まったく。

ゲイブリエル　へんなこと覚えてるものでさ、母さんの裁縫道具の引き出しを探ったこと思い出した、あの良いハサミを探して。母さんは僕があのハサミで紙を切るのを嫌がってた。しちゃいけないと分かってはいたけど、子供ってダメって言われたところに行っちゃうものでしょ。で、見つけたんだ。（一拍）あのハサミ。そして記事を切り抜いて、切手のアルバムの最後に挟んでおいて・・・そしてそのことを忘れてしまって、これだけの年月が過ぎて、ふたたび僕は、この人のことを考えたんだ。この色白のイギリス人、これ、誰だったのか・・・この人に何があったのか。

　　ヘンリーが登場する。

エリザベス（若い方）　おかえり。

　　ゲイブリエル・ロウと年取った方のエリザベスが退場する。
　　そしてここは

同じ部屋
ロンドン、一九六二年

ヘンリー　傘を無くした。

エリザベス　どこで？

ヘンリー　電車においてきた。

エリザベス　降りるときに気づかなかったの？雨が降ってるのに。

ヘンリー　そうなんだよ。しばらくね。気づいたときには、電車は出て行ってしまった。

エリザベス　お鍋にスープがあるわよ。

ヘンリー　そうか。

エリザベス　魚、だけど。

ヘンリー　酷い天気だ。

エリザベス　容赦ない雨ね。

ヘンリー　それ以上だ。

エリザベス　ええ。

　　彼はおむつの山から一枚取りだし、顔を拭く。

ヘンリー　ゲイブリエルは？

エリザベス　寝てる。

ヘンリー　電車の中でちょっとあってね。（一拍）混んでいて、息苦しくて、ようやく立っていられるほどで、完全に意識が朦朧として・・・気がついたら、自分の手をズボンの前に突っ込んでいて、無意識にいじっていた。（一拍。）そう。

エリザベス　あなた捕まるわよ。

ヘンリー　はじめは誰も見てないと思った。電車の中では誰も下を見ないから。
エリザベス　座ってる人には見えるでしょう。ちょうど視線の位置よ。
ヘンリー　そうだが、でも見てる人はいなかった。だけど電車が駅に着いたら、女が近づいてきて、降りる間際にこう言った「恥を知りなさい。電車には子供も乗ってるのよ。」それで辺りを見回したら、何人か子供がいて、その子たちが気づいていたかどうかは分からないけど、それで愕然として、とても恥ずかしくなった。
エリザベス　まあ、意識的ではなかったのだし。
ヘンリー　そう。
エリザベス　わざとそんなことするわけないでしょ。
ヘンリー　そう。
エリザベス　公衆電話の中とかで、そんなことをしてる人とは違うでしょ？
ヘンリー　そのとおりだ。
エリザベス　それじゃあ・・・傘を忘れても無理ないわね。
ヘンリー　ゲイブリエルを覗いてみようかな。
エリザベス　あたしと話をしてよ。こっちは一日中家にいて、あなたの帰るの待っていたんだから。遅いし。どこにいるのか分からなくて。最悪のことを考えてたのよ。
ヘンリー　雨に降られたから。
エリザベス　大人の話相手が欲しいのよ、ヘンリー。頭がおかしくなりそうなの。母親になんかなるんじゃなかった。で、あなたは何を考えてたの？電車の中で無意識にいじりながら。
ヘンリー　うーん、天気のことかな。
エリザベス　で、興奮はしなかった？
ヘンリー　いいや。少なくとも意識の上では。しない。ハリケーンのことを考えていたんだ。
エリザベス　ああ。
ヘンリー　一七八〇年。カリストゥスという、カリブ海を滅茶苦茶にした、史上最悪のハリケーン。カリストゥスという、ローマ法王の名前がつけられた。
エリザベス　誰もが罪びとで、教会にすがれば赦しが得られると信じられていた時代だからね。
ヘンリー　だがカリストゥスはなんの慈悲も示さなかった。二万二千人以上が死んだ。雨の威力は凄まじく、木が、なぎ倒される前に樹皮をはがされてしまうほどだった。バルバドス島には建物が一つも残らなかった。セント・キッツ、セント・ルシア、セント・ビンセントも同じだった。エリザベス、想像できるかい、そんな大渦巻きの真ん中にいたら、どんなことになるか。
エリザベス　恐ろしいでしょうね。
ヘンリー　そうだよ・・マルティニク島に停泊してたフランス海軍の艦隊は、四千人の水兵とともに海の藻屑となり、そのせいでフランスのアメリカ独立戦争への介入が遅れた。もし四千の兵力が予定通りアメリカの地に上陸していたら、アメリカの独立は三年早まっていただろう。
エリザベス「最後の王が最後の僧侶の腸で絞め殺されて初めて、人は自由になる。」
ヘンリー　ディドロの言葉だね。
エリザベス　カリストゥスがまるで聖書の記述のようにカリブ海

で大破壊を行った一七八〇年に、パリではドゥニ・ディドロが教会を根底からゆさぶっていた、その著書『Encyclopedie ou Dictionnaire raisonne des sciences, des arts et des metiers』で。

ヘンリー　さすがだな、エリザベスは。

エリザベス　その時代のあらゆる偉大な思想、あらゆる新しい知識と革新的な概念、それをひとつに集める、二〇年間の情熱と努力の結晶なのよ。それは貴族政治と教会の支配への挑戦だった。それは、近代的、民主的思考が誕生する先触れなの、あらゆる人に関わる、思想の自由、宗教への寛容、平等と正義という、革新的な信念を伴った。人間が自分について、考え方を変えたの。それは長い年月の末に訪れた夜明けであり、のちにそれを基盤としてマルクスが思想を積み上げていくことになる。ディドロの百科全書は、科学と芸術を、存在のもっとも中心におく。決して神ではなく。自らの運命を制御できる理性を持ち、思考する存在としての人間。変化に対して深く考え、断固として行動できる。より良いもののために。発展するために。自らを救うために。

ヘンリー　啓蒙主義だね。

エリザベス　これだけのことをしたのに、彼は自分のことをこう言ってるのよ「私はこれまで、そしていまでも、凡庸であることに憤っている」と。

ヘンリー　じゃあ我々はどうなるんだろうね？

エリザベス　彼は『古いガウンを手放したことについての後悔』という題の随筆も書いてる。この作品は奇抜な内容と思われるかもしれないけど、人間の、自分が必要とする以上に消費してしまう傾向について書いたもの。

ヘンリー　時代の先を行ってたんだ。

エリザベス　ディドロは美しい緋色のガウンを与えられて、それがとても嬉しかったものだから、前から持っていたものをすぐに捨ててしまった。でも家の中を歩き回りながら、自分が持っているものがひとつとして、その新しいみごとなガウンに釣り合わないことに気がつく。椅子に張った布はすり切れていたし、書斎のカーテンは色あせてる。それまで持っていた服など、もう比べようもない。以前、素晴らしいガウンをもらう前には、自分の持ち物に満足していたのに、人生で初めて、新しいものへの欲望を感じた。そうやって終わりのない取得のプロセスが始まるのであり、新しいものの取得によってほかのすべてのものは古く、取り替えなければならないものに見える。そうやって進んでいく。ものに対する欲望は経済を進めていく。新しいものへの人の飽くなき欲求は、指数関数的にこの惑星の資源を消費していく。資本主義が存在さえしないうちから、資本主義の優れた批判になっている。大事な問いは、古いガウンで私たちはまた満足できるのか？ってこと。

ヘンリー　その答えは？

エリザベス　答えはまだだけど・・・私たちは出来ると信じてる。（一拍。）ディドロはセンチメンタルな芝居もいくつか書いてるのよ。真面目さと哀れさを備えたごく普通の人間の家庭生活を扱った、もっとも初期の芝居と考えられているの。ディドロ以前には、家でおむつをたたみながら、夫の帰りを、最悪のことを考えながら心配げに待っている女なんて、舞台には出てこなかった。みな王侯貴族の物語だからね。

ヘンリー　最悪のことって何だい？・・・私を待っている間、君が考えてたという。

エリザベス　あなたが誰かほかの女といたってこと。

　　一拍。

ヘンリー　女なんて。この酷い天気だけだよ。

　　彼は退場する。

エリザベス　ディドロはこうも言った「情熱、偉大な情熱だけが、魂を偉大なものへと高めてくれる」。でも人生に情熱を持たない女は、待つしかない。最後のはディドロじゃなくてあたしの言葉。

　　雨が降り始める。

　　エリザベスは暗い夜に雨の中公園で立っているようである。

　　ジョーが登場し、エリザベスは退場する。

　　そしてここは

公園
アデレード、二〇一三年
　　雨が降っている。木の下の、公園のベンチの上に帽子がある。

　　ジョーが自分の帽子を拾う。

ジョー　息子へ。この手紙が届くと良いのだけれど。これを、私が知っているおまえの住所に送るつもりだ。手紙を書いたのは、おまえに、母さんの具合が良くないことを知らせたかったからだ。おまえがこの間の手紙を受け取ったかどうかは分からない。返事はもらっていない。でも母さんの具合は悪くなっているんだ、ゲイブリエル。私はどうすればいいだろう。母さんはおまえに会いたがってる。どうか帰って来てくれ。父、ジョーより。

　　ジョーが帽子をかぶると
　　若い方のガブリエルが登場する。彼女はクーロンの水面を眺める。火のついていないタバコを手にしている。

　　ジョーは彼女を見る、あるいは彼女の記憶を見る。

いたね。

ガブリエル　どこに？

ジョー　海のそばだよ。（一拍。）一九八八年。二四歳の時だ。ダットサン一八〇Bに乗っていて。シドニーとアデレードをつなぐヘイ平原ハイウェイを走ってる。一一〇キロ出てるけど、もっとスピードを出したくてイライラしてる。でもここらへんは警察があちこちにいるから、無茶は出来ない。車はクーロンにいる両親の農場へ向かってる。都会でやってみたけど、うまくいかなった。自分には合ってなかった。すべてが速すぎ、ぎすぎすしていた。やはりクーロンこそが、自分の居場所だった。親父がトンカンやってる。フェンスを直すふりをして、門で待ってるんだろう。お袋は台所にいる。あの人は自信がない。この土地にそんな素晴らしい未来があるとは思っていない。「あたしらは、台無しにしちまったんだよ」母は言う「間違ったことをしてきたんだよ」。でも誰も母の言うことを信じようとしない。予言者なんだ、母は。単純な女だけど、予言者。で、車が一一〇キロで走っていたら、フォードに抜かされた。一四〇キロは出てる。馬鹿野郎、と呟いた。馬鹿野郎、大嫌いなんだよ、抜かされるのは。規則を守って抜かされると、自分が五〇歳のじじいになった気分になる。そのあと、ナランデラから三〇キロのところで、カーブにさしかかって、そしたらそこにあったんだ、あのフォードが、ボンネットから煙を出して、木の幹にペシャンとへばりついてる。車を寄せて、降りて、フォードのところへ行った。見たくない。フロントガラスに血が付いてる。かがんで中を見た。運転手はもうぐちゃぐちゃ。でも中にひとり、女の子がいて。うめいてる。顔中血まみれ。「おい・・・おい、聞こえるか。」女の子は目を開く。こっちが見えるんだ。ほんのしばらくこっちを見て、それからだんだん虚ろになっていく。いままで、羊が死ぬところを見たことがある。イヌが死ぬのを見たことがある。ばあちゃんが死ぬのを見たことがある。この目つきは、知っている。それで手を伸ばして、相手の手を掴んだ。「おい・・・起きろ、しっかりするんだ。」すると目をぱっと開いた。そして僕の背中に廻した手に、弱々しい力を感じた。「ここにいるから」。「抱いてるから。ここにいるから」くそ・・・助けは来ないのか?サイレンは?このハイウェイにはなんで車が走ってないんだ?その子は静かだ。静かすぎる。その手を強くつねってみた。ギュッとつねった。「死ぬんじゃないぞ」、すると唇が動くのが見えた。何か言おうとしている。何とか近づけるだけ近づいてみた。その中へ、そのひしゃげた金属の中へ。「何?何が言いたいの?」するとその子は、本当に静かに言った「痛い、つねらないで」。

僕は笑った。たぶん不謹慎な笑いだろう。その子の脇には死んだ奴もいるんだ。でも救いだった。僕には、その子が生きようとしているが分かった。それで少し力を抜いて、でも抱いていた。「名前は?」と聞いた。「ガブリエル。」「え?」「ガブリエル。聖書に出てくる。」とその子は言った。

それで、このガブリエルは大丈夫だと思ったけれど、僕は抱き続けた。今でもまだ抱いている。

ゲイブリエル・ローが登場し、ジョーが退場する。
そしてここは

海辺

クーロン、一九八八年

夜。岸に寄せる波。地平線に嵐。

ゲイブリエル　タバコ吸うんだ。

ガブリエル　ううん。ただ、カッコだけ。母が吸っててね。昔から、それがカッコ良かったから・・・ま、あたしもまねしてカッコつけてみた。

ゲイブリエル　初めてだったんだね?

ガブリエル　言おうかどうか迷ってた。勝手に気づいてくれるかなって。あたし、変わってるって言ったよね。この町のコはみんな、学校卒業する前に捨てちゃう。でもあたしは違うって思ってた。あたしはそんなふうにしない。守ろうって。特別な人のためにここら辺の男じゃなくて。知らないだろうけど、あたし今、二四なのね。で、今さら、他のコみたいに、一六の時に捨てとけば良かったって後悔してたの。だから、もう我慢できないって思いながら、窓のところに立ってて。頭おかしくなってきて。しなきゃ

しなきゃって。で振り向いたらあなたがいて。思ったの。この人よ。ルックス悪くないし、訛ってないし、少なくとも魚臭くないし、足の指の間に砂入ってないし、それに朝になったら仲間に言いふらすなんてこともないだろうし。だから利用しちゃった。ごめんなさい。良かったら、サンドイッチトースト、サービスするよ。
ゲイブリエル　あ・・・どうも。
ガブリエル　深く考えないでね。意味なんてないから。朝になったら行っていいから。こっちの思うようにしただけ。
ゲイブリエル　やめてよ。
ガブリエル　なにを？
ゲイブリエル　寝といて、終わったら押しのけるのは。
ガブリエル　いまの稲妻？見た？
ゲイブリエル　いいや。
ガブリエル　ほら。

確かに、雷の音。

大嫌いなのこういう夜。子供の頃、怖くて怖くて。今でもそう。こういう夜に、海で船が遭難する。よく真夜中に目を覚ましてた。叫び声が聞こえる気がして。父は、カモメが風の中で仲間を呼んでるんだって言ってたけど、あたしは絶対に、人が溺れてるんだって思ってた。
ゲイブリエル　ご両親は何で自殺を？（一拍。）ごめん。唐突なセグエだった。言わなくて良いよ。
ガブリエル　あたし兄弟がいてね。連れてかれたの。
ゲイブリエル　連れてかれた？

ガブリエル　浜辺で靴だけ見つかって・・・この話はしたくない。
ゲイブリエル　うん。
ガブリエル　出来ないの。（一拍。）セグエって何？・・・聞いたことはあるけど、意味が分かんない。
ゲイブリエル　音楽用語だね。移行、かな。あるモチーフから次のモチーフに移る。二つのモチーフは必ずしも関係していないか、二つの関係ははじめははっきりとしない。話を面白くするもの。話を変えたいときのテクニックでもある。避けたい話題を人が始めようとするのを、阻止するとかね。
ガブリエル　ここで何してるの？ゲイブリエル。
ゲイブリエル　そうそれ。それがセグエ。
ガブリエル　真冬のクーロンに・・・ロンドンからはるばると。

ゲイブリエルは一片の流木を拾い上げる・・・古く、灰色。

ゲイブリエル　父がここに来たことがあって。絵はがきをくれた。ナインティ・マイル・ビーチの写真。僕もこの目で見たかった。歩いてみようとも思った。九〇マイルのビーチが実際どんなもんか見て諦めたけど。
ガブリエル　はがきはなんて書いてあったの？
ゲイブリエル　ゲイブリエル様。クーロンは危険な場所だ。陸と海に挟まっていて、そのどちらでもない。おまえに会いたい。父。
ガブリエル　それだけ？
ゲイブリエル　二三語。自分の目で見れば、意味が分かると思った。

若い方のエリザベスが登場し、窓のそばに立って外を見る。

ガブリエル　分かった？
ゲイブリエル　いや。
ガブリエル　なんでお父さんに尋ねなかったの？
ゲイブリエル　そんな機会なかった。七歳の時に出て行ったからね。一言も言わず。それも一種のセグエだな。でも、僕に絵はがきを七枚送ってくれた・・・あるとき母の裁縫道具の引き出しで見つけたんだ。
ガブリエル　お母さんは隠してたの？
ゲイブリエル　そう。
ガブリエル　どうして？
ゲイブリエル　母には、決して話さないことがいくつかあるんだ。父のこと。昔のこと。自分が酒を飲むこと。そういう話題は厳禁。
ガブリエル　でもひどいね・・・見せないなんて。
ゲイブリエル　あの人なりの理屈があったんだよ。
ガブリエル　お母さんのこと嫌いでしょ。
ゲイブリエル　嫌いになろうとしたけど。無理。その反対。
ガブリエル　お父さんのことは？・・・覚えてるの？
ゲイブリエル　と言いたいけどね。顔をなでてくれた毛深い手の感触とか、アフターシェーブローションの匂いとか、朝に大笑いしてる声とか、覚えてると言いたいけど。でも何も覚えてないんだ。謎の人だよ。覚えているのは、父の不在と母の沈黙。僕の元にあるのは絵はがきだけ。おまけにそれも意味不明。異常気象とか、世界の終焉とか、むちゃくちゃな予言だらけ。中には、空から魚がふってくる、地球が水で覆われるのが見えた、なんて書いてるのもあった。

ガブリエル　狂ってたの？
ゲイブリエル　さあ・・・おそらくね。最後の絵はがきは、エアーズロックからでさ。おおきな岩に、嵐の雲が集まってる写真。くっきりした赤色。信じられないような赤。おおきな紫色の雲が、その上で破裂しそうになってる。「息子へ」と書いてあった。「砂漠で、晴れた夜に、見上げるとしたら、土星という惑星が良い。惑星、プラネットということばはギリシャ語で、さまよい人という意味だ。土星、サターンということば、自分の息子を食べてしまったローマの神にちなんでいる。私を許してくれ。父、ヘンリー・ロウ。追伸。今夜エアーズロックに雪が降ってる。」
ガブリエル　砂漠に雪は降らないでしょ。
ゲイブリエル　そう。空から魚も降らない。父親は子供を捨てないし、母親は海に身投げはしない。（一拍。）だからここにきてる。父が見たものを見ようと思って。父が思ったことを考えようと思って。なぜ出て行ったのか、知ろうと思って。それでクーロンのロードハウスで車停めたら、窓のそばに立ってる女の子がいて、その子が数いる男性の中から僕を選んで、もう要らなくなったものを捨てる相手をさせた。で、今、分からないんだ。どういうことなのか分からない。こんなこと思ってもみなかった。
ガブリエル　エッチした。（一拍。）それだけ。
ゲイブリエル　うん。
ガブリエル　お父さんが言ってるの正しいよ、クーロンのこと・・・固い地面に立ってると、気づかないうちに、足下が水になってる。動かなけりゃ、溺れる。

水平線に閃光。雷の音。
年取った方のエリザベスが登場。

ゲイブリエル　ほら。

彼は流木の破片を彼女に渡す。

初体験の思い出に、とっとけば。

二人は退場し始める。

年取った方のエリザベス　これ食べてしまうわよ。

ガブリエルは退場していくが、ゲイブリエルは、彼と母親の前のシーンに残ったように、残る。
嵐が始まる。
風。雨。岸に打ち寄せる波。
ここは

エリザベス・ロウの部屋
ロンドン、一九八八年

ゲイブリエル　手伝おうか。
エリザベス　いいわよ。
ゲイブリエル　じゃ洗っておく。
エリザベス　あたしがしとくから。バスに遅れるわよ。
ゲイブリエル　でも何も喋ってないし。
エリザベス　ちょっと疲れちゃったのよ。倒れてから。横になりたい。

ゲイブリエル　飲みたいからだろう？（一拍。）母さん、がんばったね。飲まずに昼ご飯食べるなんて。一本あけたら？俺は気にしない。どこに隠してんの？あけてあげるよ。つきあおうか？それとも一人で飲みたい？（一拍。）言うことがあってきたんだ、遠くへ行く・・・オーストラリア。どのくらいかは分からない。あの新聞の切り抜きだよ。想像がどんどん広がってさ。自分で見てみたくなった、あの岩を。心の底から思ってるんだよ、自分が生まれたところとは違う空の下に、立ってみたいって。

彼女は沈黙している。

もう！（一拍。）手紙書くよ・・・電話でも何でも、元気なこと知らせるよ。それでいいかい？母さんもそうして欲しい？

彼は彼女のところに行く。

エリザベス　いや。
ゲイブリエル　母さん・・・ねえ。
エリザベス　今あたしに触ったら、ダメになっちゃう。

ヘンリーが登場。彼の顔は血まみれで、シャツは破れている。
彼は嵐でずぶ濡れ。

エリザベス（若い方）　ヘンリー。

ゲイブリエル・ロウは立ち去るが、年取った方のエリザベスは残る。

そしてここは

ヘンリーとエリザベスの部屋
ロンドン、一九六五年

エリザベス　その顔。
ヘンリー　事故にあった。
エリザベス　何の事故？
ヘンリー　公園で・・・帰る途中。いや、事故じゃない。襲われた。
エリザベス　誰に？
ヘンリー　三人組の男に。財布を取られた。
エリザベス　みせて・・・

彼の顔の血を拭こうとする。

ヘンリー　ゲイブリエルはどこだ？
エリザベス　お風呂。
ヘンリー　ひとりで大丈夫なのか？
エリザベス　もう五歳よ。大丈夫。警察には行ったの？
ヘンリー　いや。
エリザベス　あたしが電話するわ。
ヘンリー　いや。関わりたくないんだ・・・奴らつけてきたかもしれない。住んでるところを知られたかも。
エリザベス　なおさら警察呼ばないと。
ヘンリー　面倒はいやだ。
エリザベス　どういうこと。
ヘンリー　私は大丈夫だ。
エリザベス　明らかに大丈夫じゃないわよ。
ヘンリー　なぜ私が狙われた？エリザベス。私が何か悪いのか？
エリザベス　何も。何も悪くないわよ。
ヘンリー　出かけよう。
エリザベス　え？
ヘンリー　ロンドンを離れて・・・ゲイブリエルをつれて、再出発しよう。
エリザベス　ここを離れるって・・・どこへよ？
ヘンリー　さあ・・・オーストラリアかな。
エリザベス　え？
ヘンリー　いいじゃないか。
エリザベス　公園で人に殴られたからって、ここを離れるなんて。
ヘンリー　このことはずっと考えていた。
エリザベス　でもオーストラリアって・・・すごく遠いでしょう。
ヘンリー　ああ。
エリザベス　世界の果てよ。
ヘンリー　私は心から思ってるんだ・・・今よりましな人間になりたいって。
エリザベス　でもあなたはすべてなのよ。あたしにとってあなたはすべて。これ以上何になろうというの？

年取った方のエリザベスが、隠し場所からワインの瓶とグラスを持ってきて、グラスに注ぐ。

ヘンリー　ゲイブリエルを失うなんて耐えられない。

エリザベス　そんなことないわよ・・・何言ってるの？
ヘンリー　ときどき、私は未来が見える気がするんだ。
エリザベス　やめて・・・未来が見えるなんて、あなただけそんな権利ないわよ。

若い方のエリザベスが退場すると、年取った方のエリザベスがゆっくりとグラスを口に運ぶ。
ヘンリーは退場する。
そしてここは

墓地
クーロン、一九八八年

若い方のガブリエルが三つの墓石の前に立っている。
年取った方のガブリエルが登場し、少し離れて彼女を見て立っている。彼女は寝間着姿で、記憶のどこかに迷い込んでいる。

ガブリエル（年取った方）　ジョージア・ヨーク。旧姓ブレイ。一九四〇年生まれ一九七一年没。妻、母親、家族に愛された。フロックコートがよく似合って、タバコを吸う姿が素敵だった。ピーター・ジェームズ・ヨーク。一九三九年生まれ一九八五年没。少し猫背で笑うと口がゆがんだ。自分を良い人間だと思ったことがなかった。グレン・ピーター・ヨーク。一九六〇年生まれ一九六八年没。浜辺に砂のお城を建てた。

ゲイブリエル・ロウが登場する。

ゲイブリエル　いたいた。
ガブリエル（若い方）　行くの？
ゲイブリエル　ああ。荷造りも済んだ。
ガブリエル　どこへ行くの？
ゲイブリエル　世界の中心・・・ここじゃ、こう言うんじゃなかったっけ？
ガブリエル　あそこは違う国よ。

ゲイブリエルは墓で彼女と一緒に立つ。彼は墓石を読む。

ゲイブリエル　君の兄さん、八歳のときだったんだ。
ガブリエル　七歳。八つにはならなかった。
ゲイブリエル　同じ歳の生まれだ。（一拍。）僕は君の兄さんじゃないけど。
ガブリエル　そうね。
ゲイブリエル　偶然だね。
ガブリエル　そう。

一拍。

ゲイブリエル　仲良かった？
ガブリエル　二人で撮った写真があるの。浜辺で。あたしの手を握ってる。でも兄のこと思い出せない。あなたのお父さんみたい。そこにいないってことで、覚えてる。
ゲイブリエル　ガブリエル、兄さんに何があったの？
ガブリエル　浜辺で、靴が見つかった・・・海にさらわれたんだろうって。両親はそう思おうとしてた。そしたら、漁師が砂山の中に兄の服を見つけたの。半ズボン。Tシャツ。下着。最後に、骨が見つかった。風で覆っていた砂が飛んでね。浅いお墓に埋められてたのよ。
ゲイブリエル　殺されたってこと?
ガブリエル　それで母は発狂した。兄に起きたことを知って。(一拍。) 父はなんとか、あたしが学校を出て就職するまで、もっていてくれた。もちろん父も死人同然だったけど。グレンが連れ去られた日に一度死んで、それから母が狂った日にもう一度死んだから。まああたしの面倒は見てくれた、多少はね。半分くらいかな。でも母はアッチの方へ行っちゃった。残された子供のために、なんて思ってくれなかった。(一拍。) 酷いでしょ、うちの親。ホントに酷い親なのよ。

二人は黙る。

ゲイブリエル　一緒に行こう。
ガブリエル　だめ。ロードハウスで出会って、ロンドンへ帰る前の二ヶ月間だけつき合うような、そんなコじゃないの。あたしはそんなコじゃない。
ゲイブリエル　分かってるよ・・・僕だってそんな男じゃない。
ガブリエル　良いことなんてある?あたしたちはまるで違うのに。
ゲイブリエル　名前が同じだろ・・・それで良いじゃない。(一拍。) 昨日の夜浜辺で、気がついたの、あたしは一人じゃないって。あなたが信頼できる人か分からなかったから。強がってたけど。
ガブリエル　こういう暮らしで良いの?ロードハウスで働いて、旅行客と行きずりのエッチをして。

彼女は墓石を見つめる。

ガブリエル　死人は死人にまかせとけば良い。だめなの。

一拍。

ゲイブリエル　あっちに車を駐めてる。ラジオをつけて、一曲聞く。その曲が終わったら、僕は行くよ。

彼は退場する。

ガブリエル(年取った方)　あなたは二四歳。クーロンのロードハウスで働いてる。火曜の夜にはネットボールをして、日曜日には鳥の糞のかかった家族の墓石を掃除する。もしここを離れなかったら、すぐにソルト・クリークで農業を営む人と結婚するのは目に見えてる。良い人で、働き者でビールが好き。あなたを愛してくれて、あなたはその人の人生を滅茶苦茶にする、だってそれがあなたの望む人生じゃないから。そんな人生では、あなたは気が狂う。でもほかにどんな人生があるのか分からない。そのとき、この人、ロードハウスに足を踏み入れたこの旅人は、真冬に、はるばるロンドンからやって来て、ハム抜きサンドイッチトーストを注文し、クーロンの人がしゃべらないようなことをしゃべる。死人は死人にまかせとけば良いとその人は言う。そして今、その人はエンジンをかけた車に座り、ラジオで曲を聴いてる。あなたはその曲を知っている。良く知っている。今、曲の最後の部分が始まった。その歌詞は知ってる、口ずさむことだって出来る、それが終わったら、砂利の上を回るタイヤの音が聞こえて、あの人は行ってしまって、そしたらあなたは、ウェディングドレス選びでも始めるしかない。あなたは行きたい、走りたい、家族の霊を置いていきたい、でも、恐い。胃の中に、みぞおちのあたりで、これは間違っている、あの車に乗っちゃいけないって、分かってる。
ガブリエル（若い方）　待って、ゲイブリエル。

彼女は退場する。

ガブリエル（年取った方）　死人は死人にまかせとけば良い。

ジョーがパジャマ姿でドアのところに立つ。

ジョー　誰と話をしているんだい？

そしてここは

ジョーとガブリエルの部屋
アデレード、二〇一三年

ガブリエル　独り言。
ジョー　ベッドに戻ろう。（一拍。）ゲイビー？
ガブリエル　あたしの名前はゲイビーじゃない。ガブリエル。聖書からとったの・・・（彼女は彼を見る。）またあなた、誰なの？
ジョー　ジョーだよ・・・君の夫だ。
ガブリエル　ジョー？
ジョー　そうだよ？
ガブリエル　あっち行って。（一拍。）聞こえないの？・・・あっちへ行って。
ジョー　そんなこと思ってないだろ。
ガブリエル　思ってる。
ジョー　君は君じゃないんだ。
ガブリエル　じゃああたしは誰？・・・あたしは誰なの、ジョー？あたしは誰だってんだよ？
ジョー　そんな言い方はよせ。
ガブリエル　うるさい・・・あたしは誰？
ジョー　君の名前はガブリエル・ヨーク。そして僕はジョー・ライアン。君は僕の妻。ここは僕らのアパート。ここに僕らは住んでいる。
ガブリエル　分からない。
ジョー　混乱してるだけさ。
ガブリエル　こんなのいやよ。

ジョーが近づいて慰めようとする。

やめて。

彼は止まる。彼はこういう姿を見るのが耐えられない。

あっちへ行って。
ジョー　でも、雨だよ。
ガブリエル　じゃあ帽子をかぶって、傘をさして、レインコートを着て、出てって。

ジョー　なあ、ガブリエル・・・やめようよ。
ガブリエル　出てって・・・出て行け。

ジョーは帽子と傘とレインコートを取って、アパートから出て行く。

なにもかにもうんざり。

彼女の上に、星の絨毯があらわれる。遠くに、キャンプファイヤーの光が見える。彼女は退場する。
そしてここは

キャンプ場
ウルル、一九八八年

ゲイブリエルとガブリエルは星の絨毯の下、火のそばに座る。ゲイブリエルは何か書いている。ガブリエルは炎を見ている。年取った方のエリザベスはワインの瓶とともに、テーブルに残っている。
若い方のエリザベスが登場。彼女はワインのグラスに注ぎ、テーブルをはさんで年とった自分自身と向き合って座る。同時に二人は自分のグラスを口に運び、ワインをすする。
年取った方のエリザベスは、手紙を開き、読み始める。

エリザベス（年取った方）「お母さん、今エアーズロックで、これを書いてます。ただし今はウルルと言うんだけど。僕たちは三日間、車で走ってきました。

ガブリエルは顔を上げ、ゲイブリエルを見つめる。

いま、星の絨毯の下に座っています。想像してたよりずっと美しい。南半球の空は。今、夜が明ける少し前で、岩が見えてくるのを待っています。

ガブリエルは立ち上がり、歩いていく。ゲイブリエルは顔を上げ、彼女を見る。

ある人と出会ったことを、伝えたくて。彼女の名前はガブリエル。まだ知り合って間もないけれど、僕が愛する人、そして愛してくれる人だという気がしてます。

ゲイブリエルは立ち上がり、ガブリエルのそばに行く。

この間はあんな別れかたして、ごめんなさい。でも変だよね、何年ものあいだ、僕らはどうやってつらい話をさけるすべを見つけてたんだろう。僕が知りたかったことは本当にたくさんあった。そして母さんが僕に話せなかったことも、たくさん。父さんは、まだ僕にとって謎のままなんです。母さんもいろんなことでそうだろうけど。でも母さんに伝えたかった、僕は今、幸せです。息子、ゲイブリエルより。」

ガブリエル　なんでお父さんはあなたに許しを求めたの？（一拍。）「土星、サターンという言葉は、自分の息子を食べてしまったローマの神にちなんでいる。私を許してくれ。」
ゲイブリエル　行ってしまったから・・・僕を置いて。
ガブリエル　でもどうして？

夜明けの直前に砂漠に風が吹く・・・

ゲイブリエル　夜明けだ、ガブリエル・・・見て・・・

そして光がゆっくりとウルルに降り注ぎ、あたかも二人の前で暗闇からそれが立ち上がってくるように見える。そのそびえ立つ黄土の形と優美な曲線を前にして茫然とする。壮観である。

ガブリエル　上には行かないで。
ゲイブリエル　え?
ガブリエル　登らないで。
ゲイブリエル　そんなこと言わないでよ。
ガブリエル　お願いだから。
ゲイブリエル　このためにはるばる来たんだぜ。
ガブリエル　遠くから来たなんて関係ない。
ゲイブリエル　登らなくちゃダメなんだ。
ガブリエル　どうして?
ゲイブリエル　あの人も上まで行った。あの岩を登った。色白のイギリス人・・・そして戻ってこなかった。
ガブリエル　死人は死人にまかせとけば良い。
ゲイブリエル　どっちか選べって言うのか?
ガブリエル　うん。
ゲイブリエル　じゃああの人を選ぶ。

一拍。ガブリエルは背中を向け行こうとする。

ガブリエル・・・

彼女は躊躇し・・・そして出て行く。ゲイブリエルは岩の方を見ている。彼はそれに向かって進む、そのとき・・・

二人のエリザベスがゆっくりとグラスを持ち上げ口に運び、ワインをすすり、そのとき

ゲイブリエルは暗闇に消え、そして

ヘンリーが登場する。

エリザベス（若い方）　おかえり。

そしてここは

ヘンリーとエリザベスの部屋
ロンドン、一九六八年

ヘンリーは傘の水を払い、フックに掛ける。彼はレインコートを脱ぎ、傘の隣に掛ける。

ヘンリー　ワインか?・・・君にしてはめずらしいな。
エリザベス　酒屋で一本買ったの。オーストラリアのクラレット。ちょっと重い味ね。
ヘンリー　ズッシリしてるって言うんだろ。あの国の国民も、そうらしい。（彼は窓のところに行き、通りを見下ろす。）聞いたか?ソビエトがチェコスロバキアに侵攻した。
エリザベス　いいえ。聞いてないわ。
ヘンリー　何かしてたのか?
エリザベス　ええ。壁を塗ってたの。
ヘンリー　いつ?

エリザベス　戦車がプラハに進入した時ね。きっと。この色、好き？
ヘンリー　うーん、白いな。
エリザベス　オフホワイトよ。真っ白はきつすぎる。病院みたい。
ヘンリー　もっと大胆なのでも良かったのに？
エリザベス　大胆。
ヘンリー　そう。色だよ。
エリザベス　赤とか？
ヘンリー　うん。駄目かい？
エリザベス　血の色だから。

彼女は彼の顔にグラスのワインをあびせる。

それにワインの色。（一拍。）空しくないの、ヘンリー？あたしたち、こんなに離れてしまって、もう壁の色のことぐらいしか話すことが残ってないの、空しくない？
ヘンリー　エリザベス・・・
エリザベス　もう離れてしまって、あなたの姿も見えない。あなたはただの影。シルエット。煙よ。
ヘンリー　何かあったのか？
エリザベス　警官が二人来たのよ。このアパートに。
ヘンリー　ゲイブリエルはどこだ？
エリザベス　公園での件について聞きたいって、どうもあなたが関わっているらしい・・・七歳の男の子も。
ヘンリー　あれは誤解だったんだ。
エリザベス　母親が外で待っている間に、あなたがその子に触ったと訴えがあったって。
ヘンリー　その子が困っていたから。
エリザベス　何言ってるの・・・七歳の男の子が、公衆トイレでどんな困ったことがあるのよ？
ヘンリー　漏らしてしまって。手を貸そうとしたら。その子が誤解して、騒いで。母親に何か言ったに違いない。エリザベス。取り乱さないでくれ。
エリザベス　そう。それがあたしの心の中。あたしは取り乱してるのよ。はっきりと、おかしくなりそうなの。それから、もちろん警察にもそう言ったわ。誤解です。主人はそんな人じゃありません。子供を襲うなんて。息子がいるんです。父親なんですって。
ヘンリー　ゲイブリエルはどこだ？
エリザベス　でもね、警察は言ってたわよ、あなたと話がしたいって。
ヘンリー　何もしていない。何かの間違いだ。
エリザベス　あたしもそう言った。間違いですって。よくも夫にそんな嫌疑をかけられるわね。そんな異常なこと。そして警察を押し帰してね、ヘンリー。閉め出してやったのよ。こんなに頭に来たことなかった。で、警官が行ってしまって、一人になったら、世界が逆さまになったような気がしたの。辺りを見回して、あたしたちの部屋はなんて汚いんだと思って。本当に、不潔なのよ。部屋の隅や窓の下枠。ホコリとゴミとススと虫の死骸が、つもりつもって層をなしてる。何年もほおっておいたから。ヘンリー。なんであたしたちの部屋、こんなふうになってしまったのかしら？それであたしは掃除を始めた。バケツにお湯と洗剤を入れて。壁や天井を洗い、電灯も磨いた。ドアノブや電気のスイッチや、家具の裏も掃除した。テーブルと床を拭いて、窓を磨いた。本やランプの傘のホコリをはたき、タイルの間を歯ブラシでほじくった。で、全部終わったので、見回してみたら、まったく同じだった。そこで、食器棚に使い残しのペンキが入った古びた缶があるのを見つけた。で、戦車がプラハに侵入したみたいに、ペンキを塗って。塗って。塗って。それから壁に絵を掛け直して、本棚に本を入れて、家具をもとあった場所に戻して、そしてタンスを動かしていたとき、タンスが少し傾いて、何かが上からするって…足下に落ちてきた。（一拍。）革の鞄。すごく古くて。使い込まれてて。上質の革。子供の頃から使ってきたものね。前に言ってた、おじさんからもらったのよね。そして中には、写真がたくさん入っていた、子供たちの。おおかたは男の子。裸で。何枚かは大人に性行為をされて。明らかに苦痛に満ちた顔の子がいて。明らかにおびえてて。そしてその写真の中に。その写真の中に、ヘンリー、あたしたちの息子の写真もあった。

沈黙。

あの子に触ったの？

ヘンリー　いや。

エリザベス　そうなの？

ヘンリー　いや。

エリザベス　そうなの？

ヘンリー　いいや・・・だけど怖いんだよエリザベス・・・やってしまいそうで。（一拍。）私はどういう人間なんだ？なんで私のような人間が生まれてくるんだろう？（一拍。）自分で選んだことじゃない。

エリザベス　そうね。人がそんなこと選ぶなんて、想像も出来ない。

ヘンリー　なあ。

エリザベス　出て行くんでしょう、もちろん。

ヘンリー　もちろん、どこかに部屋を探す。

エリザベス　違う、ヘンリー違うわよ・・・消えて欲しいの・・・この国から…あたしたちの人生から…あとかたもなく。（一拍。）いやだというなら、あたしもちろん、あの警官たちにあの鞄を渡すわよ。名刺置いていったんだから。

ヘンリー　どこへ行こう？

エリザベス　オーストラリアなら遠くて良いわ。罪を背負ってあそこへいくイギリス人は、あなたが最初じゃないもの。

ヘンリー　じゃゲイブリエルは？

エリザベス　そう。そのとおりよ。

ヘンリー　あの子に会いたい。

エリザベス　やめて。

ヘンリー　話をさせてくれ。

エリザベス　やめて。

ヘンリー　エリザベス・・・頼む・・・すこしでも哀れに思ってくれるなら、息子に別れを言わせてくれ。

エリザベス　哀れに思ってるわよ、ヘンリー。だから出ていってもらうだけで、警察に突き出したりはしないの。あなたを愛してる。不思議ね、こんなにおぞましく思ってるのに、それは変わってない。いつかは、あなたへの気持ちは、変わるかもしれない、でも今は・・・まだ愛してる。でもあなたは、泥棒よ。一切れのパンじゃなくて、未来を盗んだのよ。あたしは、ゲイブリエルの人生からあなたの痕跡をすべて消す。あの子があなたのことを、お父さんのことを尋ねてきたら、きっと聞いてくるでしょうけど、黙り通す。あなたは存在してないことにする。

エリザベスはゆっくり離れ、そして一歩ごとにすこしずつ小さくなっていき、そしてまったくいなくなる。
熱くて乾いた風が、砂漠を吹く。
年取った方のエリザベスは退場する。
そしてここは

ウルルの頂上
一九七〇年／一九八八年

吹きさらしの荒涼とした地面。夜。
ヘンリーは眼下の闇を見渡す。

ヘンリー　ゲイブリエルへ、イギリスからオーストラリアまで、船で六週間の旅だ。途中、たくさんの嵐に遭い、たくさんの鯨を見た。父より。ゲイブリエルへ、パースは、本当に美しい街だ。コテスロー・ビーチで遊んでいる子供たちを見てて、おまえのことを思ったよ。父より。ゲイブリエルへ、ナラボー平原で、砂漠は海を押しとどめる。波は容赦なく、岸壁に打ち付ける。その猛攻撃ごとに、大地は一インチずつ後退する。おまえに会いたい。ゲイブリエルへ、クーロンは危険な場所だ。陸と海に挟まっていて、そのどちらでもない。おまえに会いたい。ゲイブリエルへ、オーストラリアの砂漠では、地面は血の色をしている。おまえに会いたい。息子へ、砂漠で私は終末の光景を見た。一匹の魚が空から降ってきて、大地が海に変わった。おまえに会いたい。息子へ、砂漠で、晴れた夜に、見上げるとしたら、土星という惑星が良い。惑星、プラネットという言葉はギリシャ語で、さまよい人という意味だ。土星、サターンという言葉は、自分の息子を食べてしまったローマの神にちなんでいる。私を許してくれ。父、ヘンリー・ロウ。

ゲイブリエル・ロウが登場し・・・崖の端へ向かう。

ゲイブリエル　ここには明かりがない。月がない。星がない。光がない。暗闇だけだ。
ヘンリー　砂漠を見渡すと、大地が海のように見える。固い地面から突き出た岩の上に立っていると思っていても、大海原の真ん中にある島に立っていることを発見する。そして自分が過去を振り返っているのか、未来を覗いているのかも分からない。

ガブリエルが登場する。彼女は暗闇の中にゲイブリエルを見る。

水はこの地球を覆った。そして水はまた地球を覆うだろう。人間がここを歩いた月日は、結局はほんの一瞬だったことが明らかになるだろう。そして我々のあらゆる知識も、お金も、意志の力も、それを止めることはない。遅すぎるのだ。我々のあらゆる偉大な努力も、結局無意味になる。そして我々の不在のまま時は過ぎ、最初からここにいなかったかのようになるだろう。（一拍。）一緒に行こう、ゲイブリエル。
ゲイブリエル　父さん？
ガブリエル　ゲイブリエル？

ヘンリー　一緒に行こう。
ガブリエル　その崖のへりから離れて。
ヘンリー　なあ、息子よ、私は寂しいんだ。
ガブリエル　見て・・・雪が降ってる。

雪が降っている。
彼は雪で照らされたガブリエルを見る。それから、ヘンリーを振り返る。

ヘンリー　許してくれ。

それからヘンリーは暗闇へと落ちていく。

ガブリエル　戻ってきて。

ゲイブリエルはガブリエルの方に歩いて戻る、すると雪が道を照らす。

きれいだよ、ゲイブリエル・・・とってもきれい。

二人は雪の降るウルルに立つ。

二〇一三年、アデレード
公園

雪が降る。
ジョーが公園のベンチに座る。パジャマの上にレインコートを羽織っている。雪を見上げると、年取った方のガブリエルが、ネグリジェの上にレインコートを羽織って登場する。

ガブリエル　ここにいたのね。
ジョー　どこだ?
ガブリエル　公園のベンチに座ってる・・・雪の降る中。
ジョー　そう?自分ではウィーンの舞踏会でワルツを踊ってる気分だった。

彼女は彼の傍らに座る。

おかしな天気になってきたなあ。アデレードじゃ雪は降るはずないのに。
ガブリエル　でもきれいよ、ジョー・・・とってもきれい。(一拍。)あなたのこと、傷つけた?
ジョー　いいや。
ガブリエル　あなたの人生滅茶苦茶にした?
ジョー　いいや。
ガブリエル　うそつき。
ジョー　真冬の酷い天気の夜に、アパートから追い出されるのは、ちょっと忍耐がいるさ。でも君と一緒になって、後悔したことなんてない。一日だって。だからおかしなことは言わないでくれよ、自分の気持ちは自分で分かる。それに君がずっと同じではいられないことも分かってる。僕は君を奪った。それは分かってる。一番最悪の時に、君を奪った。君は誰か一緒にいてほしかった。そして僕はそれが自分だと思った。君が愛してくれるのを、二五年間、僕は待ってた。
ガブリエル　そして今あたしは正気を失いそうになってる。(一拍。)あたし怒ってるの。ジョー。いつも。

ジョー　分かってる。
ゲイブリエル　あなたには分からない。あなたが怒るなんて、ハンマーで親指を打ち付けちゃったときしか見たことない。その時だって怒鳴り声すらあげなかった。
ジョー　うん。まあ怒鳴ったりするのは嫌いなんだよ。そういうふうに躾けられたからね。仕方がない。
ガブリエル　たまには、あなたも叫んだらいいのにって思う。
ジョー　そんなことしてもどうにもならないし。
ガブリエル　痛いんだって、世の中に伝わるでしょう。
ジョー　言ったとして世の中が、相手にしてくれるかな。（一拍。）あのとき車を停めなければ良かったと思うよ。そう、またその話さ。前にも言ったよね。そのまま車とばして、君が失血死するまましとけば。彼と一緒に。そしたらクーロンに戻って、僕を愛してくれる、ちょうど良い女の子と知り合ってただろうね。
ガブリエル　あなたのことずっと愛してた。
ジョー　僕が愛してたのとは違う。
ガブリエル　あなたの愛は大きすぎる。
ジョー　僕にそんなこと言うなよ。ソルト・クリークには、僕の愛がどんなものか知るはずだった女性だっているんだから。それに、怒ってるなんて言うな。二五年間も、君は誰に怒ってたんだよ？君に忠実なジョーにだろ。まるでイヌみたいな。それが僕だ。なぜだ？それは僕が君を助けたからさ。僕が理解も出来ないものに、僕が釣り合うわけもなかったからさ。でも僕を彼と比べてくれるなよ。二五年だよ、こっちは。それを何と比べるって？二週間足らずと？僕は二五年間、彼の子供を育て上げて、棚にある彼の遺灰と一緒に暮らしてきた。それに君は間違ってる。君に会ってからの人生、僕は毎日怒ってた。君を幸せにしてやれない自分に怒ってきたんだ。（一拍。）それに、僕だけじゃない。
ガブリエル　やめて。
ジョー　君は僕の人生を滅茶苦茶にした。でももっとひどいのは・・・同じ仕打ちを自分の息子にしたことだ。
ガブリエル　違う。
ジョー　本当だよ。ガブリエル。しまいにあの子は出ていってしまった。
ガブリエル　あの子から電話あったの？
ジョー　いや。
ガブリエル　おそらくそれは・・・
ジョー　いいや。もう七年、電話はない。

一拍。

ガブリエル　残酷よね。子供って。本当に残酷。

沈黙。

もうたくさん。
ジョー　だったら、行こう。
ガブリエル　違う。あたしを自由にさせて。（一拍。）ベッドの脇の引き出しに、薬が入ってる。
ジョー　だめだ。
ガブリエル　お願い。
ジョー　僕には出来ない。

ガブリエル　どのみち、あたしはダメになる。ひと月、ふた月、せいぜい半年。それで正気じゃなくなって。あなたが誰か分からなくなる。ゲイブリエルのことも。自分自身のことも、分からなくなる。

ジョー　君は無理を言いすぎだ。

ガブリエル　昔からこうだもの。（一拍。）こんな人生。惨めだったし、もうたくさん。ずっと前に遡って、あなたに会う前に。あのときあなたが車を停めたのは、あなたの不運だったけど、あなたがそうしたんだし、それがあなたの運命なのよ。でもあたしの運命は、もっと前に遡るの・・・砂浜で遊んでいた小さな子供と・・・あの子を連れ去った悪い奴。そういうこと。あなたのせいじゃない。あたしのせいでもない。でももうたくさんなのよ、ジョー。これまでいろんな形で死を見てきて、もう怖くはない。（一拍。）さあ家へ連れて行って、あたしを愛して。その大きくて立派なもので。

ジョー　立派か？

ガブリエル　うん・・・いつもそう思ってた。ベッドでもあなたは申し分のない人だった。最初はあたしが羊で、あなたは毛刈職人みたいだったけど、だんだんうまくなってきた。何年もかけて、上手になった。そういう優しさを身につけたのよ。でも、最近は・・・最後にしたのはいつだっけ。

ジョー　二〇一〇年。三年前。

ガブリエル　まあ！・・・きれいなシーツとキャンドルと、音楽が欲しいわ、そして終わった後、あたしを自由にして。

ジョー　君なしで、僕はどうしたら良いんだ？

ガブリエル　さあ。クーロンに戻って、ソルト・クリークのその女の人を捜してよ。きっとまだそこにいるはずよ・・・

二人は退場し始めると
ゲイブリエル・ロウと若い方のガブリエルが現れる。
年取った方のガブリエルはためらい、彼らの方を振り返る。

ガブリエル（若い方）　夜の車って大好き。

そしてここは

車

ヘイ平原、一九八八年

ヘッドライトが前方の道を照らし出す。車は時速一四〇キロでハイウェイを走る。だが車内は静かだ。ガブリエルは道路前方に照らされた光を眺める。

ゲイブリエル　なんで？

ガブリエル　だって前しか見えないし、今はそれで十分だし。

ゲイブリエル　愛してる。

ガブリエル　言わないで。

ゲイブリエル　どうして？

ガブリエル　それが何かしらの意味を持ってしまうから。とりわけあなたとあたしには、何かしらの意味を持ってしまう。だって、誰かが自分の元を去るたびに、またあなたのお父さんやあたしの両親と同じ、繰り返しになる。その言葉は、それほど重くなるの。だからもしあなたがあたしのこと「愛してる」って言うなら、そういうこと。それは永遠のもの。もしそんなつもりじゃないのなら、聞きたくない。

ゲイブリエル　愛してる・・・こんなに自分の気持ちがはっきりとわかるのは初めてなんだ・・・愛してるんだ。ガブリエル・ヨークを。

ガブリエル（年取った方）　あなたは二四。ハイウェイを眺めてる。前には道が広がっている。クーロンはすでに過去の記憶になろうとしてる。お腹の奥で、何かがシクシクする。あなたはそれを、神経性のものだと思ってる・・・あなたはそれを、幸せだと思っている、だって隣に、ハンドルを握って座っている人がいるから。どこからかやってきて、なにか大きなものから救い出してくれて、愛してると言ってくれて、自分も愛せるかもと思ってる、このイギリス人がいるから。たぶん。そう。愛せる。そして少しの間、生きる価値のある人生を送れる。でも、あなたは信じない。そんなこと、信じない。自分が幸せにはならないことを知っている。それにあなたの心の中には、何かがある、自分を苦しめている何か、幸せを壊してしまうとわかっている一つのことがあることを。何も言わなくていいのに。彼のために、そのままにしておけば良いのに。自分のために、そっとしておけば良いのに。でも、あなたは知らなくてはならない。

ガブリエル（若い方）　あなたのお父さん、クーロンには何年に来たの？

ゲイブリエル　一九六八年。

ガブリエル　その年に兄は、連れ去られた。

ゲイブリエルは彼女を見る。そのとき、悲劇の可能性が、彼に重くのしかかる。

前、ゲイブリエル。

年取った方のガブリエルは背を向けて、立ち去る。

前を見て。

そしてここは

四つの部屋

一九六八年、一九八八年、一九八八年、二〇一三年

それぞれが重なり合っている。電話が鳴っている。
エリザベスが、ワインの瓶とグラスを前にして、テーブルの前に座る。そのとき、若い方のエリザベスが登場し、テーブルに二人分の席を用意し始める。
年取った方のエリザベスは立ち上がり、歩き出して電話に出る。

エリザベス　はい？

沈黙。若い方のエリザベスが皿を手にしたまま、ためらう。

どなた？

若い方のガブリエルが登場する。

ガブリエル　ガブリエル・ヨークと言います・・・オーストラリアのアデレードからかけてます・・・事故があって・・・お気の毒

ですが・・・ゲイブリエルがなくなりました。

二人の間に沈黙。そのとき彼女は感情のダムが切れかかっている。

聞こえていらっしゃいますか？

エリザベス　ええ。・・・聞こえています。

一拍。

ガブリエル　苦しまなかったそうです。

エリザベス　「そうです」？・・・どうして分かるの？（一拍。）あの子の手紙にあなたのこと書いてあったわ。僕も愛することが出来るし、僕を愛してくれる人だと思う、って書いてあった。あなた、あの子を愛してたの？それともあの子に、合わせてくれてたの？

ガブリエル　あたし・・・愛してたと思います。

エリザベス　思うことじゃないんじゃないかしら。自然に分かることと、でしょう。

ガブリエル　愛していました。

エリザベス　あの子は分かっていたの？愛されているって？

ガブリエル　どうでしょう・・・あの人には言わなかったから。

エリザベス　あたしと一緒・・・言おうと思っても、そういうことが、そういう瞬間が、すり抜けていってしまう。酷い話だけど、自分が子供にしゃべることがほとんどないって気づく時が人生にはあるの。もちろん話すことがないっていうのは、話すことがあまりにあって、話し始められないことと、同じなんだけど。（一拍。）あなたにお葬式のことお願いして良いかしら？オーストラリアには行けそうにないわ。あまりに遠すぎて。

ガブリエル　ええ、大丈夫です・・・仕方は分かっていますので。

エリザベス　もちろん、お金は送ります。蓄えはあるので。火葬が一番良いわね。

ガブリエル　お望みなら・・・イギリスに遺灰をお送りします。

エリザベス　そこにあったほうがいいんじゃないかしら、ねえ？あなたならきっと、ちゃんとしてくれると思うから。

年取った方のガブリエルが、ゲイブリエルの遺灰が入った骨壺を持って登場する。次のやりとりの間、彼女はそれをテーブルの上に置き、スープの椀を取って、テーブルに並べる。

ガブリエル　お話ししなくちゃならないことがあって・・・あたし、妊娠してます。

一拍。

エリザベス　そのためのお金も送って欲しい？・・・あたしは酷なことというつもりはないわよ。

ガブリエル　そうですか？

エリザベス　あなたおいくつ？

ガブリエル　二四です。

エリザベス　決める前によく考えなさいね。あなたはとても若いし、一人で子供を育てるっていうのはね、鬱病のイギリス人の男の子との、ほんの一時の関係とは釣り合わないくらい、大変なことよ。もちろん決めるのはあなた。

ガブリエル　分かってます・・・あなたの許可を求めるつもりはあ

りませんでした。もし男の子だったら、ゲイブリエルと名付けるつもりです。

エリザベス　そうれはどうかしらねえ?息子の名前を呼ぶたびに、失ったものを思い出すって辛いわよ。

ガブリエル　一度彼に尋ねたんです、あなたのこと憎んでるのかって・・・憎もうとしたけど、憎めなかった、その逆だって、言っていました・・・そのとき、彼が強い人だと知りました・・・愛されることのない人を、愛せる。

エリザベス　勝手な想像はやめて。

ガブリエル　あなたのことじゃありません。(一拍)ゲイブリエルのお父さんの話をお聞きしたいんです。(一拍。)あたしには兄がいました。浜辺で、何者かに連れ去られました、一九六八年に。

沈黙・・・

お願いです・・・

沈黙・・・

教えてください。

エリザベス　ゲイブリエルは知っていたの?

ガブリエル　ええ。それがあの人が最期に知ったことです。

エリザベスはゆっくりと電話を切る。

ガブリエル　待って・・・切らないで・・・いってしまわないで。

一拍。エリザベスは電話から離れる。

エリザベス　私、転んだの、通りで。ある年になると、女はこれを一番怖がるのよ。老いの兆候だから。でもそのとき、男の人が叫ぶのが聞こえた気がして。それで躓いてしまったの。あの叫び声。それからしばらく、あれは未来からの叫び声だと思ってた。(一拍。)たまに自分がだんだん小さくなっていく感じがする。たまに自分が何者でもなくなるような気がする。でもそんなとき、鏡の中に自分の姿を見て、あたしはまだここにいるとわかる。(一拍。)まだここにいる。(一拍。)まだここにいる。

年取った方のガブリエルは遺灰を取って、ゆっくりとそれをスープに注ぐ。彼女はゆっくりと、丁寧にそれをその液体の中へ溶かし、それを食べ始める。

ほかの三人の女が手を腹に当てて、静止している間に、ガブリエルが食事を終える。

ジョーが登場する。

ジョー　出来たよ、ほら・・・ベッドも、キャンドルの明かりも、音楽も。

ガブリエルは椀から顔を上げる・・・もはや彼のことは分からない。

ガブリエル　誰なのよ?あなたは・

一拍。ジョーはゆっくりと離れ、観客の前に立つ。

ジョー　ゲイブリエルへ・・・この手紙が届くと良いが。お母さんが亡くなったことを知らせるために、これを書いてる。眠っている間に、安らかに逝った。最期まで思っていたのはおまえのことだ。もし帰ってくることを選ぶなら、母さんが小さなスーツケースの中にでも入れておまえに持っていてもらいたかったものがあるから。ジョーより。

ジョーは私たちの前に立ち沈黙。それから口を開け、叫ぶ。そして最後にここは

ゲイブリエル・ヨークの部屋

アリス・スプリングズ、二〇三九年

ゲイブリエル・ヨークは二人分の食卓の準備を前にして座る。靴下は履いていない。ドアをノックする音を聞いて見上げる。

ゲイブリエル　アンドリューか？

彼が立ち上がるとき、彼の息子、アンドリュー・プライスが登場。彼は包んだ箱を持っている。迎え入れられるとき一瞬の間、そしてアンドリューは父の頬にキスをする。ぎこちないが、目をみはる瞬間。

まあ・・・こんな具合だ。

アンドリュー　遅れてごめんなさい。雨で足止めされちゃって。

ゲイブリエル　信じられない天気だよ。ここはアリス・スプリングズだぞ！まあ、バングラディッシュじゃ溺れてる人もいるんだから、文句は言えないけどな。

アンドリュー　そうだってね。酷いらしいね。

ゲイブリエル　何が？

アンドリュー　バングラディッシュの話でしょう。（一拍。）ニュース聞いてないんだ。

ゲイブリエル　ああ、最近ちょっと。

アンドリュー　史上最悪の洪水。国の大部分が水に浸かって。死者は五〇万近くでさらに増えてる。しかもバングラディッシュだけじゃなくて。北欧とか南米とかの低地に、ひどい洪水がおきる危険があって・・・みんな、終わりだって言ってる。

ゲイブリエル　何の終わり？

アンドリュー　この世の終わり・・・だから会いたかったんだ。

ガブリエル　ここに来るの、本当に大変だったんじゃないか。

アンドリュー　うん・・・まあどうにかこうにか。

一拍。

ゲイブリエル　二枚目じゃないか。お母さんに似たんだな。

アンドリュー　目はもしかしたらお父さん似かも。

ゲイブリエル　うん、そうだな・・・思い出した。私の目に似てた。そして今でも、似ている。でもお母さんはよくやってくれたんだな、よく分かるよ。

アンドリュー　楽ではなかったけど。

ゲイブリエル　うん。（一拍。）腹減ってるか？昼飯の用意が出来てるんだ・・・魚・・・好きだと良いんだけど。

アンドリュー　え、海の魚？

ゲイブリエル　まあ・・・不思議なことに、そうなんだ。

アンドリュー　食べたことないと思う。

ゲイブリエル　体に良いそうだよ。頭とかに良いんだって。
アンドリュー　こんなことしてくれなくて良かったのに。
ゲイブリエル　それほどたいしたことはないんだ。
アンドリュー　どこで手に入れたの？
ゲイブリエル　うーん・・・空から降ってきた。
アンドリュー　（ジョークだと思って）そうなんだ。
ゲイブリエル　いや・・・本当に降ってきた。（一拍。）この世の終わりだっていうなら、食べるのは魚以外に考えられないが、どうだ？
アンドリュー　うん。
ゲイブリエル　一緒に食う人間もほかに考えられない。

一拍。

アンドリュー　もってきたものがあるんだ。

彼はゲイブリエルに贈り物を手渡す。

何買って良いか分からなくて・・・お店の人に聞いたんだよ。七歳の時から会ってない父に渡すものは何が良いかって。そしたらこれを。

一拍。それからゲイブリエルは上等で新しい緋色のガウンを引っ張り出す。

ゲイブリエル　ガウンか。
アンドリュー　気に入った？
ゲイブリエル　上等だな。

アンドリュー　着てみて。

ゲイブリエルはガウンをスーツの上に着る。

ああ・・・これだ。この姿を覚えてたんだ・・・
ゲイブリエル　こういうの着てたな・・・昔・・・
アンドリュー　うん。家で着てたよ。（一拍。）似合ってる。
ゲイブリエル　そうかい？でもこのアパートには釣り合わないんじゃないか。
アンドリー　どうして？
ゲイブリエル　これのせいで、ほかのものみんな古くさく見える。
アンドリュー　かもね。
ゲイブリエル　これと合うような新しい家具を置こうかな。でも、この世が終わるって言うなら・・・
アンドリュー　そうだね。
ゲイブリエル　それに・・・これで満足してるし。（一拍。）どのくらいいるんだ？
アンドリュー　わからない。
ゲイブリエル　部屋がいるなら、ここ使ってくれよな。
アンドリュー　面倒をかけたくないから。
ゲイブリエル　面倒なんて。本音を言うと、一緒に暮らしたいんだよ。そうしたら時間が出来るだろう。話すことがたくさんあるんだから、アンドリュー・・・話さなくちゃならないことが。
アンドリュー　なんで僕が小さいときに出ていったのか、とか？
ゲイブリエル　怒っているのか？

アンドリュー　もう怒ってない・・・怒ってたら、ここには来れなかったんじゃないかな。自分の気持ちが、怒りだったのかもよく分からない。当惑、に近かったんじゃないかと思う。そもそも僕はなぜあえて行くんだろう、何を失ったかはっきりと分かる記憶を抱えながら、って感じ。
ゲイブリエル　何を覚えてる？
アンドリュー　顔をなでる毛深い手の感触、アフターシェーブ・ローションの匂い、朝の笑い声。
ゲイブリエル　私は笑ったかな？
アンドリュー　うん。笑ってた。
ゲイブリエル　何に笑ったんだろ？
アンドリュー　僕に。僕を見て笑った。僕の顔を見ると、顔が輝いて、笑ってた。
ゲイブリエル　思い出した。
アンドリュー　じゃあどうして出ていったの？

一拍。

ゲイブリエル　見せたいものがあるんだ。

ゲイブリエルは退場。アンドリューは窓のところへ行き、通りを見下ろす。そのとき

年取った方と若い方のエリザベス、年取った方と若い方のガブリエル、ゲイブリエル・ロウ、ジョーが登場。それぞれ重ねた皿から一枚をとり、テーブルの上に置く。アンドリューは窓から戻ってきて、テーブルの端に座る、そのとき

ゲイブリエル・ヨークが古いスーツケースを持って登場する。

ゲイブリエル　お前に渡したいものがある。お金はないけど／
アンドリュー　要らないよ／
ゲイブリエル　だよな・・・それでも、おまえに渡したいものがあるんだ。知っての通り、私は自分の過去から逃げて人生を過ごしてきた、それでも、その断片を、この古いスーツケースの中に持ち歩いている・・・この中にあるものが、お前にとって意味があるのかどうかは分からない・・・私には何の意味も見えなかった、でもお前にあげるものは、これしかない。

彼はスーツケースを開け、なかのものをひとつひとつ取り出すたび、それを隣に座っている先祖に手渡す、そして順番にテーブルをわたっていき、反対側の端に座っているアンドリューに届く。アンドリューはうやうやしく、好奇心を持って、ひとつひとつを手に取る。

ゲイブリエルは流木のかけらを取り出す。

私の母親が鏡台の上にこれを置いていた。部屋でこれを持って立っているのを見たことがある。目に涙を浮かべていた。なんで泣いているのか、聞かなかった・・・聞けばよかった。
男の子の靴。誰のものかは分からない。私のものではないはずだ・・・母親は引き出しの中に、ティッシュペーパーに包んで仕舞っていた。
それからこれは、私の父親の遺灰が入っていた骨壺。ここに入ってたのを、子供の時に見た。ダメだと言われてたけど、子供ってダメだと言われると覗くものだからね。今は空っぽ。遺灰がどうなったのかは、私は知らない。

これは、一二歳の時にイギリスから届いた本。フランス語で、百科事典みたいなものだ。イギリスの祖母が送ってくれて、手紙がはさんであったんだ、「これを読みなさい、そうしたら世界が変えられるかもしれない。フランス語が読めないなら、習いなさい」って。差出人の住所はなかった。それっきり、祖母からの便りはなかった。フランス語を習うことはなくて、結局読めないまま、世界も変わらないままだ。
これは私の義理の父の帽子。ジョー・ライアンという名前だった。良い人でね、大好きだった。母親が死んだ後、いなくなってしまった。
これはその人から送られた手紙、母が死にそうだって書いてる・・・恥ずかしながら、私は一度も返事をしなかった。

アンドリュー　どうして？

ゲイブリエル　自分の親に、何も言うことがないと気づく瞬間が、人生にはある。私の場合は、一七の時に、母に対して、その瞬間が来た。話すことがないっていうのは、話すことがあんまり多すぎて、話し始められないことと、同じなんだけど、それに気づいたのは何年もたってからで・・・そのときには・・・もう遅すぎた。母は死んでいた・・・もっと勇気があったらと思うんだよ、アンドリュー、お前のような勇気があったら。（一拍。）これは父親が持ってた絵はがき。父の名前はゲイブリエル・ロウと言って、これはその人の父親であるヘンリー・ロウから送られたものなんだ。私は父親に会ったことがない。私が生まれる前に、交通事故で死んだ。でも父が、クーロンのロードハウスで、母親に出会ったことは知ってる。母が父を深く愛していたことも。それはあまりにも深くて、父の名前を口にも出せなかったほどでね。
ヘンリーが書いた最後の絵はがきは、ウルルから送られてた。「息子へ。砂漠で、晴れた夜に、見上げるとしたら、土星という惑星が良い。惑星、プラネットという言葉はギリシャ語で、さまよい人という意味だ。土星、サターンという言葉は、自分の息子を食べてしまったローマの神にちなんでいる。私を許してくれ。」

　　ゲイブリエルはアンドリューを見る。

私を許してくれ。（一拍。）人は去っていくんだ、息子よ、私の人生ずっと、人は私から去っていった。私は愛から逃げ続け・・・そして今、どうやら愛の方が私を見つけてくれたようだ。（一拍。）これがみんな、何の意味があるのか、私には分からない。たぶん大したことじゃない。まあきっとなんてこともない。お前に言えるのは、この混乱した世界の端っこにあるどこかが、お前の居場所だということだけだ。（間。）さあ、その魚を食べる時間だ、この世が終わる前に。

　　彼はしばらく立ち去る。
　　先祖たちはアンドリューをじっと見る。そのとき彼は、自分のなぞめいた過去の重さと格闘している。そしてひとり、ひとり、テーブルの反対側の端から、彼らは自分の手を隣の先祖の手に置いていき、最後にはゲイブリエル・ロウが、孫であるアンドリューの手に自分の手を置く。そしてこの一瞬、みなは時間と大陸を超えて一つになる。
　　ゲイブリエル・ヨークが皿の上に見事な魚を持って登場する。彼はそれをテーブルの上に置き、先祖たちは皆、目に空腹感をたたえてそれを見る。

アンドリュー　きれいだ。

ゲイブリエル　ほら・・・

みなは顔を上げる・・・そして自分たちの時代と場所で、同じものを聞く。

雨が止んだよ。

終わり

解説

■アンドリュー・ボヴェルについて

アンドリュー・ボヴェルはオーストラリアで最も高く評価されている劇作家の一人であり、日本を含めて国際的にその作品が上演される数少ない劇作家の一人でもある。一九六二年、ウェスタンオーストラリア州の砂漠の町カルグーリーで、銀行員の両親の元に生まれた。南アフリカに交換留学した後、ウェスタンオーストラリア大学を卒業。その後メルボルンのヴィクトリア芸術学校（VCA）で劇作を学び、在学中から戯曲の執筆を開始した。最初期の重要な喜劇作品『ディナーの後で』After Dinner（一九八八年初演）は、二〇一五年にシドニー・シアターカンパニーで再演された。『意味の通らない喋り』Speaking in Tongues（一九九六年初演）は、AWGIE賞を受賞し、国内のみならず日本も含め海外でも翻訳上演されている。また『意味の通らない喋り』の映画化作品である『ランタナ』Lantana（二〇〇一年）では脚本を担当し、いくつかの重要な映画賞を受賞した。パトリシア・コーネリアスら四人の劇作家と共作した『労働者階級なんてこわくない』Who's Afraid of the Working Class?（一九九八年）はクィーンズランド州首相文学賞やAWGIE賞を受賞し、二〇〇九年に映画化もされた。本書収録の『聖なる日』『その雨が降りやむとき』『闇の河』以降の戯曲にはThings I Know to Be Trueがある。二〇一六年にサウスオーストラリア州立劇団が英国のフィジカルシアターの劇団であるフランティック・アセンブリーと共同で、アデレードとキャンベラで初演し、その後英国でツアーを行い、またアメリカでも二〇一九年に初演された。日本では二〇一七年に『これだけはわかってる』のタイトルでリーディング上演された。

ボヴェルは映画の脚本家としても高い評価を得ている。『ランタナ』など自作戯曲の映画脚本の他、アナ・コキノス監督『ヘッド・オン』（一九九八年）やバズ・ラーマン監督『ダンシング・ヒーロー』（一九九二年）など、代表的な映画の脚本を執筆してきた。

赤裸々に性を笑いのめす処女作の喜劇『ディナーの後で』を除けば、ボヴェルの多くの劇作は、人間の持つ弱さを直視し、その弱さによって引き起こされる悲劇から同じ人間が何を学び取れるのかを考えさせるものが多いと言える。

■作品の基本情報

『聖なる日』は、ローズ・クレメントの演出で二〇〇一年八月に、サウスオーストラリア州立劇団によりアデレードで初演された。また同年九月には劇団プレイボックスと合同で、同じクレメントの演出によりメルボルンで上演された。さらに二〇〇三年には、アリエット・テイラーの演出で、シドニー・シアターカンパニーによりシドニーで上演された。メルボルンとシドニーの公演では、主人公ノーラ役にそれぞれケリー・ウォーカーとパメラ・レイブという舞台・映画で長いキャリアを積んだスター女優が配役された。また、アデレードとメルボルンの公演においてリンダ役を演じたレイチェル・マザは、現在では先住民劇団イルビジェリの芸術監督をつとめ、オーストラリア先住民の演劇人を代表する人物となっている。

『聖なる日』は、ヴィクトリア州首相文学賞、クィーンズランド州首相文学賞、AWGIE賞最優秀戯曲賞を受賞した。日本では、二〇一四年七月に日本演出者協会の国際交流セミナーで、来日したボヴェル立ち会いの下でリーディングが行われた(広田淳一演出)。また二〇二一年三月、劇団俳小が眞鍋卓嗣の演出、月船さららのノーラで日本初演を果たす。

『闇の河』は、オーストラリアの小説家ケイト・グランヴィルが書いた同名の小説を、アンドリュー・ボヴェルが戯曲に翻案した作品である。小説『闇の河』は二〇〇五年に発表され、同年にブッカー賞候補になり、コモンウェルス作家賞、ニューサウスウェールズ州首相文学賞など多くの文学賞を受賞した。また国内の中等教育で教材としても使用され、すでにオーストラリア文学のクラッシックの地位を獲得している。また小説『闇の河』は二〇一五年にダイアナ・リードの演出でテレビドラマ化もされ、公共放送ABCで放映されている。

ボヴェルが舞台のために原作小説から翻案した『闇の河』は、二〇一三年にシドニー・フェスティバルの演目として、シドニー・シアターカンパニーによって上演された。オーストラリアを代表する演出家の一人であるニール・アームフィールドが演出をつとめ、先住民系コンテンポラリーダンスカンパニー「バンガラ・ダンスカンパニー」芸術監督であるスティーブン・ペイジが、芸術監修に加わった。その後、キャストが一部交代しながら、二〇一六年、二〇一七年にシドニー、ブリズベン、メルボルンの主要都市などで公演を行った。また、二〇一九年には同じニール・アームフィールドの演出で英国にツアーを行い、エディンバラ国際芸術祭、ロンドンのナショナル・シアターで公演を行った。これらすべての公演で、先住民ダラグの登場人物はみな、オーストラリアの先住民俳優たちによって演じられた。その中でも最も重要な役であるナラビン/デュラ・ジンは、初演ではアースラ・ヨヴィッチが演じたが、二〇一六年からはニンガリ・ローフォードに交代した。しかし不幸なことに、ローフォードは二〇一九年エディンバラ国際芸術祭に出演中に急死した。一九九四年に自伝的一人芝居『ニンガリ』を皮切りに演劇界に多大な足跡を残し、また『裸足の一五〇〇マイル』、『ブラン・ニュー・デイ』『ダーウィンへの最後のタクシー』などの代表的オーストラリア映画にも主要な役で出演してきた彼女の死は、マスメディアで大きく報じられた。

ボヴェルの『闇の河』は、二〇一三年、国内の権威ある演劇賞であるヘルプマン賞を、六部門において受賞した。

なお、本戯曲のタイトル The Secret River を『闇の河』としたのは、現代企画室より「オーストラリア現代文学傑作選」の一冊として出版されているケイト・グランヴィルの原作小説の日本語版(一谷智子訳)タイトルに倣ったことによる。

『その雨が降りやむとき』は、二〇〇八年二月にブリンク・プロダクションとサウスオーストラリア州立劇団の合同公演によって、アデレード・フェスティバルで初演された。クリス・ドラモンドの演出による。この公演で二〇一〇年までシドニー、メルボルン、ブリズベン、キャンベラ、アリススプリングスをツアーした。またアダム・ミッチェルの演出で、ブラックスワン・シアターにより、二〇一一年にパースで上演された。海外では、二〇〇九年五月にロンドンのアルメイダ劇場で初演され、翌二〇一〇年にはニューヨークのリンカーン・センターで初演された。

国内ではヴィクトリア州首相文学賞、クィーンズランド州首相文学賞、AWGIE賞最優秀戯曲賞、シドニー演劇賞、グリーンルーム賞などを受賞し、ニューヨークではオフ・ブロードウェイの優れた作品を表彰するルシール・ローテル賞を受賞した。

日本では、『この雨ふりやむとき』のタイトルで、TPTにより鈴木裕美の演出、広田敦郎の翻訳で、二〇一〇年に上演された。

アンドリュー・ボヴェルの作品と先住民に関する主題

佐和田　敬司

『聖なる日』と『闇の河』は、アンドリュー・ボヴェルの先住民をテーマにした最も重要な作品である。以下、そのテーマがどのように劇作と上演で展開されているのかを考えてみる。

『聖なる日』

ボヴェルはこの作品で、「奥地で消える白人の子供」というオーストラリアの国民的神話を扱ったと言う。(1)「奥地で消える白人の子供」が視覚化された最も初期の創作物に、画家フレデリック・マカビンによる『ロスト』（一八八六年）という絵がある。ブッシュに迷い込み涙に暮れる、帽子をかぶった白人の少女の姿が描かれている。また、奥地で消える白人の子供が国民の脳裏に刻まれた実際の出来事に、一九八〇年に起きたチェンバレン事件がある。チェンバレンという白人の夫妻が、ウルル（エアーズロック）へキャンプ旅行に出かけた際、彼らの九ヶ月になる赤ん坊が失踪し、夫妻は赤ん坊がディンゴによって連れさらわれたのだと主張した（『聖なる日』における「ディンゴに子供を盗ませる」というノーラの台詞を彷彿とさせる）。ディンゴはアボリジナルの神話で魔性の動物とされていて、子供の失踪とこのアボリジナルの神話が結びついたとき、国民の心の奥底にある奥地に対する強い畏れを呼び覚まし、夫妻に対するヒステリックな攻撃が向けられた。「奥地で消える子供」の悪夢は、アボリジナルの神話が支配する場所としての奥地が、自分たちヨーロッパからの侵入者に対して復讐をするのではないかという不安感を象徴し、この大陸における「オーストラリア人」という存在の正当性への疑いを国民に抱かせるものである。さらにこの神話の背景に、「盗まれた世代」の問題が書き加わる。先住民に対する同化政策の一環として、先住民の子供を親の同意なしに連れ去り白人化させるという、一九世紀末から一九七〇年頃まで奥地のフロンティアで長く行われてきた行為（盗まれたアボリジナルの子供たちはストールン・ジェネレーションと呼ばれる）の全貌が、一九九〇年代後半に明らかになった。つまり現実に奥地で消えていたのは白人の子供ではなく、アボリジナルの子供たちだったという事実が、かの長く神話の欺瞞、被害妄想の根源をつまびらかにした。『聖なる日』は、このような「奥地に消える白人の子供」の病理的な背景に焦点をあて、その神話が白人の先住民虐殺の引き金となる仕組みとしたのである。

『闇の河』

ボヴェルがグランヴィルの原作小説を翻案するにあたって、多くの台詞を原作小説からそのまま引いている。一方で、原作小説と翻案戯曲の異なる点は多々ある。小説から戯曲への翻案で最も目につく変更は、シドニーの存在する地域に居住するダラグと呼ばれるアボリジナルの登場人物に、名前と言葉を与えたことである。小説ではソーンヒルが、彼が出会うアボリジナルの人々に英語のあだ名をつける。あだ名をつけられた人々がダラグ語で喋る言葉は、小説の中では一切出てこない。ボヴェルの戯曲では英語のあだ名ではなくあらかじめダラグの名前が各登場人物に与えられており、彼らはダラグ語の台詞を喋る。この変更の意義については、後であらためて論じる。

さらに、小説で一章を費やして語られる、ロンドンでのソーンヒルとサルの物語はカットされている。ソーンヒルの貧しい暮らし、テムズ川の船頭の徒弟となり、サルと出会い恋仲になったこと、盗みを犯して捕まり、絞首刑の判決を受け、その後ニューサウスウェールズ東岸への流刑となったことなど、この部分のエピソードが、戯曲では時折台詞の中で説明される。そしてニューサウスウェールズ植民地でソーンヒルが赦免を受けたところから戯曲は始まる。

また、ソーンヒル一家の家族構成も、小説と戯曲で異なる。小説ではソーンヒル夫妻には多くの子供が居るが、戯曲では夭折した登場しない子供を除けば、ウィリーとディックの二人である。この改編によって、ボヴェルはソーンヒル一家と、彼らの移住によって押しやられることになるダラグの一家が対称的な関係になることを意図していた。サルが夕飯の支度が出来たと二人の息子に呼びかけるとき、ダラグの母親であるギルヤガンも二人の息子ナラビとガラワイを夕飯のために呼ぶ。このような、白人の家族と変わらないダラグの家族の営みを表すことで、観客にダラグの人々をより人間らしく見せようとしている。またディックとウィリー兄弟がダラグの兄弟に対してそれぞれ異なる態度を取るという筋立てによって、大人たちだけでなく子供の視点からの、白人とアボリジナルとの関係性が浮かび上がるように工夫されている。

社会的文脈

『聖なる日』と『闇の河』は両戯曲とも、オーストラリアの歴史にどのように向き合うか、先住民について語るのは誰か、そして先住民の語りをどのように捉えるかという問題と格闘した作品と言える。ボヴェル自身はチェンバレン事件を題材にした戯曲を、オーストラリア入植二〇〇年祭の年であった一九八八年に書き始めたという。(2) しかし『聖なる日』という作品に結実するまで、それは一〇年以上の月日を要したことになる。その理由の一つとして、その頃オーストラリアの歴史についての先住民の劇作が登場していたことを彼は挙げている。つまりこの主題を扱うのは先住民作家であるべきで、白人である作家はこのテーマを扱うことから距離を置く必要があったという。(3) さらにまた『聖なる日』以後も、『闇の河』まで、ふたたびこのテーマをあえて封印していたとボヴェルは証言している。(4)

さらに『聖なる日』と『闇の河』は、オーストラリア社会の文脈の中で捉えることも重要である。植民地時代における先住民と入植者の歴史に対してどのような態度を取るのかは、オーストラリア社会において、大きな論争となってきた。一九六〇年代後半に人類学者W・E・H・スタナーが「オーストラリアの長い沈黙」と表現したように、その時代までオーストラリアの歴史叙述から、先住民の歴史は排除されてきた。それ以降、先住民に関する負の歴史は徐々に明らかにされ、自国の歴史として語られるようになっていた。しかし一九九〇年代半ば以降、保守派論客が白人による先住民抑圧の歴史を、おもに記述された史料の有無を根拠として否定する現象が見られた。このときマイノリティ、特に先住民への抑圧・迫害の歴史を直視しようとする姿勢を批判する意味で保守派が用いるようになった「黒い喪章史観」という言葉は、ちょうど日本の「自虐史観」という言葉とその使われ方に酷似している。そのような保守派論客たちと、負の歴史に向き合おうとする側との論争は「歴史戦争」と呼ばれた。一谷智子氏は、ケイト・グランヴィルの小説『闇の河』がこの歴史戦争に巻き込まれたと指摘する。一部の歴史家たちにより、「現代とは考え方も道徳観も異なる入植期の開拓者の行為への責任に言及する『黒い喪章』史観は歓迎されるべきではない」と批判され、文学が描く歴史の真実に懐疑的な態度を向けられたという。(5)

演者としての先住民の主体と言語

オーストラリア演劇は一九七〇年代初頭からアボリジナルの演劇人による小劇場運動が勃興した。最初の先住民の劇作による舞台作品は、ケヴィン・ギルバートが書いた『チェリー・ピッカーズ』だと言われている。ギルバートは一九七一年、シドニーのミューズ劇場で、『チェリー・ピッカーズ』をフル・アボリジナル・キャストで初演したが、作品はその後、一九九〇年代まで上演されることは無かった。それは、ギルバート自身が、アボリジナルのキャスト以外での上演を拒んだのが一因とされている。つまり「アボリジナルの登場人物をアボリジナルが演じること」は、アボリジナル演劇が誕生したとき、アボリジナル演劇であるための極めて重要な要素であった。

今日、世界の演劇において、ギルバートと同様の主張は力を増している。一例を挙げるなら、二〇一八年、ロベール・ルパージュが演出した、カナダ先住民の視点から見たカナダの歴史を語る『カナタ』では、カナダ先住民俳優をひとりも採用しなかったために、「先住民俳優たちは、当事者の声を、またもや白人権力者に略奪されたと怒りを露（あらわ）にした」という。(6)

現代のオーストラリアでは、ギルバートの時代から比べて、先住民俳優は飛躍的に充実した。ニンガリ・ローフォードやトレヴァー・ジェイミソンを初めとして、『闇の河』のアボリジナルの登場人物を演じる俳優たちは、演劇・映像の世界で活躍する先住民俳優たちのオールスターキャストのような様相を呈した。

一方『聖なる日』では、二〇〇一年、二〇〇三年の上演では、リンダ役とオビーディエンス役をそれぞれ先住民俳優が演じた。しかしさらに興味深いのは、最近アメリカのオフオフ・ブロードウェイでの上演である。ニューヨークを拠点とするニュー・ネイティブ・シアターカンパニーが二〇一九年に『聖なる日』を上演したが、オーディション段階でオビーディエンス、リンダのキャストには、黒人／アフリカ系や、ヒスパニック、中東、先住民、人種が明確でない人などが求められていた。(7) これで分かるとおり、アメリカで上演するにあたって、オーストラリア先住民系俳優のオールスターキャストのような『闇の河』の上演とは異なり、『聖なる日』のオフオフ・ブロードウェイ上演では、オーストラリア先住民がオーストリア先住民を演じることに縛られず、アメリカ社会における民族間の力の不均衡を考慮に入れたキャスティングになっていることが分かる。

『闇の河』に関してもう一点重要なのは、ダラグ語と名前だ。グランヴィルの原作小説では、英語のあだ名以外に彼らの言語による真の名前は与えられず、また語る言葉も与えられていない。一谷氏の言うように、「その大陸の風景や自然の一部であるかのように」表現されている。歴史家インガ・クレンディネンは、グランヴィルは白人の主人公に感情移入しているのであって、同時代の先住民には感情移入していないと、小説『闇の河』に批判を加えた。グランヴィルが先住民の登場人物に人物造形をほぼ与えていない理由を、ボヴェルは白人と接触する前のアボリジナルの人々の世界を、真実性を持ちながらフィクション化するのは極めて難しく殆ど誰もやってこなかったからだと理解した。(8) そして舞台に立つ先住民の登場人物たちが名前と言語を持つことを、ボヴェルは「彼らには言語、動き、予定された行動、ドラマへの関与がなくてはならない」と説明し、小説を舞台化する上での必然だったとする。(9) さらにスティーブン・ペイジは、「ダラグという彼らのクランの名前と、言葉を喋る権威を与えることで、彼らが受けるべき敬意を与えた」(10)と語っているように、演劇的な必然を超えるものが、ダラグ語を通してこの作品に与えられたことが分かる。

先住民の語り

『聖なる日』『闇の河』はともに、一九世紀の白人による先住民に対する虐殺事件を扱っている。そして二作品の最も共通するところは、この虐殺の場面にリアリズムの演技は用いず、代わりに「語り」の技法が用いられていることにある。『聖なる日』では、オビーディエンスが凄惨な虐殺の状況を言葉で語る。一方、『闇の河』では、ディラビンがオビーディエンスと同じように虐殺場面を言葉で語り、それにダラグの一家を演じる俳優たちが、銃で撃たれたことを表現するために「それぞれがひとつかみの土を肩にかけ、倒れる」という様式的な演技を行う。

『聖なる日』のオビーディエンスは、アボリジナルの人々の虐殺と白人エプスタインの死について語った最後に、「これが、あたしたちの歴史」と言う。オビーディエンスはアボリジナルの登場人物ではあるが、この最後の台詞の「あたしたち」は、自分も含めて明らかに「オーストラリア人」を意味している。一方の『闇の河』を語るディラビンは、ダラグの人々が「ディラビン」と呼ぶホークスベリー河の精霊として存在している。ディラビンは、作品を通じて、いつもソーンヒルの心情を語り続ける。さらにエピローグの場面で、ソーンヒルたちが起こした虐殺の場面を語る。その最後の部分で、白人入植者ブラックウッドのアボリジナルの妻であるドゥラ・ジンがこの虐殺の目撃者として生き残ったことも語っている。ディラビンの役は、ドゥラ・ジンと同じ俳優が演じている。したがって、ディラビンはこの不幸な出来事を全て見てきたダラグの精霊であると同時に、虐殺の証言者である先住民であり、同時に白人入植者の心情をも語れるという複雑な存在として観る者に映る。

先住民は、この『闇の河』と『聖なる日』の語りをどのように見るのか。参考になるのは、先住民劇団イルビジェリの芸術監督であるため先住民表現者として意見を求められることが多く、また『聖なる日』のキャストの一人でもあったレイチェル・マザの意見である。レイチェル・マザは、『闇の河』を見ながら、自分はこの物語からの疎外を感じたと発言している。その理由の一つを彼女は、ディラビンの台詞にあると考えている。マザは、物語を展開させるナレーターの役割を果たし、同時にソーンヒルの心情を代弁するディラビンが、「原作者ケイト・グランヴィルの声に聞こえる」と語った。(ただしこれについてはボヴェルが、作品全体としてグランヴィルのテクストをかなり使用しているものの、ディラビンの台詞についてはすべてボヴェルの創作であると述べている。)(11)

もう一つ、マザが疎外を感じる理由としてあげたのが、これが自分たちが語りたい物語、自分の子供に語りたい物語ではないということであった。『闇の河』から彼女が最も危惧することは、オーストラリアの先住民は敗れ去り、滅んでしまったという間違った認識が強化されることである。オーストラリア先住民の演出家で先住民演劇の理論家でもあるウェズリー・イノックは、先住民演劇の目的を「祝福と教育」と言う。つまり真実の歴史を祝福し、真実から学んでいくことを、先住民の観客にも、さらには先住民以外の観客にも求める姿勢である。マザのこの発言も、豪州史を通じた抑圧から、先住民がいかにサバイバルしたかを祝福し、先住民を力づけるものとしての役割を演劇、ひいては自分たちが語りたい物語に求めていると言える。

さらにマザが議論の俎上に挙げたのが、ダラグの登場人物たちの語る言語である。グランヴィルの小説の中で先住民の発する言葉は記述されず、「風景や自然の一部」のように表現された。一方先住民の登場人物に台詞を語らせる、特にダラグ語を語らせることが、『闇の河』舞台化における大きな挑戦だった。さらに字幕をつけるか否かについても、ボヴェル、アームフィールド、スティーブン・ペイジの三者間で議論され、結局ダラグの言葉に英語の字幕はつけないという選択がなされた。実際、一観客として公演を観た筆者は、ダラグ語をまったく解さなくとも、ソーンヒル、サラ、ディックたちとの関係性で、ダラグの登場人物が何を言っているのか、理解は出来た。しかしマザは、この言語の障壁によって、観客はダラグの登場人物に共感せず、結局主人公ソーンヒルに共感し続けることになると語っている。

まとめると、両作品に共通する虐殺事件についての語りだが、根本的な違いがそこにはある。『聖なる日』においては、オビーディエンスはアボリジナルだが、「オーストラリア人」としてオーストラリアの歴史の真実を語っている。一方『闇の河』では、ディラビンはアボリジナルとして、また生き残った目撃者として語っている。しかしディラビンはソーンヒルの心の声、作者ケイト・グランヴィルの声を代弁していると見ることが出来る。小説では描かれなかった先住民の声を獲得するために舞台版はいくつかの試みをしたが、アボリジナルが語りたいことを語る、アボリジナルの声としてまだ機能していないのという疑念が残る。反対に『聖なる日』を、マザは「弁解・言い訳のない」、オーストラリア人の歴史への直視、と捉えており、オビーディエンスの語りはまさにこれを象徴するものだ。このように、ボヴェルが一九八八年に先住民についての物語を書こうと思い立ったときから三十余年という時間は、彼が生み出した二つの作品が、オーストラリアの負の歴史と向き合い、先住民の真の声を届けるために何が出来るのかを問い続けた苦闘の年月であった。また両作品が繰り返し上演される限り、これからもその苦闘が続いていくことを示している。

一見テーマの異なりそうな作品においても、歴史を直視するボヴェルの姿勢を見て取ることは出来る。二〇〇八年二月にケヴィン・ラッド首相が盗まれた世代（ストールン・ジェネレーション）の犠牲者に対して国を代表し謝罪を行った。その際、ボヴェルは『その雨が降りやむとき』で息子に対するゲイブリエル・ヨークの謝罪が、その前のすべての世代への謝罪をも意図していると言い、許しと和解を求める姿勢は先住民に対する謝罪とパラレルになっていることを語った。(12) ボヴェルの普遍的なテーマと卓越した作劇術は目を見張る者であることは確かだ。しかしそこだけに注目して、日本のような異なる文化圏でも理解できそうな作品のみを取り上げるのでは、この作家と作品の大きさを見誤る。我々はボヴェルの自国の歴史への真摯な姿勢を意識しながら、作者と作品を理解すべきである。

(1) Andrew Bovell, Holy Day, a Sophisticated Nation, *Holy Day*, Sydney Theatre Company, 2003.
(2) Andrew Bovell, *Putting Words in Their Mouths: The Playwright and Screenwriter at Work*, Sydney, Currency Press, 2017.
(3) Anna Murray, “All rise for Holy Day”, *Currents: Sydney Theatre Company Subscriber Magazine*, vol.21 no.3, August 2003.
(4) The Secret River — Post-show Conversation: Shared History, Different Perspectives, Tuesday 15 March 2016, Playhouse Foyer, Arts Centre Melbourne.
(5) 一谷智子「訳者あとがき」『闇の河』現代企画室、2015年。
(6) 岩城京子「社会的少数者の描写　社会規範「正解」と捉えないで」『朝日新聞』二〇一九年五月一六日夕刊。
(7) https://www.backstage.com/casting/holy-day-259130/
(8) Rosemary Neil, Stage Adaptation of Grenville's Secret River Shows Audiences the Blood on the Banks, *the Australian*, 22 December 2012.
(9) The Secret River — Post-show Conversation: Shared History, Different Perspectives.
(10) Monica Tan, Indigenous director Rachael Maza on The Secret River: 'That's not the story I want to be telling my kids', *the Guardian*, 24 March 2016.
(11) The Secret River — Post-show Conversation: Shared History, Different Perspectives.
(12) Murray Bramwell, “Weathering the past and reconciling the future: Andrew Bovell's When the Rain Stops Falling”, in Andrew Bovell, *When the Rain Stops Falling*, Sydney, Currency Press, 2009.

本書の翻訳・論考は、科学研究費・基盤研究(C)「オーストラリア現代演劇とストーリーテリング」(20K00455)の助成を受けている。

First published by Currency Press Pty Ltd,
PO Box 2287
Strawberry Hills
NSW 2012 Australia
Email: enquiries@currency.com.au
Website: www.currency.com.au

訳者
佐和田敬司（さわだ・けいじ）
豪マッコーリー大学大学院批評文化研究専攻博士課程修了、PhD。
早稲田大学教授。第 10 回湯浅芳子賞受賞。
著書：『オーストラリア先住民とパフォーマンス』（東京大学出版会）、『現代演劇と文化の混淆：オーストラリア先住民演劇と日本の翻訳劇との出会い』（早稲田大学出版部）、『オーストラリア映画史：映し出された社会・文化・文学』（オセアニア出版社）他多数。

聖なる日　闇の河　その雨が降りやむとき
オーストラリア演劇叢書 13 巻

2021 年 3 月 31 日　初版発行
著者　アンドリュー・ボヴェル
訳者　佐和田敬司

発行者　岡見阿衣
発行所　オセアニア出版社
郵便番号 233-0013 横浜市港南区丸山台 2-41-36
電話 045-845-6466 Fax 0120-388-533
e-mail: oceania@ro.bekkoame.ne.jp
ISBN978-4-87203-117-1 C0374